4 К
ПОЧТА СССР
ПОЧТА СССР
5 К
ИНДИРА ГАНДИ
1917–1984
СС СР
20 ПОЧТА КОП 20
250 ИСТОРИЧЕСКОЙ ПОЛТАВСКОЙ ПОБЕДЫ 1709
ПОЧТА 40 КОП. 1959 СССР
10 КОП: ЗА ЛОТЬ.
РОССIЯ
35 КОП 35
ПОЧТА 10 КОП СССР
РОССИЯ 20 ROSSIJA 1992
РОССИЯ 20 ROSSIJA 1992
ПОЧТОВАЯ МАРКА.
10 КОП: ЗА ЛОТЬ.
20 ПОЧТА СССР

DIE KURZHOSENGANG
& DAS TESTAMENT DER BRÜDER

Zoran Drvenkar

Die Kurzhosen Gang

Victor Caspak & Yves Lanois

Das Testament der Brüder

cbj

Sollte diese Publikation Links auf Webseiten Dritter enthalten, so übernehmen wir für deren Inhalte keine Haftung, da wir uns diese nicht zu eigen machen, sondern lediglich auf deren Stand zum Zeitpunkt der Erstveröffentlichung verweisen.

Dieses Buch ist auch als E-Book erhältlich.

MIX
Papier aus verantwortungsvollen Quellen
FSC® C014496

Verlagsgruppe Random House FSC® N001967

1. Auflage 2018

Umschlagillustration und -konzeption: Martin Baltscheit
Umschlagfertigstellung: Init GmbH
CK · Herstellung: UK
Satz: Corinna Bernburg
Druck: GGP Media GmbH, Pößneck
ISBN 978-3-570-15941-5
Printed in Germany

www.drvenkar.de
www.cbj-verlag.de

Für Rudolpho, Snickers, Island & Zement,
weil ihr mein Leben größer macht
und in der Sinnlosigkeit
immer einen Sinn findet

Liebe Leser,

es ist mal wieder so weit. Das vierte Buch über die Kurzhosengang liegt in euren Händen und eigentlich ist es ein Buch, das es nicht wirklich gibt. Yves und ich hätten diese Geschichte beinahe verpasst. Ein Zufall hat uns davor bewahrt, ohne diesen Zufall wäre dieses Abenteuer der Kurzhosengang durch die Ritzen der Zeit gerutscht und für immer verschwunden.
Wir danken Zements Mutter, dass sie sich verquatscht hat. Ohne sie wären wir noch immer vollkommen ahnungslos.

Nachdem Yves und ich *Die Kurzhosengang & das Totem von Okkerville* abgeschlossen hatten, reisten wir in den hohen Norden von Kanada, um das Buch mit der Kurzhosengang zu feiern. Es wurde viel gegessen und getrunken, es wurde geredet und gelacht, und wir verbrachten so viele Stunden vor dem Kamin, dass wir braun wurden. Drei Tage lang haben wir die Jungs und das Leben bejubelt, ehe wir unsere Sachen packten und uns von Zements Ma zum Zug fahren ließen.
„Das war ja mal wieder was“, sagte Yves, als wir auf dem Bahnsteig standen. „Ich werde das viele Reden und Lachen vermissen.“
„Ihr seid jederzeit willkommen“, sagte Zements Ma.
Wir stampften mit den Füßen und sahen den Zug näher kommen. Es schneite, in der Ferne bellte ein Hund, es war ein guter Tag, um nach Hause zu fahren. Und wie wir da so standen und warteten, sagte ich, was ich schon die ganze Zeit über sagen wollte:
„Ich bin sehr froh, dass die Jungs ihr letztes Abenteuer mit heiler Haut überlebt haben. Für dich als Mutter muss das ja ein Albtraum gewesen sein.“

Zements Ma winkte ab.
„Es *war* ein Albtraum“, stimmte sie mir zu, „aber die Zeit davor war viel schlimmer.“
„Welche Zeit davor?“, fragten Yves und ich gleichzeitig.
Zements Ma sah uns an, als würden wir mit beiden Füßen auf der Leitung stehen. Dann sprach sie betont und langsam, damit wir auch Zeit hatten, von der Leitung runterzusteigen:
„Die Zeit davor, als die Jungs in Russland waren.“
„Die Jungs waren *was*?!“, riefen wir im Chor.
Zements Ma griff sich an den Mund, als könnte sie die Worte zurückschieben. Doch wir hatten deutlich gehört, was sie gesagt hatte.
Die Zeit davor, als die Jungs in Russland waren.
Ich sah Yves an, Yves sah mich an, der Zug fuhr ein und hielt schnaufend, Leute stiegen aus, Leute stiegen ein, wir nahmen unser Gepäck und kehrten zum Auto zurück. Und da saßen wir dann stur und eigen auf dem Rücksitz, während Zements Ma verwundert auf der Fahrerseite stand und durch das Fenster zu uns reinschaute.
„Ihr bleibt?“, fragte sie.
„Wir bleiben“, sagte Yves.
„Was sollen wir sonst tun?“, fragte ich.
Darauf hatte Zements Ma keine Antwort. Jetzt mal ehrlich, was sollten wir sonst tun? Die Kurzhosengang hatte einen Abstecher nach Russland gemacht, ohne es uns gegenüber mit einem Wort zu erwähnen. Wir mochten Bescheidenheit, doch was das hier war, wussten wir noch nicht, aber eines war sicher – wir würden es herausfinden.

„Habt ihr den Zug verpasst?“, fragte Island, als wir wieder in das Wohnzimmer traten.

Die Kurzhosengang lag auf dem Boden vor dem Kamin und las Comics. Sie schaute kurz zu uns auf, dann vertiefte sie sich wieder in ihre Comics und tat, als wäre es ganz normal, dass wir nicht im Zug saßen.

„Oder vermisst ihr uns etwa schon?", fragte Rudolpho und blätterte eine Seite um.

Snickers seufzte.

„Es gibt ja wohl nichts Besseres, als ein gutes Comic zweimal zu lesen", stellte er fest.

„Oder dreimal", sagte Island.

„Oder viermal", sagte Zement und blickte auf und grinste Yves und mich plötzlich an.

Sein Grinsen verriet ihn.

Ich zeigte auf Zement, wie man auf einen Zauberer zeigt, dessen Trick man durchschaut hat.

„Du weißt ganz genau, warum wir zurückgekommen sind, oder?"

Zement antwortete so behäbig, dass mein Herz dreimal schlug, bevor er das Wort beendet hatte.

„Vielleicht", sagte er.

„Vielleicht?", wiederholte Yves und dann platzte es aus ihm heraus: „Ihr seid doch wahr und wirklich in Russland gewesen, ohne uns davon zu erzählen!?"

Jetzt hatten wir ihre Aufmerksamkeit. Die Kurzhosengang wechselte einen kurzen Blick.

„Oh", sagten sie alle vier und dieses Mal hinkte Zement keine Sekunde hinterher.

Fünf Minuten später saßen Yves und ich mit einem Becher Kakao in den Händen vor dem Kaminfeuer und die Kurzhosengang packte ihre Geschichte aus.
Und wir hörten zu.
Und wir hörten zu.
Bis nach Mitternacht rührten wir uns nicht von der Stelle. Kurz vor ein Uhr schloss die Kurzhosengang ihre Geschichte ab und sagte, das wäre es gewesen und mehr gäbe es nicht zu erzählen.
Wir waren müde und erschöpft, wir waren aber auch nervös und aufgeregt. Ihr kennt uns. Yves und ich sind zwei einfache Schriftsteller, wir sind keine Matadore, die mit einer Horde von Stieren in die Arena steigen und danach ein Schnitzel essen. Wir haben zarte Nerven. Die Kurzhosengang hat keine Rücksicht auf unsere Nerven genommen.
„Puh", machte Yves.
„Ich bin so was von kaputt", sagte ich.
Danach haben wir im Wohnzimmer auf dem Sofa geschlafen und uns am nächsten Morgen nach dem Frühstück ein zweites Mal verabschiedet. Zements Ma brachte uns erneut zum Bahnhof und dieses Mal stiegen wir in den Zug. Als wir zu Hause ankamen, haben wir erst mal einen Monat lang Urlaub gemacht, so gerädert fühlten wir uns. Wir sind jeden Tag durch den Schnee gewandert, am Abend saßen wir in der Sauna und redeten kaum, denn nach einer Geschichte wie dieser gab es wenig zu sagen. Wir mussten unsere Gedanken klären.
Und noch ein Monat und noch ein Monat und noch ein Monat vergingen.

Ein Vierteljahr lang tobte dieses beinahe verpasste Abenteuer der Kurzhosengang wie ein Tornado durch unsere Köpfe und pustete jeden Gedanken um, der sich ihm in den Weg stellte.

Nach dem Vierteljahr machten wir uns an die Recherche.

Wir stiegen in einen Flieger nach Moskau und futterten dort löffelweise Kaviar, Gulasch und pochierte Wachteleier. Wir reisten mit dem Zug und dann mit einem klapprigen Mietwagen tiefer ins Land hinein und verirrten uns in der sibirischen Steppe. Wir lernten ein Yak zu melken und tranken mit einem nomadischen Stamm Tee, auf dem gelb glänzende Fettaugen schwammen. Auf uns wurde geschossen, gespuckt, und zweimal versuchte man uns zu verheiraten. Wir ließen uns nicht beirren. Zwischendurch haben wir hier und da Postkarten aus dem Schnee geklaubt. So kam alles zusammen wie ein Puzzlespiel. Ihr wisst, Recherche ist alles. Auch wenn wir zwei nette Kerle sind, kann man uns nicht alles erzählen. Wir zweifeln, wir hinterfragen und geben uns Mühe, immer freundlich zu sein.

So fanden wir fast alle Antworten auf unsere Fragen. Danach sind wir nach Hause zurückgekehrt und haben das vierte Buch über die Kurzhosengang geschrieben.

Und jetzt liegt es in euren Händen.

Viel Spaß mit den Jungs.

Vic & Yves

Die folgende Geschichte findet statt zwischen dem zweiten Buch über die Kurzhosengang *Die Rückkehr der Kurzhosengang* und dem dritten Buch *Die Kurzhosengang & das Totem von Okkverille.*

SNICKERS

Die Standuhr tickte und tickte. Es klang, als wäre die Zeit ein Blinder, der sich mit einem Stock in den neuen Tag hineintastet. Es war zehn Uhr früh, die schlimmste Woche unseres Lebens lag hinter uns, und wir ahnten nicht, dass es noch schlimmer werden würde. Alles wirkte so unschuldig da draußen – Schneeflocken fielen träge auf unsere Stadt herab und ein paar Autos fuhren im Schritttempo um den Mulberry Circle herum, während sich der Tag anfühlte, als wäre er in Watte gepackt.

Und die Kurzhosengang saß in einem stickigen Büro und wartete.

Es gibt ja Warten und Warten. Das hier war die finstere Seite des Wartens. Wo man nichts tun kann und die Zeit mit schlurfenden Schritten an einem vorbeitickt. Da werden zehn Minuten zu zehn Stunden zu zehn Jahren. Ganz besonders, wenn man auch noch auf unbequemen Klappstühlen sitzt.

Ich gähnte.

Island gähnte.

Rudolpho gähnte.

Zement schlief schon längst.

„Ich wünschte, unsere Schule wäre schon fertig gebaut“, sagte Rudolpho.

„Nein, wünschst du dir nicht“, widersprach ihm Island.

„Wünsch ich mir doch, denn dann könnte ich in unserem neuen Klassenzimmer sitzen und meinen Kopf auf den Tisch legen und einfach wegratzen. Es wäre auf jeden Fall bequemer, als hier zu warten.“

„Mach es doch wie Zement“, sagte ich.

Unser Kumpel saß vollkommen entspannt auf dem Klappstuhl und hatte die Augen geschlossen. Er brauchte keinen Tisch, er brauchte kein Bett, er war die Entspannung pur. Nur der Buddha in *Lei Toos Bakery*

war so lässig, was aber in seiner Natur lag, denn er war gerade mal dreißig Zentimeter groß und aus grünem Jade gehauen.
„Zement hat es gut", sagte Rudolpho und seufzte.
„Zement hat es immer gut", stimmte ich ihm zu.
Island hatte plötzlich einen Geistesblitz.
„Stellt euch vor, sie bauen die Schule nie wieder auf, das wäre doch was, dann würden die Lehrer streiken und wir müssten sie nicht mehr zu Hause besuchen, dann könnten wir auch streiken und den ganzen Tag einfach nur wir sein, ohne dass uns jemand fragt, wie groß der Ontariosee ist oder wie der erste Bürgermeister von Ottawa hieß."
„Das ist doch Quatsch", sagte ich und klang dabei wie ein Opa, der kurz vor dem neunzigsten Geburtstag steht. „Jede Stadt braucht eine Schule."
Island beugte sich an Rudolpho vorbei.
„Gratuliere, du klingst wie ein Opa, der kurz vor seinem neunzigsten Geburtstag steht."
„Genau das habe ich auch gedacht", sagte ich und schüttelte ihm die Hand.

Wir hatten keine Schule mehr, weil unsere Schule Anfang Januar von einem Orkan davongetragen worden war. Jetzt hatten wir Ende Februar und wurden bei unseren Lehrern zu Hause unterrichtet, während auf dem Hügel eine neue Schule gebaut wurde. Am schlimmsten war es, wenn wir zu Sportlehrer Kniescheibe mussten. Er erwartete uns vor seinem Haus in einem knallgelben Trainingsanzug und ließ uns im kniehohen Schnee Bahnen durch Okkerville laufen. Dabei schaute er kritisch auf seine Stoppuhr, und wann immer uns die Puste ausging, brüllte er uns zu:

„WAS TUT IHR? GLAUBT IHR, EIN MANN WIRD EIN MANN, INDEM ER NICHT TRAINIERT?! IHR SEID JA EINE BELEIDIGUNG FÜR GANZ KANADA! SO WERDET IHR NIE WAHRE EISHOCKEYSPIELER, SO WERDET IHR PFEIFEN! SEID IHR ETWA SCHON PFEIFEN?!"

Heute hatte niemand Unterricht, und in unserer kleinen Stadt lag die gesamte Arbeit still, weil es ein Trauertag war. Punkt acht Uhr früh hatten wir uns in der Kirche eingefunden, um die Brüder Karamasow zu verabschieden. Kein Schüler und kein Lehrer, kein Bewohner von Okkerville hatte gefehlt. Es gab kaum jemanden, der Alexei und Iwan nicht gemocht hat. Siebzig Jahre lang hatten sie jeden Tag die Flügeltüren ihres Kinos aufgeschlossen und Tickets, Popcorn und Limo verkauft. Sie haben ausgewählte Filme vorgeführt, nach den Vorstellungen das Popcorn vom Boden aufgefegt und die Limo-Flaschen eingesammelt, ehe sie die Flügeltüren wieder verschlossen. Die Brüder Karamasow waren für die Stadt so wichtig gewesen wie die Luft zum Atmen.
Und plötzlich gab es sie nicht mehr.

Zements Vater hielt die Abschiedsrede für die Brüder Karamasow. Die Frauen schnäuzten sich in ihre Taschentücher und die Männer blickten betreten auf den Boden und scharrten mit den Füßen, als würden sie nach Gold suchen. Die Kurzhosengang trat einer nach dem anderen an die Urnen. Wir flüsterten ein paar Worte, die nur die Brüder hören sollten, danach standen wir mit den anderen vor der Kirche herum und hatten die Hände in den Hosentaschen vergraben. Es wurde geredet und erinnert, und als keiner mehr was zu sagen hatte, verabschiedeten sich alle voneinander, und die Kurzhosengang fuhr auf ihren Rädern

zum Rathaus, wo sie jetzt vollkommen übermüdet in einem muffigen Büro saß und wartete.
Leider hatten wir nicht das Glück, allein zu sein.

In Okkerville gibt es zwei Bäckereien, vier Haus- und zwei Zahnärzte, wir haben sechs Malermeister, zwei Dachdecker und drei Schuhmacher. Dann gibt es noch an die zwanzig Leute, die arbeitslos sind und Schnee schippen, wann immer man sie anruft.
Wir haben also von allem reichlich, aber wir haben nur einen Anwalt.

Marten G. Morten war ein paar Minuten vor uns angekommen und saß auf dem einzigen Ledersessel, der so bequem aussah, dass wir uns am liebsten darauf zusammengerollt hätten. Alle paar Sekunden schlug der Anwalt seine Beine übereinander und atmete laut aus. Marten G. Morten war groß und breit und klang wie ein alter Kühlschrank, der zu viel Strom verbraucht. Er stöhnte unentwegt. Neben Marten G. Morten zu sitzen, war also kein sehr großer Spaß. Sein Motto lautete: „Eine Stadt, ein Anwalt, ein Urteil." Die Leute waren froh, wenn sie ihm aus dem Weg gehen konnten. Niemand lud den Anwalt zum Kaffee ein, niemand fragte ihn auf der Straße nach der Uhrzeit. Nein, Marten G. Morten ging man aus dem Weg, weil er jedem seine Visitenkarte in die Hand drückte und andauernd vor Gericht gehen wollte.
Und er jammerte eine Menge.
„Jungs, das ist doch die reinste Folter!"
Marten G. Morten bewegte seinen Hintern von links nach rechts, als würde er auf glühenden Kohlen sitzen. Der Ledersessel knarzte, der Holzboden knarrte, Marten G. Morten sagte:
„Dieser Sessel ist ja wohl aus Stahlwolle gemacht!"

Und er sagte: „So unbequem habe ich ja noch nie gesessen!"
Und er sagte: „Meine Bandscheiben schmerzen, als würde ein Schimpanse darauf Polka tanzen!"
„Wir können ja tauschen", bot ich an.
Die Kurzhosengang saß auf Klappstühlen, die sich bedrohlich nach links neigten, sodass wir uns alle vier in Schräglage befanden. Nur ein Idiot hätte mit uns getauscht.
„Ich bin doch kein Idiot", sagte Marten G. Morten und tätschelte die Armlehnen, als wäre der Ledersessel plötzlich sein bester Freund. „Da habt ihr aber Pech gehabt, dass ich vor euch hier war, was?"
Wir hatten wirklich Pech gehabt, deswegen sparten wir uns eine Antwort. Island gähnte, Rudolpho gähnte, Zement schlief weiter, und ich schaute aus dem Fenster und überlegte, wann wieder alles normal sein würde in unserer kleinen Stadt. Hätte mir an dem Tag jemand gesagt, dass wir uns in ein paar Monaten schon auf die Suche nach dem legendären Totem machen würden, ich denke, ich hätte der Zukunft lächelnd entgegengeschaut und sogar ein wenig gewinkt. So aber war ich grimmig, denn ich vermisste die Brüder Karamasow und hatte das Gefühl, selbst ein alter müder Mann zu sein, der sich im Körper eines elfjährigen Jungen versteckt. Als hätte die Sonne meine Gedanken gehört, lugte sie durch den Schneevorhang und grinste mich an. Aber es war kein gutes Grinsen, denn durch das schmutzige Fensterglas blieb die Sonne nur ein matter Fleck am Himmel. In ganz Okkerville gab es zu der Zeit kaum ein sauberes Fenster, sie waren alle von klebrigem Ruß verdreckt. Nicht nur haben wir in diesem Jahr unsere Schule an einen Orkan verloren, es gab seit Neuestem auch keine Bibliothek, keine Polizeistation und auch keine Videothek mehr. Selbst die Feuerwehr war bis auf den Grundstein niedergebrannt.

Das Schlimmste aber war für uns das Verschwinden des Kinos.

Das Kino ging mitsamt den Brüdern Karamasow in Flammen auf, dabei kamen Alexei und Iwan aber nicht ums Leben. Sie starben kurz vor Schluss der letzten Vorführung. Ich weiß noch, wie ich mich mitten im Film umdrehte und nach hinten sah. Die Brüder saßen nebeneinander in der letzten Reihe und grinsten mich an. Alexei hob den Daumen und Iwan machte eine wedelnde Geste, ich sollte den Film weiterschauen. Während der Endtitel müssen ihre Herzen aufgehört haben zu schlagen. Ein wenig war es, als hätten sie gewusst, dass ihr Kino bald abbrennen würde. Zement meinte dazu, das wäre die beste Art, sich von dieser Welt zu verabschieden – Seite an Seite mit seinem besten Freund, während ein guter Film läuft.

Kneift mal die Augen zu und stellt euch vor, was für ein Chaos hier vor einer Woche geherrscht hat: Es gab in jener Nacht fünf Explosionen in fünf Häusern, die daraufhin so schnell in Flammen aufgingen, dass niemand etwas dagegen unternehmen konnte. Die Flammen sprangen von einem Gebäude zum anderen, und die Leute rannten wie kopflose Hühner herum und wussten sich nicht zu helfen. Als uns dann die Feuerwehr aus Farris zu Hilfe kam, war es fast schon zu spät.
Wenn ihr jetzt die Augen wieder öffnet und von oben auf Okkerville runterschaut, könnt ihr sehen, dass unsere Hauptstraße an einen grinsenden Mund erinnert, der fünf Zähne verloren hat. Fünf ist dabei die Zauberzahl, denn dieses Feuer brach nur aus, weil fünf bekloppte Jungen sich selbst fünf Denkmäler setzen wollten.
„Die PauliGang sollte für immer im Knast bleiben“, sagte Island.
„Die PauliGang sollte auswandern“, sagte Rudolpho.

Ich schüttelte den Kopf, denn ich glaubte nicht, dass wir die Paulis so schnell loswerden würden. Zement erwachte aus seinem Nickerchen, seufzte einmal laut und sagte, ohne die Augen zu öffnen:

„Langsam werde ich müde vom Warten."

„Mach doch einfach die Augen zu", schlug Rudolpho vor.

Wir kicherten, Zement kicherte so sehr, dass er beinahe vom Stuhl fiel. Marten G. Morten kicherte nicht, sondern streckte die Beine aus und gab ein Ächzen von sich, als wäre er in den letzten Minuten um achtzig Zentimeter geschrumpft. Das Ächzen begann in seinem Mund und endete in seinen Schuhen. Dann wollte er wissen, wo denn der Kaffee blieb. Und dann rief er uns zu: „Seht mich nicht so überrascht an!"

Keiner von uns hatte ihn angesehen.

Marten G. Morten pochte auf die Armlehnen.

„Wisst ihr, ich habe Besseres zu tun, als hier zu sitzen und zu warten. Ein Anwalt von meinem Kaliber ruht nie. Nie und niemals! Die Ungerechtigkeit der Welt lauert überall. Selbst in einem Fingernagel. Außerdem ist dieser---"

„Du bist doch hier, weil du hier sein willst", unterbrach ihn Island. „Du bist nicht hier, weil du hier sein musst."

Marten G. Morten glaubte, sich verhört zu haben. Island quasselt zwar viel und gerne, aber seine Sätze haben immer einen besonderen Unterton, der wie der Schlag einer Glocke nachhallt, selbst wenn Island nicht mehr spricht. Wenn ich was sage, ist es nüchtern und klar, denn ich will immer auf den Punkt kommen und lieber weniger als zu viel sagen. Rudolpho dagegen umrankt seine Worte mit Blumen und so viel Freundlichkeit, dass man darin baden will. Und Zement macht alles anders. Was er sagt, ist in Stein gemeißelt, vorausgesetzt man ist geduldig und wartet ab, dass er zu Ende spricht.

„Lasst euch mal eins gesagt sein", regte sich Marten G. Morten auf, „ihr Jungs *braucht* einen Anwalt. Vielleicht geht es um Millionen!"
Wir schüttelten den Kopf. Es ging nicht um Millionen.
Marten G. Morten winkte ab.
„Jeder braucht einen Anwalt. So ist das nun mal, so wird es immer sein, denn so ist das Leben."
Und da kam endlich der Notar herein.

Wenn sich eine Maus in einen Menschen verwandelt, wenn sie dann einen Anzug findet, der ihr passt, und ein Toupet, das immer wieder verrutscht, dann hat man einen Notar. Wenn man dann noch ein wenig vom Pech verfolgt wird und der Notar auf der Reise Zugwind abbekommen hat, dann hat man einen erkälteten Notar, der furchtbar mies gelaunt ist und es sehr bereut, nach Okkerville gereist zu sein. Und so hörte sich der erste Satz aus seinem Mund an:
„Was für ein Kaff!"
Der zweite Satz war auch nicht besser:
„Was für ein Drecksloch!"
Marten G. Morten hüstelte, als wollte er dem Notar widersprechen, hielt dann aber doch den Mund. Der Kurzhosengang fiel auch keine gute Verteidigung für ihre Stadt ein, denn Okkerville war wirklich nicht der Ort, an dem man Urlaub machen wollte. Die Leute warfen ihre Mülltüten einfach auf die Straße und scherten sich nicht darum, wo ihr Dreck landete. Sie meckerten viel und taten nichts, damit es der Stadt besser ging. Die Häuser hatten Risse und der Anstrich von den Fassaden blätterte ab, als wäre es unentwegt Herbst für Farben. Wenn es schneite, schneite es richtig und zu viel. Dasselbe galt für den Regen. Er füllte jede Ritze, und Schlaglöcher taten sich auf und waren tief wie Brun-

nen. Ein Fluch schien über Okkerville zu liegen. So gesehen konnte ich die Abneigung des Notars gut verstehen – unsere Stadt war ein Schandfleck und ein gutes Jahrhundert davon entfernt, der schönste Ort Kanadas zu sein.

„Fangen wir an", sagte der Notar und setzte sich hinter den Schreibtisch. Er hätte lieber stehen bleiben sollen. Kaum hatte er sich gesetzt, verschwand er mit einem Ruck aus unserem Blickfeld und wir sahen nur noch die obere Hälfte seines Toupets. Wer auch immer vorher auf diesem Stuhl gesessen hatte, er saß gerne niedrig.

„Sehr witzig", knurrte der Notar und begann den Stuhl hochzukurbeln, ohne dabei aufzustehen.

Eine Minute später konnten wir ihm wieder in die Augen sehen. Sein Gesicht war vom Kurbeln rot angelaufen und ein milchiger Tropfen hing an seiner Nasenspitze. Nicht nur Okkerville hatte ein Problem mit ihrem Aussehen, auch der Notar war ein gutes Jahrhundert davon entfernt, der schönste Mann Kanadas zu sein.

Wir lächelten aufmunternd, der Notar lächelte nicht zurück.

„Meine Zeit ist begrenzt", sagte er und blickte auf seine Uhr. „Mein Zug geht in exakt zwanzig Minuten, und ich will ihn auf keinen Fall verpassen. Mein Name ist Samuel Porter, und wir sparen uns alle Beileidsbekundungen und den ganzen Unsinn und beginnen mit der Testamentsverlesung."

Marten G. Morten hüstelte erneut, dieses Mal aber fand er seine Stimme.

„Machen Sie mal langsamer", sagte er.

„Langsamer?"

Der Notar schaute sich um, als wäre er in der falschen Stadt aus dem Zug gestiegen.

„Wieso sollte ich Zeit verschwenden?", fragte er.

„Weil das hier ein Trauerfall ist."
„Und?"
„Ein Trauerfall von höchster Tiefe!"
„Mein lieber Mann", gab der Notar zurück, „höchste Tiefe ist ein Widerspruch. Und was kümmert mich das? Ich bin der Notar und nicht der Bestatter."
Wir erwarteten, dass Marten G. Morten aufspringen und sich mal so richtig empören würde. Doch er blieb sitzen, denn er war ein sehr behutsamer Anwalt.
„Fahren Sie fort", bat er und senkte den Blick.
„Gut", sagte der Notar, „ich sehe, wir verstehen uns."
Er klappte seinen Aktenkoffer auf und entnahm ihm einen dünnen Hefter. Er las unsere Namen vor und fragte, ob wir anwesend seien. Wir nickten, wir waren anwesend. Der Notar sah Marten G. Morten an.
„Und wer sind Sie, bitteschön?"
Marten G. Morten reichte ihm seine Visitenkarte.
Der Notar warf einen Blick auf die Karte, nahm sie aber nicht.
Marten G. Morten steckte die Karte wieder ein.
„Wozu brauchen die Jungs einen Anwalt?", fragte der Notar.
Marten G. Morten lachte, als hätte der Notar einen Witz gemacht.
„Wozu brauchen die Jungs einen Anwalt?", wiederholte der Notar im gleichen Tonfall.
Marten G. Morten hörte auf zu lachen und machte ein ernstes Gesicht.
„Weil *jeder* einen Anwalt braucht", antwortete er. „Das ist doch selbstverständlich."
Der Notar wandte sich an uns.
„Wollt ihr, dass er mit dabei ist?"
Wir sahen Marten G. Morten an, Marten G. Morten gab uns sein bestes

Lächeln, sodass seine Zähne aufblitzten wie eine Reihe strahlend weißer Soldaten, die nur darauf warteten, dass ihnen jemand querkam.
„Er muß nicht dabei sein“, beschloss Rudolpho.
„Nee“, stimmte ihm Island zu, „wir brauchen ihn nicht wirklich.“
Ich wollte auch was sagen, aber Marten G. Morten schaute so entsetzt, dass ich mir sicher war, wenn ich jetzt auch noch den Mund aufmachte, würden ihm die Augen rausploppen. Nein, Marten G. Morten musste nicht mehr hören. Er sprang auf und murmelte irgendwas von verzogenen Gören, die eines Tages um seine Hilfe betteln würden, dann zog er sich umständlich seinen Mantel an und stürmte aus dem Büro. Wir hörten seine hämmernden Schritte durch den Flur des Rathauses hallen, dann war es wieder still, und der Notar fragte, ob alle Bewohner in Okkerville so unfreundlich wären.
„Nur die Anwälte“, antwortete ich, „und davon haben wir nicht so viele.“
Der Notar nahm das mit einem Nicken zur Kenntnis und setzte sich eine Brille auf.
„Dann wollen wir mal beginnen“, sagte er. „Ich verlese jetzt das Testament der Brüder Karamasow, ehemalige Cinematographen, geboren 1902 in Sankt Petersburg, Russland, verstorben 2000 in Okkerville, Kanada. Bis zu ihrem Ableben waren sie als Kinobesitzer und Filmvorführer tätig und blablabla.“
„Was?!“, rutschte es Rudolpho heraus.
„Steht da wirklich blablabla?!“, fragte ich.
Der Notar sah uns über seine Brillengläser hinweg an, als wären wir nicht ganz richtig im Kopf, dann beugte er sich erneut über das Testament und ratterte den Text herunter, als würde das Papier jede Sekunde in Flammen aufgehen:

Liebe Kurzhosengang,
es ist der 11. Januar 2000 und wir nehmen Abschied von euch. Wir können spüren, dass wir nicht mehr lange leben werden. Aus diesem Grund setzen wir dieses Testament hier und heute auf, damit es keine Unstimmigkeiten gibt und niemand versucht, sich das Erbe unter den Nagel zu reißen.
Kaum jemand hat unser Kino so oft besucht wie ihr. Eure Köpfe in der 7. Reihe zu sehen, ist für uns immer eine Herzensfreude gewesen. Ihr seid mit unseren Filmen aufgewachsen, und es mag euch sicher überraschen, aber wir möchten euch allein dieses Erbe in die Hände legen.
Es wird euch eine Menge Mut abverlangen, denn ein Erbe ist mehr als nur ein Geschenk von jemandem, der nicht mehr lebt.
Ein Erbe ist die Bitte, ein Licht am Brennen zu halten.
Rudolpho, gebrauche deine Sehnsucht, denn nur Sehnsucht durchdringt Zeit und Raum. Sie wird dein Schlüssel sein. Island, sorge dich nicht zu sehr, alles findet seinen Weg, und selbst wenn es ausweglos erscheint, wirst du Klarheit haben. Snickers, scheu dich nicht zu versagen, und scheu dich nicht, alles infrage zu stellen. Die Antworten sind immer da, die Fragen müssen nur richtig gestellt werden. Und dann du, lieber Zement, was wäre ohne dich aus uns geworden? Vertraue auf deine Ruhe und verzeih uns, dass wir dich angelogen haben, aber es ging nichts anders.

Wir sahen Zement an.
„Was seht ihr mich an?“, fragte er.

„Womit haben sie dich angelogen?“, fragte ich.
„Wer?“
„Mensch, Zement, die Brüder!“
„Ach, die Brüder. Keine Ahnung.“
„Aber was haben sie dir erzählt?“
„Dies und das.“
„Geht es nicht genauer?“
„Ihr wisst doch, sie haben gerne viel geredet.“
„Denk doch mal nach!“, drängelten wir.
„Mh. Ich denk ja nach, aber da ist nichts.“
Der Notar schlug mit der flachen Hand auf den Tisch.
„Jungs, macht das später in Ruhe unter euch aus“, sagte er und las weiter:

> Wenn der vor euch sitzende Notar seine Arbeit richtig gemacht hat, dann ist es jetzt auf die Minute genau 10 Uhr 25 …

Der Notar sah auf die Uhr über der Zimmertür. Es war 10 Uhr, 24 Minuten und 48 Sekunden. Wir hätten beinahe applaudiert. Der Notar wartete die zwölf Sekunden ab, dann las er weiter, als hätte er nie eine Pause gemacht:

> … und euch bleiben noch fünf Minuten, dann müsst ihr bereit sein. Wir wissen, es geht alles recht schnell. Alles Weitere wird euch Kira erklären.
> Kommen wir zu unserem letzten Wunsch. Wir möchten …

„Moment mal“, unterbrach Rudolpho den Notar, „wer ist Kira?“
„Woher soll ich das wissen?“, fragte der Notar zurück.

„Und was genau passiert in fünf Minuten?“, fragte ich.
„Jungs, ich bin nur der Notar.“
„Kira klingt nett“, sagte Rudolpho und schaute zur Tür, als würde er erwarten, dass die nette Kira hereinkäme. „Kira klingt wie jemand, der---“
„RUHE!“
Der Notar hatte so laut gebrüllt, dass sein Toupet ein wenig nach vorne verrutscht war.
„Ich dachte, ich hätte mich vorhin verständlich ausgedrückt, was das beschränkte Zeitfenster meines Besuches angeht, oder habe ich das nicht?“
Er hatte, wir murmelten eine Entschuldigung, der Notar tippte auf das Papier vor sich.
„Wir haben nur noch ein paar Sätze und die Zeit läuft. Darf ich? Bitte?“
Wir schluckten unsere Fragen runter und nickten. Der Notar las weiter:

> Kommen wir zu unserem letzten Wunsch: Wir möchten, dass ihr unsere Asche über den Dächern unserer Geburtsstadt verstreut. Denn dort begann alles, dort soll es auch für uns enden. Und jetzt hoffen wir, dass ihr eine gute Reise habt und euch der Mut nie verlässt. Wir wären gerne da gewesen, um euch bis zum Schluss zu beschützen, aber die Zeit ist uns in die Quere gekommen. Es tut uns leid, dass wir so schnell müde wurden vom Leben.
> Wir winken euch aus der Ferne.
>
> Euer
> Iwan & Alexei

Der Notar senkte das Testament, seine Arbeit war getan. Ich sah zu Island, der sah zu Rudolpho, der sah zu Zement, woraufhin Zement den Notar anschaute, als hätte er ihn eben erst bemerkt.

„He, wartet mal“, sagte er. „Wieso wurde ich bitteschön angelogen?“

ZEMENT

In der *Okkerville News* erschien zwei Tage vor der Beerdigung ein Nachruf auf die Brüder Karamasow. In dem Nachruf stand, sie wären 1902 in Sankt Petersburg geboren und hätten 1929 Russland verlassen. Da stand, sie reisten mit dem Schiff nach Amerika, aber anstatt in New York auf Ellis Island anzulegen, ging das Schiff an der Küste von Neufundland vor Anker. Die Brüder dachten, sie wären in Amerika. Sie gingen an Land, und kaum hatten sie festen Boden unter den Füßen, wurden sie ausgeraubt. Es war ein mieser Anfang für ein neues Leben. Ohne einen Cent in der Tasche reisten sie quer durch Kanada und erreichten die Stadt Pembroke, wo sie gleich nach ihrer Ankunft festgenommen wurden, weil dem Sheriff ihre Gesichter nicht gefielen. Da das Gefängnis in Pembroke zu der Zeit überfüllt war, verlegte man die Brüder in die nahe liegendste Stadt, und das war unser Okkerville. Damals stand auf dem Hügel noch ein Gefängnis, das erst Jahrzehnte später zu unserer Schule umgebaut wurde. Die Brüder blieben nicht lange hinter Gittern. Schon nach einem Monat brachen sie aus und verschanzten sich unerkannt in unserer kleinen Stadt, wo sie ein Kino eröffneten. Sie nannten sich von da an die Brüder Karamasow. Alexei und Iwan waren zwar ihre richtigen Vornamen, aber den Nachnamen Karamasow hatten sie sich aus einem Roman von Fjodor Dostojewski ausgeliehen. Keiner von uns wusste, wie sie wirklich hießen.

Am Ende des Zeitungsartikels stand, dass die Informationen über das Leben der Brüder aus einer sicheren Quelle stammten.

Ich war die sichere Quelle.

Aber ich selbst habe die Geschichte nicht von den Brüdern gehört.

Nein, ihre Geister haben mir alles erzählt.

Warte mal, sagen jetzt sicher einige von euch, *ich bin neu hier und kenne die Kurzhosengang nicht so gut, und es scheint, dass das zwar alles nette Kerle sind, aber wieso spricht der Dicke da jetzt plötzlich mit Geistern?*

Mit drei Jahren habe ich entdeckt, dass ich Geister sehen und mit ihnen reden kann. Mit Geistern rede ich aber nur in Gedanken, denn es würde verrückt aussehen, wenn ich immer laut vor mich hin quasseln würde. Wann immer ich einem Geist begegne und mit ihm plaudere, rutsche ich ein wenig aus der Zeit, was mich ausgesprochen langsam erscheinen lässt.

Ich bin langsam, aber so langsam nun auch nicht.

Meine Jungs wissen das, fast jeder weiß das, nachdem die Kurzhosengang in einer Talkshow aufgetreten ist und ich dieses Geheimnis ausgeplaudert habe. Aber ich kann nicht nur Geister sehen, ich sehe auch, ob jemand bald stirbt, weil sich dann sein Geist im Voraus zeigt. Ihr könnt euch also denken, wie traurig ich war, als ich den Geistern der Brüder das erste Mal vor zwei Wochen begegnet bin. Sie waren sehr gesprächig und erzählten mir die gesamte Lebensgeschichte der Brüder. Und ich Blödmann habe ihnen jedes Wort geglaubt.

Jetzt saß ich zwei Stunden nach der Beerdigung der Brüder mit meinen Jungs hier im Rathaus und hörte kaum, was der Notar uns vorlas, weil ich unentwegt darüber nachdenken musste, dass ich angelogen worden war. Mich verwirrt so was ganz schön. Ich glaube, es verwirrt jeden, wenn er angelogen wird und erst später erfährt, dass er angelogen wurde. Da wundert man sich, was denn jetzt die Lüge war.

Ich schaute nach links.

Wieso habt ihr mich angelogen? fragte ich den Geist von Iwan, der es sich auf einem der Aktenschränke bequem gemacht hatte und mit den Füßen wippte.

Frag nicht mich, sagte er und zupfte an seinem Schnurrbart, *frag Alexei.*

Der Geist von Alexei stand auf der anderen Zimmerseite und starrte aus dem Fenster, als hätte er noch nie Schnee gesehen. Der Moment der Wahrheit war ihm ganz schön peinlich. Seine Schultern verrieten ihn. Sie waren hochgezogen und erinnerten an eine schmale Mauer, die nur dafür gebaut wurde, dass keiner Fragen stellte.

Für alle anderen im Raum waren die Geister der Brüder unsichtbar. Geister zeigen sich nur, wenn sie Lust dazu haben, denn es kostet sie viel Kraft. Das ist auch ganz gut so, denn sonst wären die Bewohner von Okkerville garantiert schreiend davongerannt, weil eine Menge Geister in unserer Stadt herumirrten.

Uns macht Lügen keinen Spaß, sagte der Geist von Alexei und wandte sich mir zu, *aber in diesem Fall musste es sein.*

Aber wieso?

Weil die Brüder es wollten.

Wieso wollten sie bitteschön, dass ihr mich anlügt?!

Achtung, sagte der Geist von Iwan, *der Notar beobachtet dich.*

Es stimmte, der Notar beobachtete mich, als würde mein Kopf jede Sekunde explodieren. Ich lächelte ihn an, er lächelte nicht zurück.

„Was ist mit dem Dicken los?“, fragte er meine Kumpels, als würde ich nicht direkt vor ihm sitzen. „Wieso schaut er von links nach rechts? Hat er einen Anfall?“

„Zement, hör mal auf so rumzugucken“, sagte Rudolpho.

Ich hielt den Kopf still und bereute es sehr, den Geistern der Brüder erlaubt zu haben, zur Testamentsverlesung mitzukommen. Die ganze Beerdigung über hatten sie mich genervt und gemeckert, dass die Rede von meinem Vater viel zu kurz sei und es viel bessere Dinge über die Brüder zu sagen gab. *Nimm uns doch noch mit zur Testamentsverlesung,* hatten sie mich gebeten. *Danach verschwinden wir für immer,* hatten sie versprochen. Ich wusste, ihnen war langweilig, und es gibt ja wohl nichts Nervigeres als Geister, die sich langweilen.

„Mehr gibt es nicht zu sagen", schloss der Notar die Testamentsverlesung und nahm seine Brille ab. „Meine Arbeit ist getan und meine Zeit wirklich knapp. Ich werde jetzt …"

Er sah auf die Uhr über der Tür und erblasste.

„Ich habe mich verquasselt!", rief er und wurde plötzlich so fahrig, dass wir zurückschreckten.

Von draußen erklang ein Geräusch, das an das aufgeregte Flattern eines Vogels erinnerte. Ein gewaltiger Schatten bewegte sich über das Rathaus hinweg und verschwand. Der Notar war kreidebleich.

„Müssen wir denn nichts unterschreiben?", fragte Snickers.

„Dafür ist keine Zeit mehr", antwortete der Notar und packte seine Sachen zusammen. Er ließ das Testament liegen und stürmte aus dem Zimmer, als wäre ihm ein Grizzly auf den Fersen. Wir hörten seine Schritte durch das Rathaus hallen, dann erklang von draußen ein Krachen, dem ein zweites Krachen folgte. Ein Autoalarm plärrte los und verstummte wieder. Danach wurde es so still, dass ich das Gefühl hatte, durch das geschlossene Fenster den Schneefall zu hören.

„Ganz schön still da draußen", sagte Rudolpho.

„Ganz schön gruselig", sagte Island.

„Wollen wir mal schauen?", fragte Snickers.

Die Kurzhosengang rannte aus dem Büro, nur einer von ihnen rannte nicht wirklich, sondern blieb stehen. Ich war noch nicht fertig mit den Geistern der Brüder. Sie waren mir eine richtige Antwort schuldig.

Wieso sollten die Brüder nicht gewollt haben, dass ich die Wahrheit über ihre Vergangenheit erfuhr? Das machte überhaupt keinen Sinn und sollte für mich auch weiterhin keinen Sinn machen, denn wohin ich auch schaute, die Geister der Brüder waren verschwunden.
„Feiglinge!“, rief ich einmal laut und folgte meinen Jungs nach draußen.

Ihr werdet gleich verstehen, warum wir den zwei Schriftstellern diese Geschichte nie erzählt haben. Die Niagarafälle hochzuschwimmen, wäre einfacher gewesen.
Victor und Yves sind zwei wirklich nette Kerle, aber wir wollten sie nicht überfordern. Und außerdem wollten wir nicht als vollkommen verrückt dastehen. Meine Mutter hat uns die Geschichte sofort geglaubt, weil sie uns alles glaubt. Niemandem sonst haben wir davon erzählt und hätten auf keinen Fall gedacht, dass uns die Schriftsteller erwischen würden. Aber so sind Schriftsteller nun mal - sie bekommen alles mit, auch wenn man es nur leise flüstert, spitzen sie ihre Ohren, und keine Geschichte entgeht ihnen.

Die Kurzhosengang trat aus dem Rathaus und erstarrte. Jetzt wussten wir, warum die Stadt so still war: Die Autos standen kreuz und quer auf den Straßen, hier und da lief noch ein Motor und die Ampeln schalteten um, als wäre nichts gewesen. Auf dem untersten Treppenabsatz lag der Notar und rührte sich nicht. Das Toupet war ihm vom Kopf gerutscht und erinnerte an eine Wollmaus, die zu fliehen versucht. Einen Meter vom Notar entfernt lag unser Briefträger mit halb offenem Mund, und es sah aus, als wäre er einfach nur müde geworden. Die Post war aus seiner Umhängetasche gerutscht und hatte ein umgekehrtes V auf die Stufen gezeichnet. Vor *Lei Toos Bakery* stand ein Pick-up, der einen Lieferwagen gerammt hatte. Seine Motorhaube stand offen und der Dampf stieg zischend in die frostige Luft auf. Weiter hinten sahen wir Ida und Tom Beaumont auf dem Bürgersteig liegen, da war auch der Tankstellenbesitzer Pierre mit seiner neuen Freundin, und die Gershon Familie mit ihren drei Kindern. Wohin wir auch schauten, die Leute erinnerten an herabgefallenes Herbstlaub, das vom Schneefall zugedeckt wird. Niemand schrie, niemand jammerte oder rief um Hilfe. Es war, als hätte ganz Okkerville beschlossen, in derselben Sekunde ein Nickerchen zu machen. Und es war auch ein wenig wie in einem Horrorfilm, in dem die gesamte Menschheit auf einen Schlag aufhört zu existieren, und nur vier Jungs bleiben zurück.

„Das ist ja wie in einem Horrorfilm", sagte Snickers.

„Sag das nicht!", rief Rudolpho.

„Sag schnell was anderes", sagte Island.

„Hört ihr das?", fragte ich.

In der Ferne war ein Bellen zu hören, das näher und näher kam, und dann bog am Ende der Straße ein Schlitten um die Ecke. Er wurde von acht Huskys gezogen und von einer Gestalt gelenkt, die einen Pelzmantel mit hochgeschlagener Kapuze trug. In der einen Hand hielt sie die Zügel, mit der anderen Hand schwang sie eine Peitsche und ließ sie über den Köpfen der Hunde knallen. Die Gestalt hätte auch der Tod höchstpersönlich sein können, der um die Ecke schoss, weil er vergessen hatte, die Kurzhosengang mitzunehmen.

„Wenn das der Tod ist, hauen wir ab", sagte Snickers.

„Und zwar so schnell, dass er sich wundern wird, dass wir so schnell sind", sagte Island.

„Ich geh schon mal vor", sagte ich und konnte mich nicht rühren.

Der Schlitten bewegte sich in einem geschickten Slalom um die Autos und die Leute herum, ehe er in einer Wolke aus Schnee vor dem Rathaus zum Stehen kam. Die Huskys ließen ihre Zungen raushängen und grinsten uns an, dann sprang die Gestalt vom Schlitten, öffnete den Mantel und der hässlichste Hund der Welt sprang in den Schnee, rannte einmal kläffend und knurrend um die Huskys herum, pinkelte auf das Toupet des Notars und blieb neben der Gestalt stehen, die im selben Moment ihre Kapuze zurückschlug und uns anlächelte.

Wir waren sprachlos, denn wir verstanden die Kombination nicht – der Schlitten, die Huskys, die ohnmächtigen Bewohner von Okkerville und dann diese Gestalt neben dem Schlitten, die wir kannten und anscheinend doch nicht kannten.

„Holli?!“, sagte Rudolpho mit einem Krächzen in der Stimme.

„Ab heute wieder Kira“, sagte Holli und schüttelte den Kopf, sodass sich ihr weißes Haar wie ein Wasserfall aus Milch über ihren Rücken ergoss.

RUDOLPHO

Mein Herz explodierte. Ich verliebte mich so schnell in ein Mädchen, in das ich mich schon einmal verliebt hatte, dass es fast schon ein Verbrechen war. Mein Herz explodierte in tausend Stücke, die innerhalb von wenigen Sekunden einmal um die Welt flogen und wieder in meiner Brust landeten.

Hollis Haar war nicht mehr rot, es war leuchtend weiß wie der Schnee um uns herum. Ihr Nasenring und der schwarze Nagellack waren verschwunden, Holli kaute auch keinen Kaugummi mehr, und ich hätte schwören können, dass sie ganz anders dastand. Nicht wie die wütende Punkerin, die sie einst gewesen war, sondern wie …

„Holli?!“, wiederholte ich.

„Hallo, Rudolpho“, sagte sie.

Selbst ihre Stimme klang anders.

„Wieso … Wieso heißt du jetzt Kira?“, fragte ich und räusperte mich, weil ich wie ein Einjähriger klang, dem man den Schnuller weggenommen hatte.

„Namen sind doch nur Namen“, antwortete mir Holli.

Ich hatte schon lange nicht so eine blöde Antwort gehört, genau das wollte ich Holli auch sagen, aber Island kam mir zuvor und wollte wissen, wieso alle ohnmächtig auf der Straße herumlagen. Holli schaute sich um, als wäre ihr das eben erst aufgefallen.

„Seht es als Vorsichtsmaßnahme“, sagte sie.

„Vorsichtsmaßnahme für wen?“, fragte Zement.

„Für meinen Onkel. Niemand darf wissen, dass er hier ist.“

„Dein Onkel?“, krächzte ich. „Wer ist denn bitteschön dein Onkel?“

„Ihr werdet ihn gleich kennenlernen“, sagte Holli und legte den Kopf schräg, als wollte sie uns alle vier aus einem anderen Blickwinkel betrachten. Und genau in dem Moment gallopierte ein eisiger Wind die Straße hoch und umwehte das schönste Mädchen von Okkerville. Ihr Haar hob sich wie ein Nebelschleier und ihre grünen Augen wurden zu schmalen Schlitzen. Ich war bereit, alles zu tun, was sie von mir verlangte.

„Steigt auf den Schlitten“, sagte sie. „Wir sollten hier verschwunden sein, bevor alle wieder aufwachen und sich wundern, wieso sie auf der Straße herumliegen.“

Eine Minute später saßen wir Schulter an Schulter auf der Rückbank des Schlittens und waren alle sprachlos. Holli lenkte die Huskys, als würde sie das dreimal am Tag machen. Mein Blut kochte und meine Füße trommelten nervös auf den Boden, denn ich verstand die Welt nicht mehr. Alles, was ich über Holli wusste, schwankte wie ein Baum im Sturm, der kurz davorstand, entwurzelt zu werden. Aber wirklich alles.

Holli zog vor zwei Jahren mit ihrer Familie von Waterloo nach Okkerville. Ihre Mutter übernahm die Leitung der Bibliothek, ihr Vater war Automechaniker und die zwei Schwestern hatten die Schule geschmissen und die Punkband *Bad Boobs* gegründet. Holli hatte nichts mit den Brüdern Karamasow zu tun, ich bin mir sogar sicher, dass ich sie kein einziges Mal im Kino der Brüder gesehen hatte. Als sie Alexei und Iwan das letzte Mal begegnet war, stahl sie ihnen das Auto und nannte sie alte Knacker. So war Holli, aber Holli war mehr als das - sie war auch das Mädchen, in das ich mich so furchtbar verliebt hatte, dass die anderen Mädchen für mich unsichtbar wurden. Dummerweise war Holli

fünfzehn und ich erst elf; und dummerweise war Holli jetzt nicht mehr Holli sondern Kira, und ich war immer noch derselbe Rudolpho, der ich heute Morgen nach dem Aufwachen gewesen war. Als hätte Holli meine Gedanken gehört, drehte sie sich um. Der Blickkontakt war kurz, er fühlte sich an wie sechs Jahreszeiten hintereinander. Dann schaute Holli wieder nach vorne und schwang die Peitsche.
„Haihooo!“, rief sie den Huskys zu.
Mein Herz machte einen Salto rückwärts und verliebte sich erneut.

Die Landschaft rauschte an uns vorbei wie ein flüchtiger Gedanke, der einen Clownshut trägt und uns die Zunge rausstreckt. Johnny Rotten saß zu meinen Füßen und blickte misstrauisch zu mir hoch, als würde er nur darauf warten, dass ich ihm einen Tritt verpasste.
Ich tat nichts, ich war ja nicht lebensmüde.
Hollis Hund war ein schwarzer Mops, der eine zusammengepresste Dose als Kopf hatte. Seine Augen standen hervor und erinnerten an Glasmurmeln, die immer in Tränen schwammen. Wenn Johnny Rotten rannte, bewegte er sich auf seinen kurzen Beinen wie ein übergewichtiger Balletttänzer. Er war fies, er war gemein und passte mit seiner Knurrigkeit prima zu Holli. Wir waren nie Freunde gewesen, aber eine Freundschaft konnte ja wachsen.
Ich beugte mich vor, Johnny Rotten bleckte sofort sein winziges Gebiss.
„Hast du eine Ahnung, was hier passiert?“, flüsterte ich ihm zu. „Wieso sieht dein Frauchen so anders aus?“
Johnny Rotten schnappte nach meiner Nase, ich schrak zurück und saß aufrecht wie eine Eins.
„Ich glaube, da fragst du den Falschen“, sagte Snickers.
„Ja, Johnny Rotten spricht eine andere Sprache“, sagte Island.

Ich stieß Zement mit der Schulter an.
„Und du? Was denkst du?"
„Ich denke, wir fahren aufs Eis raus", sagte Zement.
Er hatte recht. Der Schlitten glitt durch den Wald wie ein heißes Messer durch einen Block Butter, und zwischen den Bäumen hindurch konnten wir das Eis des Twoinone schimmern sehen.
Im Süden unserer Stadt liegen drei Seen. Zwei davon sind sehr winzig und heißen Lilllake und Lillsmalllake. Der dritte See ist dreimal so groß und wird deswegen Twoinone genannt. Er liegt wie ein lächelnder Mund unter den zwei Seen, zwischen denen uns Holli jetzt hindurchlenkte. Der Schneefall war seit Tagen schon so heftig, dass der Twoinone an eine gefrorene Wüste erinnerte – eine Wüste mit einer steilen Böschung, die uns den Weg versperrte.
Holli dachte nicht daran, langsamer zu werden.
„Nicht!", riefen wir und klammerten uns fest.
Der Schlitten raste die Böschung hoch und darüber hinweg. Für einen Moment waren wir schwerelos, unsere Hintern lösten sich von der Rückbank, unsere Mägen wanderten nach oben, dann hatten erst die Huskys und danach die Kufen des Schlittens wieder Bodenkontakt. Die Hunde kamen nicht einmal ins Stolpern, ihre Pfoten klackerten auf dem Eis, als würden sie Morsezeichen verschicken. Wir dagegen wurden kräftig durchgeschüttelt und spürten jede Unebenheit. Nachdem wir aufgehört hatten zu schielen, schauten wir uns um, aber es war niemand auf dem Eis zu sehen. Snickers brauchte eine knappe Minute, um seine Adleraugen zu fokussieren, dann zeigte er nach vorne.
„Da drüben!"
Ein schmaler Strich hatte sich in der Ferne materialisiert und nach hundert Metern nahm der Strich eine Form an und wurde zu einem Mann,

der wie ein Fels auf dem Eis stand und wartete, dass wir näher kamen. Er trug einen schwarzen Frack und eine schwarze Weste, das Hemd darunter strahlte weißer als der Schnee. Der Mann war mindestens sechzig Jahre alt und schaute uns grimmig entgegen, aber ich hätte genauso geschaut, wenn man mich bei dem Wetter rausgejagt hätte. Die Frisur auf seinem Kopf musste aus Blei gegossen sein, keine Haarsträhne bewegte sich im Wind. Über seinem linken Arm hing ein Handtuch und rechts balancierte er ein Tablett.

„Ein Butler?!“, sagte Island zweifelnd.

Der Schlitten wurde langsamer und hielt fünf Schritte von dem Butler entfernt. Jetzt konnten wir sehen, dass auf dem Tablett ein silbernes Kännchen und zwei Teetassen standen. Ehe sich einer von uns rühren konnte, sprang Johnny Rotten vom Schlitten und flitzte auf den Butler zu. Er rannte einmal um ihn herum, verbiss sich dann in einem Hosenbein und zerrte kurz daran, ehe er wieder losließ, um sich auf dem Eis niederzulegen. Der Butler schaute kein einziges Mal zu Johnny Rotten herab. Zwei Wesen konnten nicht verschiedener sein.

„Kira“, sagte der Butler und verbeugte sich leicht.

„Boswell“, sagte Kira.

Der Butler zeigte mit dem Kinn auf die Kurzhosengang.

„Sind das die Jungs?“

„Schau nicht so kritisch“, ermahnte ihn Holli.

„Verzeih.“

Holli wandte sich zu uns um. Es war wirklich ein schönes Bild, wie sie da auf dem Schlitten saß. Wie ein Abenteuer, in dem ich mich verlaufen wollte.

„Boswell ist ein Skeptiker“, erklärte sie.

„Nur bei schlechtem Wetter“, sagte Boswell.

„Ist *das* dein Onkel?", fragte ich.
„Nein, das ist natürlich sein Butler", antwortete mir Holli und verdrehte dabei die Augen, was mich richtig glücklich machte, denn das war für eine Sekunde wieder meine Holli und nicht die Kira, die aus dem Nichts gekommen war und Holli in eine Kira verwandelt hatte.
„Wie lange braucht er noch?", fragte sie den Butler.
Er fischte mit spitzen Fingern eine Taschenuhr aus seinem Frack.
„Noch zwei Minuten und elf Sekunden."
Der Wind verstummte plötzlich und ein Schweigen legte sich über uns, das nur vom hechelnden Atem der Huskys unterbrochen wurde. Holli rührte sich nicht vom Schlitten, Boswell schaute erneut auf seine Uhr und die Kurzhosengang hatte das Gefühl, dass die Welt sich eine Spur langsamer drehte. Wir saßen da wie vier Päckchen, die dem Weihnachtsmann zu schwer geworden waren. Irgendwoher rief eine Krähe nach einer anderen Krähe, Johnny Rotten gähnte und die Huskys machten es ihm nach und legten sich nieder und drückten sich ihre Schnauzen zwischen die Pfoten.
In zwei Minuten und elf Sekunden kann man eine Menge sehen, wenn man richtig Ausschau hält, aber ich sah sehr wenig, weil ich nur Augen hatte für Hollis Rücken und ihren Nacken und dieses weiße Haar. *War das wirklich ihre Haarfarbe? War das wirklich meine Holli?* Ich fand keine Antworten. Ich wünschte mir, Holli würde sich mal umdrehen und lächeln. Sie tat es nicht.
„Hör auf zu starren", flüsterte mir Snickers zu.
„Sie ist wirklich Holli", sagte Island.
„Und niemand anderes", sagte Zement.
„Ich weiß doch", flüsterte ich zurück und glaubte ihnen kein Wort, und genau da hörten wir ein Knacken und einige Schritte vom Butler entfernt

brachen zwei Hände durch die Eisdecke. Sie umklammerten den Eisrand und ein Kopf schaute aus dem Wasserloch. Er prustete und schnaubte, wie eine Robbe auf Landurlaub, dann sah er zum Butler hoch.

„Und?", fragte er.

„Herr Graf liegt gut in der Zeit", sagte Boswell.

„Gut", sagte der Herr Graf und hievte sich aus dem Wasser.

Er sah überhaupt nicht aus wie ein Graf, er sah mehr aus wie ein Typ, der barfuß Berge besteigt und ohne Fallschirm aus einem Flugzeug springt. Sein Körper war sehnig und mit festen Muskeln bepackt, genau so wollte ich auch mal aussehen, wenn ich älter war. Während wir mit den Zähnen klapperten, schien er überhaupt nicht zu frieren. Die Wärme löste sich in wabernden Nebelfäden von seinem Körper und der Schnee schmolz, kaum dass er ihn berührte. Auf seinen Schultern schimmerten zwei Tattoos und über dem Herzen leuchtete eine sichelförmige Narbe. Die Badehose passte gar nicht zu ihm - sie war knallrot und ging ihm bis zu den Knien.

„Da unten liegt ja eine Statue", stellte der Graf fest und klopfte sich Wasser aus dem Ohr.

„Richard Brautigan", sagten wir.

Der Graf grinste uns an.

„Redet ihr immer gleichzeitig?"

„Nicht immer", murmelten wir durcheinander.

Der Graf grinste so sehr, dass wir seine Backenzähne sehen konnten.

„Kann mir einer von euch verraten, wie die Statue eines amerikanischen Schriftstellers in einem kanadischen See gelandet ist?"

Snickers antwortete ihm, als wäre es das Normalste der Welt, sich mit einem halb nackten Mann zu unterhalten, der auf einem gefrorenen See stand und vor sich hintropfte.

„Die Brüder haben die Statue von Richard Brautigan gegen die von Fjodor Dostojewski ausgetauscht“, sagte Snickers.

Aus seinem Mund klang es wie eine ganz einfache Geschichte, aber sie war alles andere als einfach: Richard Brautigan war ein amerikanischer Schriftsteller gewesen, der ein einziges Mal in Okkerville übernachtet hatte. Das war 1978. Seitdem sprachen alle Leute nur noch von Richard Brautigan, als hätte er ein ganzes Jahrhundert hier in unserer Stadt verbracht. Sie lasen seine Bücher und diskutierten auf der Straße und in Cafés, was für ein großartiger Schriftsteller er doch gewesen war. Nach seinem Tod hat unsere Stadt eine lebensgroße Statue von ihm auf dem Mulberry Circle aufgestellt. Den Brüdern Karamasow war die Statue vom ersten Tag an ein Dorn im Auge gewesen. Sie fanden, dass Fjodor Dostojewski ein viel besserer Schriftsteller war, dem Richard Brautigan nie das Wasser reichen konnte, also haben sie in Eigenarbeit eine Statue des russischen Schriftstellers aus Marmor gehauen. Die Brüder hatten geplant, die eine Statue klammheimlich gegen die andere Statue auszutauschen. Leider hatten sie nicht bedacht, dass so eine Statue ein paar Tonnen wiegt, und so wäre der ganze Plan beinahe gescheitert.

„Russland gegen Amerika“, sagte der Graf, „wie passend. Und ihr habt den Brüdern dabei geholfen?“

Wir sahen Zement an.

„Ich war das“, sagte er.

„Dann musst du Zement sein“, stellte der Graf fest und nickte anerkennend. „Der dicke Junge, den alle unterschätzen und der mehr weiß, als er vorgibt zu wissen. Der Geisterseher von Okkerville, der sich nie aus der Ruhe bringen läßt und bald sterben wird, um wiedergeboren zu werden.“

„Was wird er?!“, rutschte es uns raus.
Nur Zement rutschte nichts raus.
„Aha“, sagte unser Kumpel.
„Und du“, sprach der Graf weiter und wandte sich an Snickers, „du musst Snickers sein. Der Junge, der so viel Wissen in seinem Kopf abgespeichert hat, dennoch nie weiß, ob es wirklich genügt. Der Junge, der Spuren liest und jedes Rätsel knackt. Mir wurde viel von dir erzählt. Auch von deiner Furcht.“
Ich konnte sehen, dass Snickers nicht wollte, dennoch musste er fragen. „Und was ist meine Furcht?“
„Allein zu sein. Alle zu verlieren und allein zu sein.“
Snickers war sprachlos. Der Graf zeigte auf Island.
„Und du, du bist der Junge, dessen Vater vor vier Jahren spurlos verschwand. Ich habe viel von dir gehört, Island. Dein Name passt zu dir. Du bist wie eine Insel. Für alle erreichbar, dennoch immer allein. Leider glaubst du, dass die ganze Welt auf deinen Schultern lastet, und das macht dir das Leben schwer, habe ich recht? Und dann …“
Der Graf sah mich an. Ich wollte ihm sagen, dass es mir egal war, was er alles über mich wusste.
„… haben wir hier Rudolpho, den großen Romantiker, der pausenlos sein Herz verliert, während er sich eigentlich nur nach seiner toten Mutter sehnt.“
Ich senkte den Blick, ich mochte es nicht, wenn jemand über meine Ma sprach. Ich mochte es auch nicht, dass der Typ so viel über uns wusste. Wir waren doch kein offenes Buch, in das jeder reinblättern durfte.
„Deine große Kraft ist deine Loyalität“, sprach der Graf weiter. „Du würdest alles für deine Freunde tun, aber wirklich alles. Allein wegen dir stehen wir hier in dieser Kälte.“

„Was?!“, sagte ich.
„Was?!“, sagte die Kurzhosengang.
Der Graf dachte nicht daran, uns zu antworten. Er nahm das Handtuch, das ihm der Butler reichte, und rieb sich in aller Ruhe Brust und Beine trocken. Als würden wir alle zusammen Urlaub in Kanada machen, sprach er weiter: „Es gibt doch nichts Besseres für den Kreislauf, als eine kleine Runde zu schwimmen. Schon deswegen würde ich gerne hier leben. Habt ihr schon mal versucht unter dem Eis zu tauchen?“
„Einmal“, sagten wir.
„Ihr klingt nicht begeistert, aber einmal ist ja auch keinmal.“
Der Graf legte sich das Handtuch wie einen Schal um den Hals und strahlte plötzlich Holli an.
„Und dann haben wir da Kira! Willst du mich gar nicht begrüßen?“
„Ich dachte, du fragst nie“, sagte sie und sprang vom Schlitten.
Sie umarmten sich und standen danach Arm in Arm nebeneinander und betrachteten die Kurzhosengang, die weiterhin ratlos auf dem Schlitten hockte, als würde die Fahrt jeden Moment weitergehen. Einer von der Kurzhosengang hatte mal wieder heftiges Herzklopfen, weil er sich vorstellte, wie es wäre, so nahe bei Holli zu stehen und den Arm um ihre Hüfte zu legen.
„Das sind sie also“, sagte der Graf.
„Das sind sie“, sagte Holli.
„Ja, das sind wir“, sagte Snickers, „und wer genau bist du?“
Der Graf schlug sich klatschend gegen die Stirn.
„Wie unhöflich von mir! Verzeiht, verzeiht, ich weiß alles über euch und ihr wisst rein gar nichts über mich. Mein Name ist Graf Akim Dimitri Obramow, und es würde mich freuen, wenn ihr Akim sagen würdet.“
Er drückte Holli an sich.

„Kira ist meine Nichte“, sprach er weiter und sah sie an. „Oder soll ich lieber Holli zu dir sagen?“
„Ab jetzt wieder Kira“, sagte Holli.
„Kira“, wiederholte ich halblaut, und ab dem Moment existierte Holli nicht mehr, es gab nur noch Kira. Es tat weh, aber so war es nun mal.
„Die Brüder haben mir viel von euch erzählt“, sprach Akim weiter. „Sie haben in ihren Briefen und per Skype von euch berichtet. Ich kenne sogar Fotos, da seid ihr so klein.“
Er zeigte uns, wie klein. Es war sehr klein. Uns klingelten die Ohren. Er musste Fotos gesehen haben, auf denen wir Babys waren. Was geschah hier nur?
„Ihr fragt euch, warum ich hier bin, wieso Holli nicht mehr Kira ist und warum alle in der Stadt ein Nickerchen machen“, sprach Akim weiter. „Die Antwort ist recht einfach – ihr steht im Testament der Brüder und das Erbe wartet auf euch, denn mit euch allein beginnt die Geschichte unserer Familie, und darauf freuen wir uns schon alle.“
„Was heißt denn das schon wieder?“, fragte Island.
„Genau das, was ich gesagt habe. Wir freuen uns alle.“
Der Butler räusperte sich.
„Tee?“, fragte er.
„Danke, Boswell“, sagte Akim.
„Gerne“, sagte Kira.
Boswell schüttete den angesammelten Schnee aus den Tassen und goss aus dem silbernen Kännchen ein. Wir sahen den Dampf aufsteigen und saßen auf dem Schlitten und schauten zu, wie Kira und Akim von ihren Tassen nippten, dabei blickten sie über die Landschaft, als wäre das genau die Art und Weise, in der man den Tee genießen sollte. Und wir saßen noch immer da und warteten auf eine Antwort, die alles erklärte.

„Ich könnte auch eine Tasse vertragen“, murmelte Island.
„Und ich würde eine Menge für eine heiße Dusche geben“, jammerte Snickers.
„Ich fühl mich, als würde ich träumen“, sagte Zement.
„Genau so“, sagte ich.
Die Kurzhosengang wurde das Gefühl nicht los, sich einen gemeinsamen Traum zu teilen. Wir sahen zu, wie Kira die zwei Tassen auf das Tablett zurückstellte, dann rieb sich Akim mit den Händen über seine gefrorenen Haare, sodass Eiskristalle wie glitzernde Diamanten durch die Luft flogen.
„Ich hoffe sehr, dass ihr mir meinen kleinen Eingriff verzeiht“, sagte er. „Ich musste euren Ort in einen Kurzschlaf versetzen, weil es für meine Familie und mich zu riskant ist, Spuren zu hinterlassen. Selbst hier in der Einöde Kanadas möchte ich kein Risiko eingehen. Erinnerung ist eine ungemein gefährliche Waffe. Deswegen gibt es auch keine Holli mehr.“
„Deswegen *gab* es nie eine Holli“, schob Kira hinterher.
„Nie?“, sagte ich und klang wie ein Frosch, der unter einem Stein festgeklemmt ist.
„Armer Rudolpho“, sagte Kira.
„Armer Rudolpho“, sagte Akim.
Und das war genau das, was ich nicht hören wollte. Ich fühlte mich von beiden Seiten gebuttert und dann auf dem Teller liegen gelassen.
„Ich bin nicht arm“, widersprach ich ihnen. „Ich bin wütend und kapier gar nichts mehr. Man kann doch nicht von heute auf morgen jemand anderes werden. Und man kann nicht ankommen und eine ganze Stadt lahmlegen, nur weil man keine Spuren hinterlassen will. Das ist verrückt.“

Alle sahen mich erstaunt an, auch meine Kumpels, ich mochte das nicht, ich war nicht gerne der Mittelpunkt, also schob ich schnell hinterher: „Und außerdem würde ich gerne wissen, wie lange die Leute jetzt ohnmächtig im Schnee herumliegen werden?"
Akim machte sich nicht einmal die Mühe, den Butler nach der Uhrzeit zu fragen.
„Eure Stadt ist längst wieder erwacht", sagte er. „Keiner weiß mehr, was in den letzten zehn Minuten passiert ist. Der Notar ausgenommen, er war als Einziger informiert und leider viel zu langsam. Und um deine erste Frage zu beantworten, Rudolpho: Kira war nie Holli, sie hat diese Rolle gespielt, weil die Brüder sie darum gebeten haben. So wie sie Kira auch gebeten haben, euch zu mir zu führen. Die Zeit der Geheimnisse ist vorbei, die Zeit der Wahrheit beginnt. Und die Wahrheit ist, ihr habt ein großes Erbe anzutreten. Bald werdet ihr alles besser verstehen und wissen, dass nichts von alledem verrückt ist. Boswell, wie spät haben wir es?"
Boswell hielt Akim seine Taschenuhr entgegen.
„Wir liegen gut in der Zeit", sagte Akim und wandte sich uns wieder zu. „Was haltet ihr von Hypnose? Ich beschäftige mich schon seit meiner Kindheit mit den verschiedenen Techniken, und da gibt es einen ganz einfachen Trick, den ich euch gerne zeigen möchte."
Wir wollten sagen, dass wir keine Lust hatten, uns irgendwelche Tricks anzusehen. Wir wollten, dass er uns mehr über das Erbe verriet oder uns sagte, warum ausgerechnet wegen mir alle hier sein sollten, aber Akim hielt eine Hand hoch, als würde er die Fragen kommen sehen.
„Sobald ich mit den Fingern schnippe", sagte er, „schlaft ihr ein."
Wir lachten, dass der Schlitten wackelte, wir hielten nicht viel von Hypnose.

„Beim zweiten Schnippen", sprach Akim weiter, „erwacht ihr wieder. Einfacher geht es nicht."

„Das klappt niemals", sagte Snickers.

„Mich kann man nicht hypnotisieren", sagte Zement.

„Rien ne va plus", sagte Akim und schnippte mit den Fingern.

Uns klappten die Augen zu.

Ein zweites Schnippen erklang.

Wir öffneten die Augen.

Akim war nicht mehr nackt bis auf seine rote Badehose, er stand auch nicht mehr auf dem Twoinone neben einem Eisloch, sondern saß auf einem samtgrünen Sofa und hatte die Beine übereinandergeschlagen. Er trug einen Pullover und eine Leinenhose. Auch war er nicht mehr barfuß. Die Socken sahen aus, als wären sie selbst gestrickt. Auf seinem Schoß lag Johnny Rotten und beobachtete uns mit zornigen Augen, während ihm Akim den Nacken kraulte.

Kira und der Butler waren verschwunden.

Der See und das Eis waren verschwunden.

Und die Kurzhosengang saß nicht mehr auf dem Schlitten.

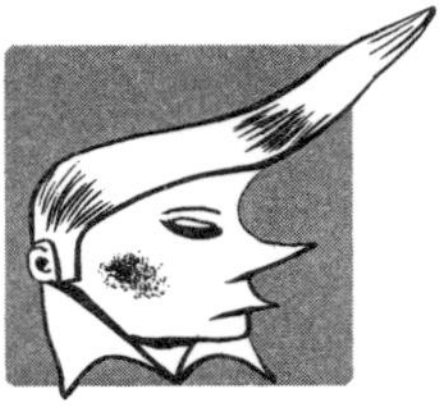

PAULIEINS

Natürlich haben wir mitbekommen, wie die Furzhosen aus Okkerville verschwunden sind. Wir haben ja Augen und Ohren. Auch als die Leute in der Stadt umgekippt sind, haben wir das mitbekommen. Mann, das sah ja aus, das war wie Bowlen - eine Kugel haut alle um und bumm!

Ihr denkt, ich lüge euch an?

Ihr blöden Schriftsteller denkt: *Oh Mann, wie ist das möglich, nachdem die PauliGang beinahe ganz Okkerville in die Luft gesprengt hat, wie konnten diese fünf Teufelskerle überhaupt noch auf freiem Fuß sein?* Da kann ich euch nur sagen, dass es kein Gefängnis gibt, das uns festhalten kann. Nee, so leicht steckt niemand die PauliGang in den Knast. Und falls doch, dann gibt es meinen Großvater, denn der hat auch was zu sagen. Und wenn der Alte was sagt, dann passiert das auch.

Nachdem man uns also einbuchten wollte, hat mein Großvater gleich mal Marten G. Morten angeheuert, und diese Trantüte hat es dann doch glatt geschafft, dass wir nicht lebenslänglich bekamen, sondern nur 30 Tage Sozialdienst.

„Sozialdienst im Winter!", rief da die PauliGang empört. „So ein Mist aber auch, wir wollen lieber lebenslänglich!"

Sozialdienst hieß, den Omas ihre Einkaufstüten schleppen und den Opas die Türen aufhalten; es hiess zu allen nett sein und keine Scheiben einschmeißen oder Bomben bauen. 30 Tage lang mussten wir die Füße stillhalten, und das war ja wohl der schlimmste Job überhaupt. Ich wäre lieber für immer in den Knast gegangen, aber Großvater meinte:

„Wenn du in den Knast gehst, kenn ich dich nicht mehr."

Großvater heißt in Wahrheit Bronco Vindland, aber alle nennen ihn den Bürgermeister. Wir nicht. Für uns ist er die Mumie, denn er ist älter als Lava und noch älter als der Mond. Wenn einer wie die Mumie sagt, du machst das und das, dann machst du das und das, und zwar am besten sofort, sonst verflucht er dich. Und wenn dich die Mumie verflucht, dann bist du so richtig am Arsch. Also machten wir Sozialdienst und waren nett zu den Rentnern, aber natürlich legten wir zwischendurch viele Pausen ein.

Hahaha, die PauliGang ist ja nicht blöd.

Jede halbe Stunde versammelten wir uns im rostigen VW-Käfer der Brüder, der seinen Geist zur gleichen Zeit aufgegeben hatte wie die zwei Alten. Die Karre war in einer Seitenstraße geparkt und sollte zum Schrott geschleppt werden. Bis das passierte, gehörte die Karre der PauliGang allein. Das ist das Gesetz der Wildnis.

An dem Tag, an dem alle in der Kirche herumhingen, um die Brüder zu verabschieden, war nicht viel los auf den Straßen von Okkerville. Der Schneefall plapperte so vor sich hin und wir machten mal wieder Pause vom Sozialdienst. Ich saß hinter dem Lenkrad des VW-Käfers, PauliVier hatte den Platz neben mir, der Rest der Truppe quetschte sich auf der Rückbank. Wir teilten uns eine Cola und qualmten eine Zigarre, die ich meinem Vater abgeluchst hatte. Dabei schauten wir finster in die Gegend, weil der Rauch so dicht war, dass uns die Augen tränten. Es stank fürchterlich im Auto und uns war kotzig von dem Gestank, aber wer ausstieg, war eine Pfeife, und ein Pauli ist nie eine Pfeife. Deswegen atmeten wir den Rauch tief ein, als wäre er das beste Parfüm der Welt. Und wie wir so heulend in die Gegend schauten, sahen wir etwas Dunkles über die Stadt hinweggleiten.

„Das ist ja größer als ein Haus", sagte PauliVier.
„Das ist auf jeden Fall größer als dein Haus", sagte PauliDrei.
„Nee, das ist größer als der Hintern deiner Mutter!", rief PauliVier, und wir beölten uns so sehr, dass der VW-Käfer wie ein echter Käfer herumwackelte, der auf dem Rücken liegt und nicht mehr auf die Beine kommt. Nachdem wir uns beruhigt hatten, wischte ich den Dunst von der Windschutzscheibe, und wir sahen, dass ein Hubschrauber über unsere Stadt hinwegflog. Die nächste Militärstation lag im Süden, und seitdem die PauliGang die kanadische Prärie unsicher machte, hatte sich kein Hubschrauber hierhergewagt.
„Das sieht nach Krieg aus", sagte PauliFünf.
Der Kasten war schwarz wie Kohle und riesig und beinahe lautlos. Er schwebte mehr, als dass er flog. Und wie er so über uns hinwegglitt, senkte sich ein feiner Nebel auf die Stadt herab und die Leute kippten einer nach dem anderen um wie besoffene Mülltüten. Alle bis auf die PauliGang natürlich, denn die sind ja keine Leute. Außerdem saßen wir in dem VW-Käfer und hatten die Fenster geschlossen, damit die Zigarre auch richtig gut stank.
„Wieso kippen alle um?", fragte PauliVier.
PauliZwei meldete sich von hinten.
„PauliZwei glaubt, vielleicht sind sie traurig, dass die Brüder tot sind, sodass sie von der Beerdigung kommen und auch tot sein wollen."
„Was für ein Blödsinn", sagte PauliFünf.
PauliZwei hörte das nicht gerne und hielt PauliFünf die Faust unter die Nase. PauliFünf mochte das nicht gerne und knurrte. Dabei traten seine Augen so weit vor wie bei einem Frosch, der Blähungen hat.
„Auf jeden Fall können wir froh sein, dass unsere Fenster zu sind", sagte ich.

„Umkippen wäre echt blöde", sagte PauliVier.

PauliDrei war an der Reihe, auch mal was zu sagen, aber er blieb stumm, und als ich nach hinten schaute, sah ich, dass er ganz grün im Gesicht war. Wir Paulis sind Baumstämme, nur PauliDrei ist ein verbogenes Streichholz. Immer kränklich, immer müde und immer mit einem Rucksack voller Pech auf dem Rücken.

„Was ist los, PauliDrei?", fragte ich. „Explodierst du gleich?"

„Nee, aber ich kann nicht mehr", stieß PauliDrei hervor. „Diese Zigarre ist ja das Schlimmste, was ich je gerochen habe!"

„Wer aussteigt, verliert", sagte PauliVier.

„Gut, dass es hinten keine Tür gibt", sagte ich.

Ich hätte die Klappe halten sollen. PauliDrei kletterte über den Sitz zu PauliVier nach vorne und trat die Beifahrertür auf. Wir schrien alle gleichzeitig los.

„WAS TUST DU?! WILLST DU STERBEN ODER WAS?!"

PauliDrei hörte uns nicht. Er taumelte in den Schnee und schnappte gierig nach Luft, dann sah er sich um und sah die Leute überall herumliegen und begriff, dass der Zigarrengestank sein kleineres Problem war. Doch all das Begreifen half ihm wenig, denn PauliVier hatte die Beifahrertür längst wieder zugezogen und ließ PauliDrei nicht mehr rein.

„PauliZwei sagt, wenn PauliDrei gleich umkippt, dann bleiben wir für immer im Auto und wohnen hier."

„PauliZwei ist ein kluger Mann", stellte ich fest.

„Guckt mal, PauliDrei hält die Luft an", sagte PauliVier.

„Ich wette, gleich hält er sich auch noch die Nase zu", sagte PauliFünf.

PauliDrei tat genau das und schaute in den Himmel und hüpfte dabei auf der Stelle herum. Wir schlossen Wetten ab, wie lange das gut gehen

sollte, und zählten mit. Nach einundvierzig Sekunden konnte PauliDrei nicht mehr und nahm die Hände wieder herunter. Er holte japsend Luft und schaute sich um.
„Ich lebe noch!“, rief er und streckte die Arme in die Luft. „Haha, ich lebe noch!“
„Renn mal ein wenig ums Auto herum!“, rief ihm PauliFünf durchs geschlossene Fenster zu.
„Wieso denn?“
„Damit wir sehen, ob du nicht vielleicht doch noch umkippst.“
Nachdem PauliDrei viermal ums Auto herumgerannt war, glaubte ihm die PauliGang, dass die Luft rein war. Also sind wir alle ausgestiegen und dem Hubschrauber gefolgt, der sich wie eine träge Hummel von Okkerville entfernte. Denn wer das verpasst, der hat kein Pauliblut in den Adern.

Sicher denkt ihr jetzt: *Mann, wie irre sind denn die Paulis? Das sind ja die größten Helden, die man sich vorstellen kann! Die verfolgen einen Hubschrauber, der eine ganze Stadt umgepustet hat! Hut ab!*
Nun, genau so war es.
Wir sind irre und wir sind die größten Helden, die man sich vorstellen kann. Es wird wirklich mal Zeit, dass jemand ein Buch über uns schreibt. Denn wir sind nicht nur irre und sehen gut aus, dazu sind wir auch noch furchtbar witzig und schnell. Kaum waren wir aus dem VW-Käfer gestiegen, flitzten wir zu unseren Rädern und folgten dem Hubschrauber.
Und wir folgten ihm raus aus der Stadt.
Und wir folgten ihm auf das Feld vom ollen Bjoernsen, das ganz und gar mit Schnee bedeckt war und darauf wartete, dass es Frühling wurde.

Der olle Bjoernsen wusste bestimmt nicht, was da auf seinem Feld passierte, denn was da passierte, das war Science Fiction.
„Außerirdische!“, hauchte PauliDrei.
Es sah zwar aus wie der Besuch von Außerirdischen, aber Außerirdische stellen kein Zelt auf. Die haben Raumschiffe und Laserkanonen, und wenn die ein Zelt sehen, pusten sie es um.
Neben dem Hubschrauber wirkte das Zelt winzig. Der Hubschrauber war so groß, dass man sich fragte, wie der überhaupt in die Luft kam.
„Außerirdische fliegen keine Hubschrauber“, sagte PauliFünf.
„Und sie pinkeln nicht in der Gegend herum“, sagte PauliVier.
Ein Mann stand hinter dem Zelt. Er trug einen braunen Mantel und eine Fellmütze. Er pinkelte vor sich hin und pfiff dabei eine Melodie, was gar nicht so einfach ist, wenn man bei minus 18 Grad pinkelt und dabei auch noch ein Maschinengewehr über der Schulter hängen hat.
„Ich glaube …“
Weiter kam PauliDrei nicht, seine Nase flatterte und dann nieste er einmal.
Der Mann schaute in unsere Richtung, er sah aber nichts und niemanden, denn die PauliGang war schon längst untergetaucht.
Zehn Minuten später standen wir im Hubschrauber.

Es war einfacher gewesen, als eine Mandarine zu schälen. Wir sind den ganzen Weg zum Hubschrauber gerobbt und waren am Ende so mit Schnee zugekleistert, dass ein Schneemann vorbeikam und uns einen Heiratsantrag machte. Wir haben ihm erst die Möhre geklaut und ihn dann in den Hintern getreten, was bei einem Schneemann immer witzig ist, weil sein Hintern aus Puderschnee gemacht ist. Hahaha. Danach kletterten wir durch die Ladeluke in den Hubschrauber. Das Innere war

in zwei Hälften geteilt. Eine Hälfte war gemütlich und mit einem Sofa und einer Bar ausgestattet, die andere Hälfte hatte man durch eine Schiebetür abgetrennt und sie stand voll mit Holzkisten.
„PauliZwei sagt, da sind bestimmt Kanonen und Bomben drin. Und wenn da Kanonen und Bomben drin sind, sind das bestimmt Terroristen."
Wir öffneten eine der Kisten. Sie war voller Stroh, und als wir darin herumwühlten, hörten wir es klimpern und zogen eine Champagnerflasche heraus.
„Das ist Schampus aus Barsten!", rief ich überrascht.
Barsten lag in der Nähe von Toronto und war berühmt für seinen Champagner, der so viel kostete, dass ihn die Leute nur mit abgespreiztem Finger und in kleinen Schlückchen nippelten. Jedes Jahr wurden höchstens sechshundert Flaschen hergestellt. Wir öffneten die zweite Kiste, auch sie war voller Flaschen. Wir glaubten es nicht.
„Vielleicht ist das ein Schmugglerring", sagte PauliVier.
„Wer schmuggelt denn schon Schampus aus Kanada raus?", fragte ich.
„Ich kenne einen, der kennt einen, der würde das machen", sagte PauliVier.
„Wir sollten ihnen alle Kisten klauen", sagte PauliDrei, „dann sind wir sofort stinkereich."
„Und wie willst du das anstellen, du Blödmann?", fragte ich. „Das Zeug wiegt doch eine Tonne, wir können nicht einfach so mit den Flaschen unter dem Arm …"
Ich verstummte, denn aus dem Cockpit kam ein Knistern. Kurz darauf hörten wir eine Stimme aus dem Funkgerät plärren. Obwohl wir kein Wort verstanden, überkam uns ein Frösteln, das bis in die Zehennägel runterwanderte.

„Das klingt ja wie Griechisch", sagte PauliDrei.
„Das ist Russisch", sagte PauliVier.
„Nee, das klingt wie Griechisch", wiederholte PauliDrei.
„PauliZwei sagt, das ist nicht Kanadisch."
PauliDrei ließ sich nicht beirren.
„Ja, weil es Griechisch ist", sagte er.
Die Stimme aus dem Funkgerät wartete auf eine Antwort, dann wiederholte sie die Worte.
„Wieso soll das Griechisch sein?", wollte PauliFünf wissen.
„Weil so Terroristen sprechen", sagte PauliDrei.
„Also ich finde, das klingt wie Russisch."
„Das ist auch Russisch", gab ich PauliVier recht, „und wenn das Russisch ist, dann wisst ihr doch, was das heißt, oder?"
PauliFünf nickte ernst.
„Das sind dann Russen", sagte er.
„Es gibt auch griechische Russen", gab PauliDrei zu bedenken.
„Wenn das Russen sind", sagte ich ganz ruhig, damit meine Jungs nicht vollkommen durchdrehten, „dann wollen die Kanada zurückhaben."
„PauliZwei sagt, das geht nicht, Kanada gehört uns."
„Ja, Kanada gehört zwar uns", stimmte ich ihm zu, „aber vor hundert Jahren hat es den Russen gehört, und die waren so doof und haben es für ein paar Pferde und sechzig Wolldecken an uns verkauft."
PauliDrei kratzte sich am Nacken.
„Ich weiß ja nicht", sagte er, „war das nicht Alaska?"
„Du blöder Klugscheißer", sagte ich und nahm ihn in den Schwitzkasten.
„Du hast ja recht! Du hast ja recht!", rief PauliDrei und versuchte sich zu befreien, das wurde aber nichts. Ich zwang ihn auf die Knie und befahl ihm, er solle mir die Stiefel küssen. PauliZwei sagte: „Ich nehme

PauliDrei danach auch mal in den Schwitzkasten." PauliDrei küsste mir die Stiefel und ich ließ ihn wieder frei. Bevor sich PauliZwei dann PauliDrei schnappen konnte, zeigte PauliVier auf eines der Fenster.

„Jungs, da kommt jemand!"

Wir sahen einen Butler und einen Mann in Badehosen durch den Schnee angestapft kommen. Das war ein Bild. Das nächste Bild war noch besser, denn ein Schlitten tauchte hinter den beiden auf und der Schlitten wurde von einem weißhaarigen Mädchen gelenkt, und das Beste daran war aber nicht das Mädchen, das waren die vier Gurken, die hinter ihr auf dem Schlitten saßen und vor sich hinstarrten, als hätte ihnen jemand das Gehirn rausgelöffelt.

„Was haben die Furzhosen mit den Russen zu tun?", fragte PauliFünf.

Keiner von uns hatte darauf eine Antwort, wir spürten aber alle, wie das alte Feuer der Wut in uns aufloderte. Wir hassten die Kurzhosengang, seitdem wir sie das erste Mal gesehen hatten, und das war noch im Kindergarten gewesen. Die Kurzhosengang war wie die Schlümpfe; die PauliGang war wie King Kong. Da musste man nicht zweimal hinschauen, das passte nicht zusammen.

„PauliZwei fragt sich, wieso die Furzhosen so komisch gucken."

Die Furzhosen guckten wirklich komisch, sie starrten vor sich hin und sprachen nicht miteinander. Besonders für die Quatschtüte Island musste das ein ganz schön harter Test sein. Der Butler und der Mann in der Badehose verschwanden ins Zelt. Das Mädchen stieg vom Schlitten und folgte ihnen. Nur die Furzhosen rührten sich nicht und guckten weiter doof in die Gegend.

„Wir sollten aussteigen und sie aufmischen", sagte ich.

Das war eine richtig gute Idee, die alle prima fanden, wir wollten also eben aussteigen und die Schlümpfe aufmischen, da traten die ande-

ren wieder aus dem Zelt. Der Mann trug keine Badehose mehr, sondern einen schicken Anzug, und der Butler begann das Zelt abzubauen. Das Mädchen lief zu den Furzhosen, und wie sie da so lief, dachte ich: *Mensch, die Puppe kenne ich doch!* Aber mir fiel nicht ein, wo ich sie schon mal gesehen hatte. Sie sagte was und die Furzhosen kletterten vom Schlitten wie Zombies und stapften auf den Hubschrauber zu, in dem wir uns versteckten.
Da wurde die PauliGang ein wenig nervös.

Als der Hubschrauber abhob, war kein Pauli mehr im Laderaum. Wir lagen zwanzig Meter entfernt im Schnee und schauten dem Kasten hinterher, wie er von Okkerville weg Richtung Osten flog und hinter den Bergen verschwand.
„So kann man die Furzhosen auch loswerden", sagte PauliVier.
„Ich würde schon gerne wissen, wohin sie fliegen", sagte ich.
„Ganz sicher nach Griechenland", sagte PauliDrei.
„Solange sie nicht wiederkommen, ist mir das egal", sagte PauliFünf.
„PauliZwei sagt, das war ganz schön spannend, aber jetzt …"
Er zog eine der Champagnerflaschen aus seiner Jacke.
„… will PauliZwei wissen, wie lecker das hier ist."

Es war überhaupt nicht lecker. Wir kosteten und spuckten aus, wir kosteten noch mal und spuckten noch mal aus. So mussten tote Frösche schmecken, wenn man sie zu lange auf kleiner Flamme einkocht. Wir fuhren nach Okkerville zurück, und auf der Rückfahrt hatte PauliFünf die brillante Idee, wenn die Kurzhosengang nicht mehr da war, dann könnten wir uns ihre Fahrräder schnappen und in alle Einzelteile zerlegen. PauliFünf war schon immer Meister der grausamen Ideen gewesen.

Wir wussten, dass die Furzhosen ihre Räder vor dem Rathaus abgestellt hatten, und wenn sie noch immer da standen, hatten wir leichtes Spiel.

Die Räder waren nicht da.
Wir schauten nach links und rechts.
Die Räder waren nicht da.
Es lag auch kein Mensch mehr auf der Straße herum und die Autos fuhren wieder ganz normal herum. Okkerville war so langweilig, wie Okkerville immer langweilig war.
„Als wäre nie was passiert", sagte PauliVier.
Wir standen etwas ratlos in der Gegend herum und beschlossen erst mal eine Pause einzulegen. Wir wollten uns in den VW-Käfer quetschen und Limo trinken. Wir kamen keine drei Schritte weit, da blieb PauliZwei stehen und zeigte über die Straße auf *Lei Toos Bakery.*
„PauliZwei sagt, dass das nicht geht."
Es ging wirklich nicht, denn da saß die Kurzhosengang an ihrem dämlichen Fensterplatz und schaufelte sich Pancakes rein.
„Die verarschen uns doch, oder?", sagte PauliFünf.
„Die sind doch in der Luft", sagte PauliVier.
„Das sind bestimmt Klone", sagte PauliDrei.
„Klon oder nicht Klon", sagte ich, „niemand verarscht die PauliGang."
Wir überquerten die Straße und nahmen Kurs auf *Lei Toos Bakery.*

ISLAND

Wir saßen nicht mehr auf dem Schlitten und wir saßen auch nicht bei Snickers im Wohnzimmer, sondern in einem Zimmer mit blauen Wänden, und vor uns saß Graf Akim und hinter ihm befand sich ein Panoramafenster, das bestimmt sechs Meter lang war und die gesamte Wandseite einnahm. Was wir durch das Fenster sahen, wollten wir nicht wirklich sehen – es war nicht mehr Tag, der Himmel schimmerte nachtblau und war voller funkelnder Sterne, die auf eine Stadt herabschienen, die nicht im Entferntesten an Okkerville erinnerte.

„Wie … wie geht das?“, stammelte ich.

„Wie hast du das nur gemacht?“, fragte Rudolpho.

Akim winkte ab, als wäre es ein Klacks für ihn gewesen.

„Ich weiß, wie ihr euch fühlt“, sagte er. „Atmet mal kräftig durch, dann geht es euch gleich viel besser und---“

„Nö“, unterbrach ich ihn, denn ich dachte nicht daran, kräftig durchzuatmen, wir waren doch nicht beim Sportunterricht. Ich fand es sehr unheimlich, plötzlich in diesem fremden Zimmer an einem fremden Ort zu sitzen, ich wollte zurück nach Hause, als ich aber auf die Beine kam, wurde mir so was von schwindelig, dass ich gleich wieder in den Sessel zurücksank.

„Puh“, machte ich. „Wieso dreht sich mir alles?“

„Das ist der Jetlag“, erklärte Akim.

„Der *was*?!“, rief die Kurzhosengang.

„Der Jetlag“, wiederholte Akim langsam, damit wir es auch wirklich verstanden.

„Was ist das für ein Blödsinn?“, platzte es aus Snickers heraus. „Nur wer fliegt, hat Jet…“

Er verstummte, ich bin mir sicher, wir dachten alle dasselbe.
„Hör mal, du komischer Graf", sagte ich, „hast du uns etwa *hypnotisiert,* in einen Flieger *gesteckt* und hier erst wieder *aufgeweckt*?!"
Akim zuckte mit den Schultern.
„Es war der einfachste Weg", sagte er. „Und wie ich schon sagte, lege ich Wert auf Sicherheit."
Die Kurzhosengang war sprachlos. Wir starrten auf die fremde Stadt hinab, die sich wie eine glitzernde Pfütze in der Landschaft ausbreitete und um einiges größer war als unser beschauliches Okkerville. Ich hatte noch nie so viele Türme und Kirchen auf einem Haufen gesehen. Hier und da bewegten sich Lichtpunkte, und ich brauchte einen Moment, ehe ich begriff, dass das die Scheinwerfer von Autos waren. Und wie ich so rausschaute, fiel mir die Vitrine in der Zimmerecke auf. Sie befand sich hinter einem wuchtigen Schreibtisch, auf dem ein Notebook und verschiedene Karteikästen mit Karten und Zetteln standen. Die Urnen hinter dem Vitrinenglas waren aus weißem Porzellan und hatten einen grünen und einen roten Deckel. Ich hätte sie überall wiedererkannt, denn es waren dieselben Urnen, von denen sich die Kurzhosengang auf der Beerdigung der Brüder verabschiedet hatte. Langsam dämmerte mir, warum wir hier waren – es ging um das Erbe, und es ging darum, die Asche der Brüder zu verstreuen.
„Wir sind in Sankt Petersburg", sagte ich.
„Wanawara", sagte Akim.
„Wanawarawas?", rutschte es mir raus.
„Einfach nur Wanawara", sagte Akim.
„Das klingt nicht russisch", sagte Snickers.
„Das klingt afrikanisch", sagte Zement.
Rudolpho blieb die Luft weg, seine Stimme war nur noch ein Piepsen.

„Sind wir etwa in Afrika?!", sagte er.

„Nein, wir sind in Russland", beruhigte uns Akim. „Besser gesagt im Herzen von Sibirien."

„Wieso denn Wanawara?", fragte ich und zeigte mit dem Kinn auf die Urnen. „Die Brüder wollten doch, dass wir ihre Asche über ihrer Geburtsstadt verstreuen."

Ehe Akim antworten konnte, leuchtete Zements Gesicht auf und er schnippte mit den Fingern, sodass ich mir für eine grausame Sekunde sicher war, er würde uns jetzt auch hypnotisieren.

„*Das* ist die Lüge!", rief er.

„Das ist *eine* der Lügen", stimmte ihm Akim zu. „Ihr solltet nicht wissen, woher die Brüder kamen, ihr solltet nicht wissen, wer sie wirklich waren, und insbesondere solltet ihr nicht wissen, was sie in Okkerville verloren hatten."

„Wir wissen aber, dass sie dort zufällig gelandet sind", sagte Snickers.

„Es tut mir leid, auch das ist eine Lüge", sagte Akim. „Ihr solltet ..."

Ein Klopfen unterbrach ihn, die Zimmertür ging auf, der Butler schaute rein.

„Die Familie erwartet euch", sagte er.

„Danke, Boswell."

Der Butler schloss die Tür, ohne uns auch nur eines Blickes zu würdigen. Akim hob Johnny Rotten von seinem Schoß und setzte ihn wie ein zerknautschtes Sofakissen neben sich. Dann beugte er sich vor, Ellenbogen auf den Knien, die Hände ineinander verschränkt. Auch wir beugten uns vor und verschränkten die Hände. Akim wirkte plötzlich ernst, so ernst wie jemand wirken kann, der bunte Socken trägt. Nachdem er jeden von uns für ein paar Sekunden schweigend angesehen hatte, sagte er:

„Ihr müsst wissen, dass die Brüder aus Russland ausgewandert sind, weil sie ein Ziel hatten. Sie haben den Großteil ihres Lebens damit verbracht, dieses Ziel zu erreichen. Nichts anderes hatte für sie eine Bedeutung."

„Und?", fragte ich. „Haben sie ihr Ziel erreicht?"

„Ihr seid hier, oder?"

Die Kurzhosengang lehnte sich in den Sesseln zurück, als wollte sie Abstand zwischen sich und dem Grafen schaffen. Zement fand als Erster seine Stimme wieder, was eine wirkliche Leistung ist, wenn man Zement kennt.

„*Wir* waren ihr Ziel", stellte er leise fest.

Akim nickte, Johnny Rotten furzte und tat, als wäre er es nicht gewesen. Niemand lachte, niemand meckerte, wir starrten Akim an. Akim nickte noch mal und sagte:

„Gut, das hätten wir dann geklärt."

Mit diesen Worten stand er auf, trat an das Panoramafenster und tippte einmal gegen das Glas. Ein Teil des Fensters glitt zur Seite und ein eisiger Wind wehte in das Zimmer.

„Ihr habt die Ehre", sagte Akim.

Ich ging um den Schreibtisch herum und nahm die Urne mit dem grünen, Zement die Urne mit dem roten Deckel. Als wir vor dem offenen Fenster standen, schraubte Snickers die eine Urne und Rudolpho die andere auf. Wir atmeten tief durch und hielten die Urnen raus. Langsam begannen wir sie zu kippen. Die Asche der Brüder verschwand als wehende graue Fahnen in der Tiefe. Als wir uns Akim zuwandten, saß er wieder auf dem Sofa und wartete, dass wir ihm gegenüber Platz nahmen. Wir stellten die leeren Urnen in die Vitrine zurück und taten ihm den Gefallen.

„Ich danke euch sehr“, sagte er. „Die eine Hälfte des Testaments haben wir hiermit erfüllt. Bevor wir uns jetzt der anderen Hälfte zuwenden, warten ein paar Leute darauf, eure Bekanntschaft zu machen. Erschreckt bitte nicht. Einige von ihnen sind recht wütend, dass die Brüder ausgerechnet euch ausgewählt haben. Adel gewöhnt sich schwer an unverrückbare Wahrheiten. Gleichzeitig ist der Großteil der Familie endlos erleichtert, dass er mit dem Erbe nicht in Berührung kommen muss. Viele haben es versucht und mit ihrem Leben dafür bezahlt.“
„Das ist ja sehr beruhigend“, sagte Rudolpho. „Wer sagt denn, dass wir es überleben werden?“
„Die Brüder glaubten an euch.“
„Die Brüder sind tot“, gab Snickers zu bedenken.
„Ich will noch nicht sterben“, rutschte es mir heraus. „Ich will erst mal zwölf werden.“
Meine Jungs nickten.
„Wir alle wollen erst mal zwölf werden“, stellte Zement fest.
„Keine Sorge“, beruhigte uns Akim, „keiner von euch wird sterben, ihr werdet als strahlende Helden hervorgehen und schnell wieder zu Hause sein. Und du ...“
Er sah mich an.
„... wirst deinen zwölften Geburtstag nicht verpassen, dafür werde ich sorgen.“
„Du *weißt,* wann ich Geburtstag habe?“
„Am 30. Oktober. Ich weiß, wann jeder einzelne von euch Geburtstag hat, welche Pizza ihr am liebsten esst und welche Filme ihr auf keinen Fall sehen wollt.“
Die Kurzhosengang sah ihn abwartend an.
„Schmonzetten“, sagte Akim.

Die Kurzhosengang traute ihren Ohren nicht. Dieser Graf wusste wirklich alles über uns.
„Wenn ihr mir jetzt bitte folgen würdet“, sagte er und stand auf, „die Familie erwartet euch.“
Keiner von uns rührte sich, Johnny Rotten knurrte, die Kurzhosengang ließ sich nicht drängen. Ganz besonders nicht, wenn sie mit dem Rücken zur Wand stand.
„Also ich weiß ja nicht“, sagte Zement.
Wir nickten, denn auch wir wussten nicht, ob wir diesem komischen Typen folgen sollten, der uns bis nach Russland verschleppt hatte, dann aber sprach Zement seinen Satz zu Ende.
„Aber wir können ja mal Hallo sagen.“
„Hallo?!“, wiederholten wir ungläubig.
„Ja, hallo“, sagte Zement, „denn danach erklärt uns Akim bestimmt alles, oder?“
Akim hob die rechte Hand.
„Geschworen“, sagte er, und keiner von uns konnte in dem Moment ahnen, dass Akim nicht eine Sekunde daran dachte, uns irgendwas zu erklären. Er hätte uns in dem Moment alles geschworen, nur damit wir ihm folgten. Die Kurzhosengang hatte Jetlag und war furchtbar naiv.
„Geschworen ist geschworen?“, fragten wir.
Akim schwor ein zweites Mal und so war es beschlossen. Wir standen auf und streckten uns, dass die Gelenke knackten. Es fühlte sich an, als hätten wir eine Woche lang in einer verbeulten Dose geschlafen. Und wie wir da so standen, sahen wir, dass nicht nur ganz Kanada um uns herum verschwunden war, nö, auch unsere Stiefel waren weg, und unsere Socken guckten zu uns hoch und waren vollkommen ahnungslos, wie das passieren konnte.

„Eure Schuhe stehen vor der Tür“, sagte Akim und strich dabei mit einem Fuß über den Boden. „Ihr müsst verzeihen, der Teppich ist hundertachtzig Jahre alt und sehr empfindlich.“
Wir gingen alle auf die Tür zu, nur Rudolpho rührte sich nicht. Er stand vor dem Schreibtisch und starrte auf einen der Karteikästen.
„Sind das Postkarten?“, fragte er.
Akim nickte.
„Kann ich ein paar haben?“
Rudolpho durfte sich fünf Postkarten aussuchen, er bekam von Akim nicht nur die Briefmarken draufgeklebt, sondern auch einen Kugelschreiber, der aussah, als wäre er aus purem Gold gemacht. Wir wussten als Einzige, wem Rudolpho schreiben wollte. Es war kein wunderschönes Mädchen, es war ein Engel, und der Engel war seine Mutter.

Unsere Stiefel waren ordentlich neben der Tür aufgereiht. Ich versuchte mir vorzustellen, wie sie uns jemand ausgezogen und dort hingestellt hatte, um den Teppich zu schonen. In was für einen Blödsinn waren wir hier reingeraten? Und wie können vier Jungen unbemerkt von Kanada nach Russland reisen? Der Mann, der alle Antworten hatte, schlüpfte in ein paar Wildlederschuhe, schob sich die Hände in die Hosentaschen und wartete, während wir auf dem Boden saßen und unsere Stiefel schnürten.
„Wo ist überhaupt Holli?“, fragte Rudolpho.
„Kira“, berichtigte ihn Akim.
„Pöh“, machte Rudolpho.
„Sie kommt nachher dazu.“
Wir folgten Akim durch einen Marmorflur, der unsere Schritte laut widerhallen ließ. Wir erfuhren, dass das Schloss vor einem Jahr neu gebaut

worden war. Links und rechts an den Wänden hingen alte Gemälde. Die Fenster waren zehn Meter hoch und aus dickem farbigen Mosaikglas, durch das wir nicht rausschauen konnten. Das Schloss hatte alles, was ein Schloss haben sollte, auch einen stolzen Hund, der sich wie der König aufführte – Johnny Rotten trottete neben uns her und schnappte alle paar Schritte nach unseren Hacken.

„Wer baut denn heutzutage noch ein Schloss?“, fragte Snickers.

„Leute mit viel Geld“, antwortete Akim.

Es ging eine Treppe, dann noch eine Treppe hoch. Vor einer schmalen Tür blieben wir stehen.

„Das hier ist eine der Hintertüren, die zu einem Balkon führt“, erklärte uns Akim. „Es ist besser für euch, wenn wir den Haupteingang meiden. Und erschreckt euch bitte nicht, sie sind alle gekommen. Es ist ein halbes Jahrhundert her, dass sich die Familie das letzte Mal so versammelt hat. Allein die Planung für den heutigen Tag hat zwei Jahre gebraucht. Meine Sekretärin kann ein Lied davon singen.“

Akim legte die Hand auf die Türklinke.

„Warte mal“, sagte ich, „wie kann die Planung zwei Jahre gedauert haben, wenn die Brüder erst letzte Woche gestorben sind?“

„Alexei und Iwan habe das Testament erst vor K urzem aufgesetzt, aber der Inhalt war der Familie seit langer Zeit bekannt“, antwortete mir Akim.

„Was ist eine lange Zeit?“, hakte Snickers nach, der vage Feststellungen überhaupt nicht mochte.

„Eine lange Zeit sind ein wenig mehr als sechzig Jahre“, sagte Akim.

Wir wurden zu Fels, wir wurden zu Stein, wir waren die Kurzhosengang in Granit gehauen.

„Aber …“

Snickers Stimme war nur ein Hauch.

„... uns gibt es doch erst seit elf Jahren."

„Dessen bin ich mir bewusst", sagte Akim.

Zement räusperte sich.

„Das verstehe ich nicht", sagte er. „Wie kann uns jemand etwas vererben, bevor wir überhaupt geboren wurden?"

Akim lächelte entschuldigend.

„Rätsel über Rätsel", sagte er und drückte die Klinke herunter.

Die Tür schwang auf. Gemurmel war aus dem Inneren zu hören und ich hatte sofort ein genaues Bild vor Augen – da würden Cousins und Cousinen von Akim und Kira rumstehen, Großeltern mit Schal und Krücken und ohne Zähne im Mund, da wären auch ein paar Kinder, die wild herumliefen und sich an den Haaren zogen; und irgendwo würde der älteste Mann der Welt vor einem Kamin sitzen und uns zu sich winken, um uns ein paar Ratschläge zu geben, die keiner von uns verstehen würde, weil keiner von uns Russisch kann.

Ich hatte ja keine Ahnung.

Wir traten durch die Tür und kamen auf einen Balkon, und kaum standen wir da, verstummte das Gemurmel und es war plötzlich so still, als wären wir ganz alleine in Wanawara. Wir machten zwei Schritte nach vorne und schauten über das Geländer auf einen Ballsaal herab, der von seiner Größe an ein Eishockey-Spielfeld erinnerte.

Und da waren sie.

Alle.

„Oh nee", sagte ich.

„Auweia", sagte Snickers.

„Ich sagte ja, sie sind alle gekommen", sagte Akim.

„Das sind *alle*?", fragte Zement ungläubig.

Rudolpho fehlten als Einzigem die Worte, also tat er, was er am besten konnte, und war freundlich und hob die Hand und winkte wie ein Zar, der sein Volk nach einem harten Winter aufmunternd begrüßt.

Niemand winkte zurück, niemand blinzelte, sie starrten nur zu uns hoch, und wir starrten zu ihnen runter. Ich wagte es nicht, laut zu reden, also flüsterte ich.

„Sag mal, Akim, wie viele Kinder hatten denn Alexei und Iwan?"

„Kein einziges. Aber sie hatten sechs Geschwister."

„Und daraus wurden so viele Familien?"

„Ihr seid hier in Russland", sagte Akim. „Wir machen aus wenig viel."

In diesem Moment wäre die Kurzhosengang sehr gerne wieder zu Hause gewesen und hätte sich auf dem Sofa gefläzt. Mit Comics, Limo und Chips, dazu ein guter Film, und die Welt wäre in Ordnung. Wir hätten auch gerne frierend in einer Eishütte gesessen und uns eine Woche lang von Stockfisch ernährt, denn alles war besser, als diese Blicke zu ertragen, die uns wie Lanzen durchbohrten.

Und es waren eine Menge Lanzen.

In dem Saal standen an die fünfhundert Männer und Frauen, Jungen und Mädchen, sie schauten mit offenen Mündern zu uns hoch und hätten auch Geister sein können, so still waren sie. Aber ich denke, wären sie Geister gewesen, hätte Zement schon längst Alarm geschlagen.

„Verehrte Familie, die ihr die lange Reise angetreten habt", rief Akim und zeigte auf uns, während seine Worte wie aufgeregte Fledermäuse durch den Saal hallten. „Ich darf mit Stolz vorstellen, frisch aus Kanada importiert: die einzigartige Kurzhosengang!"

Der Jubel war wie ein Rausch.

Es wurde applaudiert und gepfiffen, die Frauen warfen ihre Babys in die Luft, die Männer streckten die Fäuste hoch und gaben einen Husarenschrei von sich, dass der Saal erbebte und die Wände wackelten und der Marmorboden ein paar Risse bekam.

Und nichts davon ist geschehen.

Es war schlimmer als schlimm.

Niemand klatschte, nicht einmal eines der Babys jammerte, sie alle starrten einfach weiter zu uns hoch, nur ein paar Münder schlossen sich zu einem schmalen Strich, mehr Reaktionen gab es nicht.

„Vielleicht haben sie dich nicht gehört", sagte Rudolpho.

„Ruf mal lauter", sagte Snickers.

Aber sie hatten Akim gehört. Eine Frau hob ihre Hand. Sie trug ein elegantes Kleid und einen Hut, der aussah wie zwei Tauben, die sich den ganzen Tag lang gestritten hatten.

„Akim, das ist doch ein Scherz, oder?!", rief sie.

Ein Mann weiter vorne meldete sich.

„Die sind ja kleiner als mein dreijähriger Pavel", sagte er und hielt einen Jungen hoch, der wirklich größer war als wir.

Fünfhundert Köpfe wurden enttäuscht geschüttelt, das Schweigen lag in der Luft wie eine nasse Hängematte. Ich wünschte, jemand hätte gepfiffen oder mit den Füßen gescharrt, denn mich macht so eine Stille immer nervöser als nervös.

„Das ist ja eine Schande!", rief schließlich ein dicker Mann, der auf einem breiten Sessel saß und sich mühsam aufrichtete. Er wurde von zwei Muskelpaketen in Anzügen gestützt.

„Es ist *keine* Schande", widersprach ihm Akim. "Morgen ist der 29. Februar 2000. Alles ist, wie es sein sollte."

„Mir ist egal, ob das Datum stimmt oder nicht", sprach der dicke Mann weiter und spuckte auf den Boden. „Was auch immer sich Alexei und Iwan dabei gedacht haben, diese vier Gören hierher zu holen, ich verstehe es nicht. Ihr kennt mich, ich bin ein gläubiger Mensch, aber ich glaube nicht an irgendwelche Legenden. Das sind Ammenmärchen, und das hier ist eine elendige Schande. Schmeißt sie raus, sage ich. Das sind doch Kinder, Akim. Egal, was die Geschichte schreibt, es muß ein Irrtum sein. Niemals sind diese vier Zwerge für uns verantwortlich. Denn wir …"

Er schlug sich gegen seine gewaltige Brust, was einen hohlen Laut auslöste.

„… wir sind die Obramows! Es ist lächerlich zu denken, dass das Schicksal unserer großen Familie in den Händen dieser Jungen liegen soll."

Mit diesen Worten verließ der dicke Mann den Saal, und es war, als hätte jemand den Stöpsel gezogen. Einer nach dem anderen folgte ihm die gesamte Verwandtschaft und der Saal leerte sich wie eine löchrige Badewanne im heißesten Sommer aller Zeiten.

„Das war nicht so gut", sagte Snickers.

„Ich glaube, die kommen nicht wieder", sagte Zement.

Akim rieb sich den Nacken, als hätte ihm jemand draufgeschlagen.

„Ich bin überrascht", gab er zu. „Niemals hätte ich mit dieser Reaktion gerechnet. Die Verwandtschaft kann froh sein, dass die Brüder nicht mehr am Leben sind. Sie hätten so eine Respektlosigkeit niemals geduldet. Kommt, laßt uns gehen."

Wir traten nach draußen und dort erwarteten uns an die vierzig Menschen, die alle eine markante Gemeinsamkeit hatten – ihr Haar war weiß oder aschblond, und sie sahen allesamt aus, als wären sie aus einem Wikingerfilm abgehauen.

„Das muß Kiras Familie sein", flüsterte Rudolpho.

Als hätte Kira ihn gehört, trat sie aus der Gruppe hervor.

„Da ist jemand, der sich bei euch bedanken möchte", sagte sie.

„Wofür will er sich bedanken?“, fragte Snickers.
„Ja, wir haben doch noch nichts getan“, sagte ich.
„Ihr habt mehr getan, als ihr euch vorstellen könnt“, sagte eine Frau und legte Kira den Arm um die Schulter. „Ich bin Kiras Großtante und das hier ist mein Clan. Wir Limmas sind euch, im Gegensatz zu den Obramows, mehr als dankbar für das, was ihr für uns tun werdet.“
Kiras Tante lächelte, es war das erste nette Lächeln des Tages. Wir lächelten wie blöde zurück, dann wurde eine Gasse freigemacht, durch die ein Rollstuhl auf uns zu fuhr. In dem Rollstuhl saß ein Greis, der bestimmt über hundert Jahre alt war und hellwache Augen hatte. Er schien nur aus Haut und Knochen zu bestehen. Seine Ohren waren beinahe durchsichtig und standen ein wenig ab. Auf dem Kopf trug er eine von diesen witzigen Melonen, die Charlie Chaplin in seinen Filmen immer aufhatte. Die Melone war aus schwarzem Filz und im Hutband steckte eine rote Feder.
„Ach, die Kurzhosengang, da seid ihr ja endlich“, sagte der Greis, als würde er uns seit einer Ewigkeit kennen, dabei rollten ihm Tränen über die Wangen.
Doch das war nicht aus Trauer, das war aus reiner Freude.
Er weiß, wer wir sind, dachte ich, und dann breitete der Greis auch schon die Arme aus und rief, wir sollten uns mal drücken lassen, wir sollten mal näher kommen, und ach, was wäre das für ein schöner Tag. Wir taten, war er wollte, denn irgendwie war es richtig, diesen Opa fest zu drücken.
„Ich bin Sergej“, sagte er danach und tätschelte uns die Wange. „Ich bin Kiras Urgroßvater und ihr werdet euch bald an mich erinnern. Ich habe vierundsechzig Jahre auf diesen Tag gewartet. Endlich ist es so weit, ach Jungs, endlich.“

Kira stellte sich hinter den Rollstuhl ihres Urgroßvaters und legte ihm die Hände auf die Schultern.
„Es ist an der Zeit", sagte sie zu uns.
„Gute Reise, Jungs", sagte Sergej. „Wir sehen uns bald wieder."
„Viel Glück!", rief Kiras Familie und applaudierte.
Wir fühlten uns wie Helden, auch wenn wir nicht wussten, was für Helden wir in dem Moment waren.
„Ihr versteht?", fragte Akim.
„Ich versteh nichts", gab ich zu.
Akim lächelte.
„Rien ne va plus", sagte er.
Jetzt verstanden wir, aber bevor wir reagieren und davonrennen konnten, hatte Akim schon mit den Fingern geschnippt.
Uns klappten die Augen zu.
Das zweite Schnippen erklang.
Unsere Augen öffneten sich und beinahe wären wir hintenübergefallen, denn eisiger Wind umwehte uns und drang in unsere Nasen und pfiff in unsere offenen Münder und trieb uns die Tränen in die Augen, sodass wir heulten wie der alte Sergej vorhin.
Wir schwankten alle vier, denn der Marmorboden unter unseren Füßen war nicht mehr da und auch Kiras Familie war mitsamt dem Schloss verschwunden. Dafür befanden wir uns in einem Korb, der sich zweihundert Meter über der Erde befand. Natürlich war es nicht mehr Nacht, es war ein strahlender Wintertag und die Sonne zwinkerte zwischen den Wolken hervor und blendete uns. Akim und Kira standen uns gegenüber und auch sie versuchten ihre Balance zu halten. Sie hielten sich an einem Tau fest, das zwischen uns gespannt war wie ein Geländer.

„Gut festhalten!“, rief uns Akim zu.
„Und nicht erschrecken, wenn ihr runterschaut!“, rief Kira.
Wir klammerten uns an dem Tau fest und schauten vorsichtig über den Korbrand und erschraken wie Goldfische, die man über einem Klo baumeln lässt. Unter uns glitt eine schneebedeckte Landschaft vorbei, aus der hier und da Verwehungen hervorragten. Wir sahen keinen Hügel, keinen Baum und keine Straße. Nur Schnee und noch mehr Schnee, aber es war nicht derselbe Schnee wie in Kanada, dieser hier war einsam. Ihr denkt jetzt bestimmt: *So was gibt es doch gar nicht, einsamer Schnee ist doch totaler Blödsinn!* Da sage ich, kommt nach Kanada, dann zeige ich euch Schnee in allen Geschmacksrichtungen und Farben. Bei uns zu Hause haben wir so viele verschiedene Wörter für Schnee, dass jedes Jahr fünf neue dazukommen. Von *gelangweilt* zu *wütend* zu *nervös,* von *hysterisch* zu *grimmig* zu *schüchtern.* Schnee kann alles sein.
Ein Fauchen erklang.
Als wir hochschauten, sahen wir, was uns da durch die Luft trug - eine gewaltige Gasflamme erhitzte die Luft in einem Ballon, der die Größe eines Hauses hatte. Wir standen in einem Weidenkorb, der an einem Heißluftballon hing, der über die Landschaft hinwegjagte.
Rudolpho hatte genug davon. Er hockte sich auf den Boden, zog die Knie an und begann bei dem Gewackel die erste Postkarte an seine Mutter zu schreiben. Als er fertig war, stand er wieder auf, drückte einen Kuss auf die Postkarte und warf sie in den Wind.
„Wenn die mal nicht ankommt“, sagte ich.
„Wahrscheinlich wird sie vor uns in Okkerville sein“, sagte Snickers.
„Ich denke nicht“, sagte Zement, „aber ankommen wird sie.“
Die Postkarte verschwand im Schneetreiben wie eine übergroße Schneeflocke, die lauter kleine Saltos schlug. Kira stellte sich zu uns. Sie schien

als Einzige von dem ganzen Gewackel unberührt zu sein und grinste, als wäre es ein höllischer Spaß, die Kurzhosengang mit einem Fingerschnippen ein- und auszuschalten.

„Es tut mir leid, dass es so chaotisch ist", sagte sie. „Aber das Wetter hat sich verschlimmert, deswegen mussten wir euch frühzeitig zurückholen."

„Was soll das überhaupt mit dem Geschnippse?", fragte ich.

„Es ist für eure Sicherheit", antwortete Kira.

„Wer fühlt sich denn sicher, wenn er nicht weiß, was mit ihm passiert?", wollte ich wissen.

Kira wechselte einen Blick mit Akim, er nickte, Kira zeigte über den Korbrand.

„Seht ihr die Schneeverwehungen da unten?"

Die Verwehungen erinnerten aus dieser Höhe an eingeschneite Maulwurfshügel.

„Das sind Autos und Zelte, Motorräder und Kutschen", sprach Kira weiter. „Da unten liegen auch ein paar Propellerflugzeuge unter dem Schnee. Jeder in unserer Familie hat einen Eid abgelegt, dem Erbe fern zu bleiben. Was bei so einer riesigen Familie natürlich ein Witz ist, der eine hält sich daran, der andere nicht. Da unten seht ihr die Überreste derer, die den Eid gebrochen haben und losgezogen sind, um sich das Erbe zu holen. Sie kamen mit Erfrierungen und halb tot zurück. Die Technik versagt hier draußen, Pferde scheuen und verlieren die Orientierung, deswegen nutzen wir den Wind, weil auf den Wind immer Verlass ist. Niemand ist so weit gekommen, viele haben einen falschen Weg eingeschlagen und sind an Orten gelandet, an denen sie nie landen wollten. Wir haben euch in Hypnose versetzt, weil ihr nicht wissen sollt, wie ihr hierhergekommen seid. Es ist für eure eigene Sicherheit.

Außerdem ist es einfacher für uns, weil ihr nicht dazu kommt, alles infrage zu stellen, was wir tun."
„Und wenn wir ein wenig Glück haben", fügte Akim hinzu und zog dabei an einem Seil, „dann brechen wir uns nicht das Genick bei der Landung. Gut festhalten!"
Unsere Füße lösten sich vom Boden, denn es ging abwärts und abwärts, und dann hatten wir Bodenkontakt und der Korb begann durch den Schnee zu schleifen. Wir wurden durchgeschüttelt und klammerten uns eisern am Korbrand fest. Der Schnee bremste unsere Landung kaum ab, erst als wir auf eine Verwehung trafen und sie mit Wucht rammten, verloren wir an Fahrt. Es war wie eine furchtbar miese Schlittenfahrt. Akim warf zwei Anker aus und nach weiteren fünfzig Metern standen wir endlich still. Kira öffnete eine Tür am Korb, und wir taumelten in die weiße Landschaft und sahen uns um wie eine Touristengruppe, die eine vollkommen andere Reise gebucht hat.
„Hier ist nichts", sagte ich.
„Wir sind ja auch noch nicht am Ziel", sagte Kira.
Akim sprang neben uns in den Schnee. Der Korb neigte sich nach rechts und wurde vom Wind ein paar Meter weggeschleift, dann lösten sich die Anker und der Weidenkorb verschwand mitsamt dem Ballon im Schneetreiben.
„Und wie kommen wir jetzt zurück?", fragte Snickers.
„Darüber müsst ihr euch keine Gedanken machen", sagte Akim und zeigte mit dem Daumen über seine Schulter. „Da geht es lang."
„Ich bin das Schlusslicht", sagte Kira.
„Ich bin der, der vor dem Schlusslicht läuft", sagte Rudolpho.
Und so machten wir uns auf den Weg.

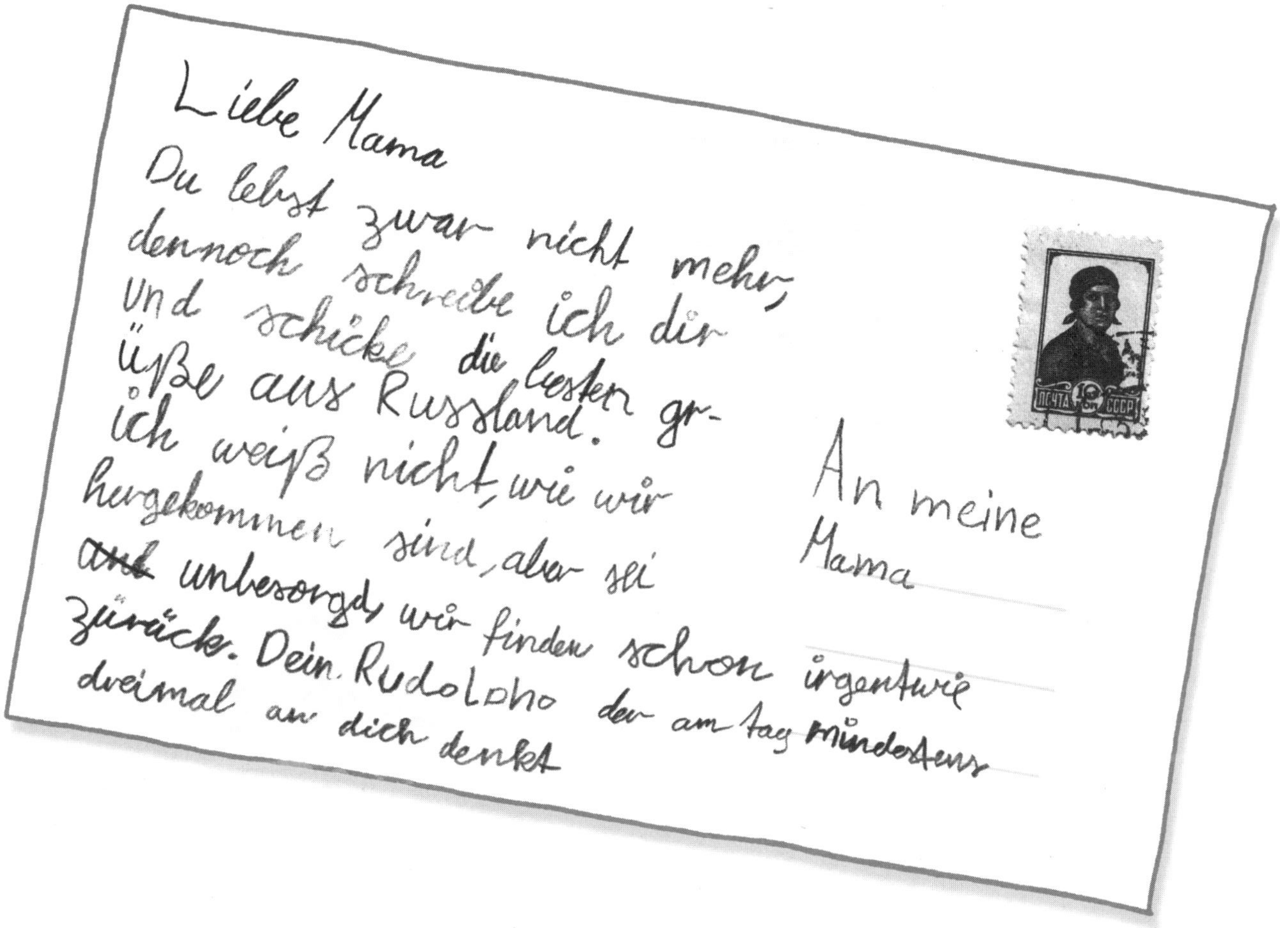

Liebe Mama
Du lebst zwar nicht mehr,
dennoch schreibe ich dir
Und schicke die besten gr-
üße aus Russland.
ich weiß nicht, wie wir
hergekommen sind, aber sei
~~auch~~ unbesorgd, wir finden schon irgentwie
zurück. Dein. Rudolpho der am tag mindestens
dreimal an dich denkt
An meine
Mama
ПОЧТА
СССР

Der Wind blies uns in den Rücken und hob uns zwischendurch sogar ein wenig an, sodass es sich anfühlte, als würden wir auf Zuckerwatte laufen. Unsere Schultern waren hochgezogen, die Hände in den Manteltaschen vergraben und das Kinn war an die Brust gedrückt, so liefen wir einer nach dem anderen hinter Akim her. Wir konnten in dem dichten Schneefall keine fünf Meter weit sehen, aber das machte nicht viel aus, denn die Landschaft war so öde wie ein weißes Blatt Papier, das hundert Kilometer lang ist. Doch plötzlich endete das Blatt Papier und ich kam ins Stolpern und spürte weichen Boden unter den Stiefeln.
„Gras?!", rutschte es mir raus und meine Stimme war klar und deutlich zu hören. Kein Sturm riss mir die Worte weg. Wo ich auch hinsah, wir standen auf einer kniehohen Wiese.
„Wo … wo ist denn der Schnee?", stammelte ich.
Die Kurzhosengang legte den Kopf in den Nacken, als würde im Himmel eine Antwort stehen. Auch der Schneefall war verschwunden und nur ein dichter Regen fiel auf uns herab, durch den wir ein paar Wolken sahen, die gemütlich über den Himmel wanderten.
Wir schauten zurück.
Ein paar Meter hinter uns tobte der Schnee vom grauen Himmel herunter. Wann immer er in unsere Richtung geweht wurde, verwandelten sich die Schneeflocken in Regentropfen, die wie ein müder Duschstrahl herabnieselten. Die Grenze war klar zu sehen – die Schneelandschaft endete und die Wiese mit dem kniehohen Gras begann.
„Beeindruckend, nicht wahr?", sagte Akim.
„Aber wie geht das?", fragte Rudolpho.
„Diese selbe Frage stellt sich die Familie seit gut einem Jahrhundert. Die Naturgesetze sind hier vollkommen aus dem Gleichgewicht. Viele glauben, es sei ein Wunder."

Snickers streckte die Hand über die Grenze und sie wurde sofort vom Schnee bedeckt. Als Snickers die Hand wieder zurückzog, schmolz der Schnee und tropfte von seiner Handfläche.
„Das ist kein Wunder", sagte er, „es sind eher magnetische Felder."
„Richtig", sagte Kira und wischte sich eine nasse Strähne aus dem Gesicht, „es ist einfache Physik."
Ich wusste wenig über Physik, von mir aus durften es Riesen sein, die mit den Nasenflügeln wedelten und das Wetter veränderten, mir war das völlig gleich. Mir war nur wichtig, was ich sah. Und was ich sah, war nicht möglich. Ich schaute runter auf das Gras, es war saftig und grün. Ich strich mit den Händen darüber und zupfte an ein paar Halmen.
Akim marschierte weiter.

Es war mühevoll, sich durch das hohe Gras voranzubewegen. Auch wenn der Regen uns mehr sehen ließ als der dichte Schneefall, sahen wir nicht, worauf wir da zuliefen. Irgendwann streckte Akim die Arme zur Seite aus und versperrte uns den Weg.
„Es wäre dumm, wenn ihr stürzt", sagte er.
Wir stellten uns neben ihm auf und mir wurde gleich mal schwindelig. Meine Kumpels wussten sofort Bescheid. Zement legte mir links, Rudolpho rechts die Hand auf die Schulter. Mir wird sogar schwindelig, wenn ich zu lange in eine leere Tasse schaue. Aber ich glaube, was sich da vor uns auftat, hätte selbst einen Trapezkünstler ins Wanken gebracht – die Wiese hörte abrupt auf und an ihrer Stelle ging es senkrecht runter, als hätte jemand mit einem riesigen Eisschaber eine Kerbe durch die Landschaft gezogen. Unter uns breitete sich ein Tal aus und in einer Tiefe von dreißig Metern schimmerte ein See, der vom Regen aufgepeitscht wurde. Der See füllte das gesamte Tal und erstreckte sich

in der Ferne um eine Biegung. Wir hätten auch auf einem anderen Planeten sein können.
„Da“, sagte Snickers und zeigte hinunter, „da ist ein Ruderboot.“
Auch wenn ich wusste, ich sollte das nicht tun, schaute ich senkrecht runter. Das Boot war so groß wie ein Stecknadelkopf. Ich wollte zurückweichen und kippte dabei langsam vornüber. Zement und Rudolpho richteten mich wieder auf.
„Passt auf, wie ich das mache“, sagte Akim und wandte dem Tal den Rücken zu. Jetzt erst sahen wir die zwei Pflöcke, die in die Erde gehauen waren. Akim hockte sich hin, umfasste die Pflöcke und verschwand. Es war der grausamste Zaubertrick, den ich je gesehen hatte, weil ich wusste, dass es kein Zaubertrick war.
„Wir sehen uns unten“, sagte Kira und machte es Akim nach.
Als auch ihr Kopf nicht mehr zu sehen war, schielte Snickers erneut über den Rand.
„Erinnert ihr euch, wie uns Sheriff Finkel mit seiner Waffe bedroht hat?“
Natürlich erinnerten wir uns. An dem Tag, an dem unsere gesamte Stadt beinahe in Flammen aufgegangen war, hatte uns der Sheriff an den Rand eines Felsvorsprungs gedrängt und verlangt, dass wir runtersteigen und Zement zurücklassen. Natürlich sind wir nicht runtergestiegen. Ohne Zement geht nichts.
„Das ist nicht höher“, sprach Snickers weiter, „außerdem sind hier Sprossen in den Fels gehauen. Und wenn wir abstürzen, stürzen wir ins Wasser. Das klingt zwar nicht so beruhigend, wie ich es mir gedacht habe, aber es ist auf jeden Fall besser, als auf Felsen zu landen, oder?“
„Naja“, sagte ich.
„Kommt drauf an“, sagte Zement.
„Worauf?“

„Ob man mit dem Bauch oder dem Rücken voran fällt."
Wir dachten kurz darüber nach und beschlossen, es wäre besser, mit dem Rücken voran zu fallen. Niemand will sehen, wie das Wasser näher und näher kommt.
„Wir könnten auch abhauen", sagte Rudolpho.
Auch darüber dachte die Kurzhosengang kurz nach, dann schüttelte Snickers entschieden den Kopf.
„Ich will wissen, was das Erbe ist."
„Ich auch", sagte ich.
„Verstehe", sagte Rudolpho und zog die Schultern hoch. „Und wer geht als Erster?"
„Zement", sagte Snickers.
„Gute Idee", sagte ich.
„Beste Idee", sagte Rudolpho.
„Ich hätte mich auch vorgeschickt", sagte Zement und begann den Abstieg.
Es war kein Trick, es war eine Notwendigkeit. Zement ist das mieseste Schlusslicht der ganzen Menschheitsgeschichte – wir wissen nie, ob er nicht verschwinden und sich mit ein paar Geistern unterhalten wird. Außerdem war die Gefahr zu groß, sollte Zement als Letzter hinabsteigen und stürzen, würde er uns alle drei ohne Probleme mit seinem Gewicht in die Tiefe reißen.
„Bis gleich", sagte Snickers und folgte Zement.
Rudolpho und ich sahen uns an. Ich wusste, wenn er mich als Letzten runtersteigen ließ, würde ich einen auf Zement machen und abwarten, bis alle zurückkamen.
„Ich geh mal als Letzter", sagte Rudolpho.
„Wieso denn das?", fragte ich.

„Weil ich leicht bin wie eine Feder. Wenn ich abrutsche und an euch vorbeistürze, merkt ihr das nicht mal."
„Das macht doch keinen Sinn", sagte ich.
„Wenn du Sinn willst, kauf dir ein Lexikon."
„Guter Spruch", sagte ich.
„Der ist von Kniescheibe."
Ich schaute kurz mal in die Tiefe.
„Danke, Rudolpho."
„Dank mir erst, wenn ich nicht auf deinem Kopf gelandet bin."
„Ich wär bestimmt abgehauen", gab ich zu.
„Vielleicht haue ich ja ab."
„Nee, machst du nicht."
„Nee, mache ich nicht", sagte Rudolpho und grinste.
Ich stellte mich zwischen die Pflöcke und kehrte dem Abgrund den Rücken zu. Es war ein Gefühl, als würde ich auf einem 100-Meter-Brett stehen. Hinter mir gähnte die Leere, vor mir ragten die zwei Holzpflöcke aus dem Gras. Ich umfasste sie und spürte, wie sie sich unter meinem Gewicht ganz leicht auf mich zu neigten, dann tastete ich mit dem linken Fuß in der Leere herum und fand mit den Zehenspitzen die erste Sprosse.
„Bis gleich", sagte ich zu Rudolpho und begann den Abstieg.

Was ihr auch macht, macht es richtig.
Lebt jedes Abenteuer, als wäre es das letzte.
Und wenn ihr mal in ein Tal runtersteigt, schaut nie nach unten oder nach hinten.
Und lasst euch nicht von irgendeinem Vogel ablenken.
Oder versucht wieder hochzuklettern.

Ich tat all das.

Ich hatte die Hälfte des Abstiegs hinter mir, als ich das erste Mal zwischen den Sprossen nach unten sah, sofort wurde mir speiübel, also drehte ich erschrocken den Kopf und schaute hinter mich, und das war noch viel schlimmer, denn ich sah in die Weite und die Weite war wie ein langer, tiefer Schacht, der mich auslachte und mir zukrächzte: *He, lass doch los, Kumpel!* Und da begriff ich, dass es nicht die Weite war, die da rumkrächzte, sondern eine bekloppte Möwe, die so nahe über meinen Kopf hinwegsegelte, dass sie meine Frisur durcheinanderbrachte. In dem Moment beschloß ich, dass es klüger war, wieder hochzuklettern, und das ist natürlich gar keine gute Idee, wenn dein bester Kumpel gerade dabei ist, runterzuklettern.

„Was tust du?!", rief Rudolpho erschrocken.

„Ich will hoch!"

„Island, das geht nicht, du kannst nicht an mir vorbei."

„Aber ich muss!"

„Nein, du musst nicht."

„Aber ich muss!"

„Mach mal die Augen zu."

„Aber---"

„Island, mach mal die Augen zu."

Ich schloss die Augen. Erst war es ganz schlimm, als würde jemand mit Pfeil und Bogen auf mich schießen und ich gucke weg. Dann entspannte ich mich und hing mit den Händen an den Sprossen und verstand nicht, warum ich da noch hing und nicht längst abgestürzt war. Alles an mir fühlte sich taub an, ich spürte meine Arme und Beine nicht mehr. Ich war nur noch ein Paar geschlossener Augen und wartete auf den Pfeil, der mich im Rücken treffen sollte.

„Besser?“, fragte Rudolpho nach einer Weile.

Ich wollte sagen: *Nee, ist nicht besser, ist schlimmer als schlimm.* Aber dann begriff ich, dass das gar nicht stimmte, denn es fühlte sich besser an. Und so nickte ich vorsichtig, während der Regen mir in die Nase kroch, ich nickte und nickte, während der Regen mir durch die Jacke und den Pullover hindurch den Rücken runterfloss.

„Du musst nicht sehen, was los ist“, sagte Rudolpho.

„Okay“, sagte ich.

„Und jetzt mach mal einen Schritt und dann noch einen.“

„Okay“, sagte ich und machte einen Schritt und dann noch einen.

„Falsche Richtung!“, rief Rudolpho.

„Sorry“, sagte ich und begann wieder runterzuklettern.

Weit über mir lachte die Möwe sich halb schlapp, aber ich dachte nicht daran, auch nur ein Auge zu öffnen. Ich stieg runter und runter und irgendwann berührten meine Füße den Bootsrand und kurz darauf stand ich im Boot und machte die Augen auf.

Es regnete in Strömen auf uns herab.

AKIM

Es regnete in Strömen auf uns herab und wir saßen in dem Ruderboot wie sechs Vertriebene, die ein neues Zuhause suchten. Ich habe nie erlebt, wie es ist, als Vertriebener um die Welt zu reisen. Ich musste mein Heimatland nie verlassen. Alexei und Iwan dagegen sind diesen Weg gegangen, weil es keinen anderen Weg für sie gab. Und dort im strömenden Regen verstand ich ein wenig, wie sie sich gefühlt haben mussten, als sie nach Kanada auswanderten - verloren und allein.
Ich denke, die Kurzhosengang hat sich an dem Tag auch sehr verloren gefühlt. Sie hatten keine Ahnung, was sie erwartete, und mussten einem Mädchen vertrauen, dass sie zwei Jahre lang angelogen hatte, und einem Grafen, den sie nicht kannten und der mehr wusste, als er zugab.
Ich hatte die Jungs absichtlich in die Irre geführt. Jetzt ist es raus.
Und ich sage hier aus freiem Willen die Wahrheit, denn wenn zwei Schriftsteller aus Kanada anreisen, um meine Version der Geschichte zu hören, da verwehrt es mir der Stolz, sie anzulügen.

„Graf Akim Dimitri Obramow?"
Es geschah ihm Sommer und genau fünfzehn Monate nachdem die Kurzhosengang in Russland gewesen war. Die zwei Männer standen vor dem Restaurant und sahen nicht aus wie Touristen. Sie hatten zwar jeder einen Rucksack auf dem Rücken und einer von ihnen hielt einen Stadtplan von Moskau in der Hand, aber irgendwas an ihnen verriet mir, dass sie nicht gekommen waren, um von einem Museum zum anderen zu pilgern.
„Und wer fragt da?", fragte ich zurück.

Ich saß in einem Straßencafé und trank eisgekühlten Weißwein, während ich auf meine Frau wartete, die gegenüber in einer Boutique den ganzen Warenbestand aufkaufte. Wir Obramows sind das von unseren Frauen gewöhnt. Wir haben Geld und geben es mit Freuden aus.

„Victor Caspak", sagte der eine Mann.

„Yves Lanois", sagte der andere.

Die Namen brachten bei mir was zum Klingeln, aber ich konnte sie noch nicht einordnen. Da die Männer recht harmlos wirkten, zeigte ich auf die Stühle mir gegenüber. Ich bin vorsichtig. Ich schicke lieber eine ganze Kleinstadt in den Kurzschlaf, als dass ich ein Risiko eingehe. Von diesen Männer ging kein Funken Gefahr aus.

„Wie kann ich euch helfen?", wollte ich wissen.

„Wir sind hier wegen der Kurzhosengang", sagte Victor.

„Wir sind hier wegen den Brüdern Karamasow", sagte Yves.

Mein Mund wurde trocken und ich bereute es sofort, sie an den Tisch gebeten zu haben. Schon lange hatte mich mein Gefühl nicht so sehr getäuscht.

„Das ist über ein Jahr her", gab ich zu bedenken, und wie ich das sagte, begriff ich, woher ich die Männer kannte. Ich hatte ihre Namen nicht nur gehört, ich hatte sie gelesen. Heute war kein guter Tag für mich, ich war zu freundlich und zu langsam.

„Ihr seid die Schriftsteller aus Kanada", sagte ich.

„Wir sind die Schriftsteller aus Kanada", stimmte Yves mir zu.

Ich wünschte, ich hätte in dem Moment dem Kellner gewinkt und Kaviar und Champagner bestellt. Ich wünschte, ich hätte den beiden zu ihren Büchern über die Kurzhosengang gratuliert. Es wäre die richtige Reaktion gewesen. Aber die Alarmglocken schrillten in meinem Kopf. Es gibt Geschichten, die sollten nicht ans Licht kommen.

„Es gibt nichts zu sagen“, stellte ich fest und fügte eine unverschämte Lüge hinzu: „Die Vergangenheit ist die Vergangenheit.“
Die Schriftsteller sahen mich nur an.
„Und ich bereue nichts“, schob ich hinterher.
Victor runzelte die Stirn.
„Wirklich nicht?“
Ich konnte den beiden nicht in die Augen sehen. Also stand ich auf und ließ sie alleine an dem Cafétisch zurück. Erst als ich zu Hause war und ein Glas kaltes Wasser in einem Schluck runtertrank, fiel mir ein, dass ich meine Frau in der Boutique vergessen hatte.

Immer wieder müssen wir uns dem Schicksal stellen, das nicht daran denkt, sich zu erklären.
Es sagt: *So und so ist es.*
Und dann ist es so und so.
Ich hatte nie vorgehabt, über meine Zeit mit der Kurzhosengang zu sprechen, weil ich nicht wirklich stolz bin, wie wir mit ihnen umgegangen sind. Es schien der beste Weg zu sein. So war es bei uns in der Familie immer üblich. Wir suchen den besten Weg und tragen unser Herz nicht auf der Zunge. Wir lenken, wir dirigieren und am Ende lassen wir die Dinge geschehen. Aber wie ich schon sagte, das Schicksal will, was es will.

Der Gedanke, dass die zwei Schriftsteller nach Russland gereist waren, um der Spur der Kurzhosengang zu folgen, ließ mir keine Ruhe. Ihr Besuch rüttelte an meinem Stolz. Ich hatte falsch reagiert und mich wie ein Teenager verhalten, der aus lauter Panik davonrennt. Am selben Abend habe ich die beiden aufgespürt. Moskau ist groß, aber ich weiß, wo ich suchen muss.

„Ist der Platz noch frei?"
Sie saßen in einem Gasthaus und hatten zwei Teller vor sich stehen, an denen ein hungriger Hund nicht einmal geschnuppert hätte.
„Graf Akim", rief Victor erfreut aus, „wir wussten, dass du zurückkommst!"
Ich winkte dem Kellner und ließ ihn die Teller wegräumen.
„Was war falsch mit dem Essen?", fragte Yves.
„Ihr seid doch keine Hunde", erwiderte ich, als auch schon ein zweiter Kellner kam und das richtige Essen servierte. Dazu gab es frisches Brot und Tomatensalat. Der Kellner deutete eine Verbeugung an, entschuldigte sich mehrmals und ließ mich wissen, dass das Essen auf Kosten des Hauses gehen würde. Victor und Yves verstanden natürlich kein Wort, und ich machte mir nicht die Mühe, für sie zu übersetzen.
„Touristen haben es schwer in Moskau", sagte ich.
„Wir sind Schlimmeres gewöhnt", sagte Victor. „Uns wurde einmal im Yukon Bärentatze mit Preiselbeeren vorgesetzt. Es war, als würde man alte Lederschuhe mit saurer Marmelade essen."
Ich nahm auf dem freien Stuhl Platz und entschuldigte mich.
„Es tut mir leid, dass ich einfach so verschwunden bin. Wir können uns gerne unterhalten, aber ihr müsst wissen, dass ich nichts bereue. Ich habe mit reinem Gewissen gehandelt."
Vic lachte und Yves stimmte in sein Lachen ein.
„Wieso lacht ihr?", fragte ich.
„Weil du eine ganze Stadt ausgeknockt und vier Jungs hypnotisiert und ohne eine Erklärung nach Russland entführt hast. Wer da ein reines Gewissen hat, muss ein Engel sein."
„Oder ein Obramow", sagte ich.
Die Schriftsteller glaubten mir nicht.

„Kein Bereuen und keine Schuldgefühle?", fragten sie.
„Nicht einen Krümel", log ich.
Ich lächelte, sie lächelten.
„Also fragt mich, was ihr fragen wollt", sagte ich, „und ich werde alle eure Fragen beantworten, so gut ich kann."
Und so stellten sie mir ihre Fragen.
Und so erzählte ich ihnen, wie wir mit dem Boot über den See ruderten.

Das Boot schwankte, der Regen peitschte, wir waren nass bis auf die Knochen. Ich ruderte, Kira lenkte das Boot und die Kurzhosengang schaute schweigend über den See. Es war beunruhigend, wie wenig sie sprachen. Ich war froh, Kira an meiner Seite zu haben. Sie kannte die Jungs, sie hatte sie zwei Jahre lang intensiv studiert, und wenn es kritisch werden sollte, würde die Kurzhosengang auf sie hören.
So hoffte ich zumindest.

Die Brüder hatten genau gewusst, was sie taten, als sie vor zwei Jahren Kira und ihre Familie nach Okkerville holten. Sie waren einfach zu alt, um die Kurzhosengang weiterhin allein zu beschützen.
Auch befürchteten die Brüder, dass sie den wichtigsten Tag in der Geschichte der Familie Obramow nicht miterleben würden. Ihre Furcht war berechtigt gewesen. Als sie starben, war es an mir, mich auf den Weg zu machen und die Kurzhosengang nach Russland zu holen.
Dieser 29. Februar 2000 war nicht nur der Tag, der unserer Familie vor neunzig Jahren von den Brüdern angekündigt wurde, es war auch der Tag, an dem die Kurzhosengang sich mit einem Fesselballon auf den Weg zum Erbe machte. Jeder einzelne Schritt gehörte zu einem weitgreifenden Plan, der einmal in Bewegung gesetzt worden war und sich

durch nichts und niemanden aufhalten ließ. Auch nicht von schlechtem Wetter.

Wir saßen also in diesem Boot und der Regen hatte überhaupt keine Gnade mit uns.
„Ein Schirm wäre jetzt ganz praktisch", sagte Island und spuckte einen Wasserstrahl über den Bootsrand. Snickers schirmte seine Augen ab und versuchte zu sehen, wohin wir fuhren, Zement war scheinbar als Einziger zufrieden mit dem Wetter. Er bemerkte meinen Blick und nickte mir zu, als würden wir uns verstehen. Rudolpho dagegen war in eine merkwürdige Starre verfallen und stand kurz vor dem Ertrinken, weil ihm der Regen in den halb offenen Mund lief. Ich war mir sicher, er bedauerte längst nicht mehr, dass Holli verschwunden war. Der arme Kerl konnte die Augen nicht von Kira nehmen, die sich seiner erbarmte, indem sie sich vorbeugte und seinen Mund schloss.
„Rudolpho, Rudolpho", sagte sie.
„Kira, Kira", sagte er.
Zwei Jahre lang hatte sie ihn als Holli verzaubert. Ich wusste, wie sich Rudolpho fühlen musste. Mir war in meinem Leben mehr als einmal das Herz gebrochen worden. Wenn man jung ist und sich verliebt, dann will man, dass der andere für immer so bleibt. Aber so ist Liebe nicht. Liebe verändert sich und wächst oder sie verkümmert und stirbt, und dann ist sie keine Liebe mehr.
„Da kommt was!", rief Snickers.
Ich schaute übers Wasser und sah, wie sich unser Ziel aus dem Regen hervorschälte.
Das Erbe.

Die Plattform wirkte im strömenden Regen wie eine Skizze, die jemand hastig mit einem Kohlestift in die Luft gezeichnet hatte. Sie war auf Betonpfeilern befestigt und ragte zwei Meter über der Wasseroberfläche auf. Das Erbe stand auf der Plattform.
„Ein Blockhaus?“, sagte Island erstaunt.
„Auf einer Plattform?“, sagte Snickers.
„Auf einem See?“, sagte Rudolpho.
Ich wartete, was von Zement kommen würde.
„Da kannst du aber lange warten“, sagte er.

Wir legten an, ich band das Boot am Steg fest und dann folgte ich Kira und den Jungen die Leiter hinauf. Der Boden der Plattform war aus dicken Eichenbohlen, die im Regen wie geölt glänzten. Die Holzwände des Hauses waren aus Lärchenholz, das sich mit der Zeit verfärbt hatte, sodass die Wände an flüssiges Silber erinnerten. Das Blockhaus hatte zwei Stockwerke und eine überdachte Veranda, die um das ganze Haus herumlief. Es war das bestgehütetste Geheimnis in ganz Russland.
„Wem gehört die Hütte?“, fragte Island, als wir endlich aus dem Regen raus und auf die überdache Veranda getreten waren.
„Die Brüder sind hier aufgewachsen“, antwortete ich.
Snickers legte die Hände um seine Augen und schaute durch eines der Fenster.
„Wohnt hier keiner mehr?“
„Das Haus steht seit sechzehn Jahren leer“, sagte Kira.
Es wäre mir lieber gewesen, sie hätte das nicht gesagt.
Die Kurzhosengang zog die Schultern hoch, als müsste sie sich wappnen.

„Dafür sieht das Haus aber gut aus", stellte Snickers fest.
„Ich glaube, nach sechzehn Jahren stirbt ein Haus, wenn es zu einsam ist", sagte Zement.
„Oder es wächst", widersprach ich ihm. „Jedes Haus besitzt eine Seele, und manche Seelen wachsen mit der Einsamkeit."
Die Kurzhosengang sah mich überrascht an und für einen Moment wusste ich nicht, ob ich den letzten Satz auf Russisch gesagt hatte.
„Hier."
Ich hielt ihnen den Hausschlüssel entgegen. Sie nahmen ihn nicht, der Schlüssel hing zwischen meinem Daumen und Zeigefinger wie ein Köder.
„Wieso schließt du nicht selbst auf?", fragte Rudolpho misstrauisch.
„Ich würde nicht einmal im Traum daran denken", sagte ich. „Die Brüder haben nicht mich, sie haben euch als Erben ausgewählt."
„Und was ist, wenn wir nicht wollen?", fragte Island trotzig. "Schnippst du dann und wir wachen in Okkerville auf?"
Kira schaute verwundert.
„Wer hat denn gesagt, dass ihr schlaft, wenn ihr in Hypnose seid?", fragte sie.
Ich wünschte mir, ich hätte ein Foto von den Gesichtern der Kurzhosengang, als sie diese Worte verdauten. Ihre Köpfe mussten voller Fragen sein. Ich hatte damals zwar nur das erste Buch über die Jungs gelesen, aber ich kannte dennoch schon ihre Eigenarten und ihren Humor. Ich hatte das Gefühl, ich wusste, wer was wann sagt, wer was wann tut. Ich wurde nicht enttäuscht.
„Mir wird langsam kalt", sagte Zement und nahm den Schlüssel und schloss das Haus auf. Kira und ich wichen zurück, während die Tür nach innen aufschwang. Ich weiß nicht, was ich erwartet hatte. Eine Fanfare?

Ein Donnern? Nichts geschah. Die Tür knarrte nur ganz leicht.
Wir schauten in das Dämmerlicht des Hauses, die Kurzhosengang zögerte kurz, dann trat sie ein. Snickers tastete die Wand ab und fand den Lichtschalter.
Es sollte mein erstes und letztes Mal sein, dass ich einen Blick in das Innere des Hauses warf – ein großer Wohnraum öffnete sich, alles wirkte hell und klar, obwohl der Tag draußen grau und regnerisch war.
„Ist das das Erbe?", fragte Snickers zweifelnd.
„Das ist es", sagte ich, „und es gehört euch allein."
„Wow, uns gehört ein Haus!", jubelte Island.
„Hier lässt es sich aber wohnen", sagte Rudolpho anerkennend.
„Seht mal."
Snickers zeigte in eine Ecke.
„In den Kamin kann man ja einen ganzen Baumstamm reinlegen."
„Und hier riecht es gut", stellte Rudolpho fest.
„Hier riecht es wirklich gut", gab ihm Zement recht. „Sollen wir lieber die Schuhe ausziehen?"
Die Frage war an Kira und mich gerichtet, aber wir standen nicht mehr hinter den Jungs. Wir erreichten eben die Leiter und stiegen zum Ruderboot runter. Wir alle hatten unsere Aufgaben, Kira und ich hatten unsere erfüllt. Sekunden später waren wir auf dem Wasser. Ich schaute nur einmal zurück und sah die Kurzhosengang mit offenen Mündern am Anlegesteg stehen.
Und das war das letzte Mal, dass ich sie gesehen habe.

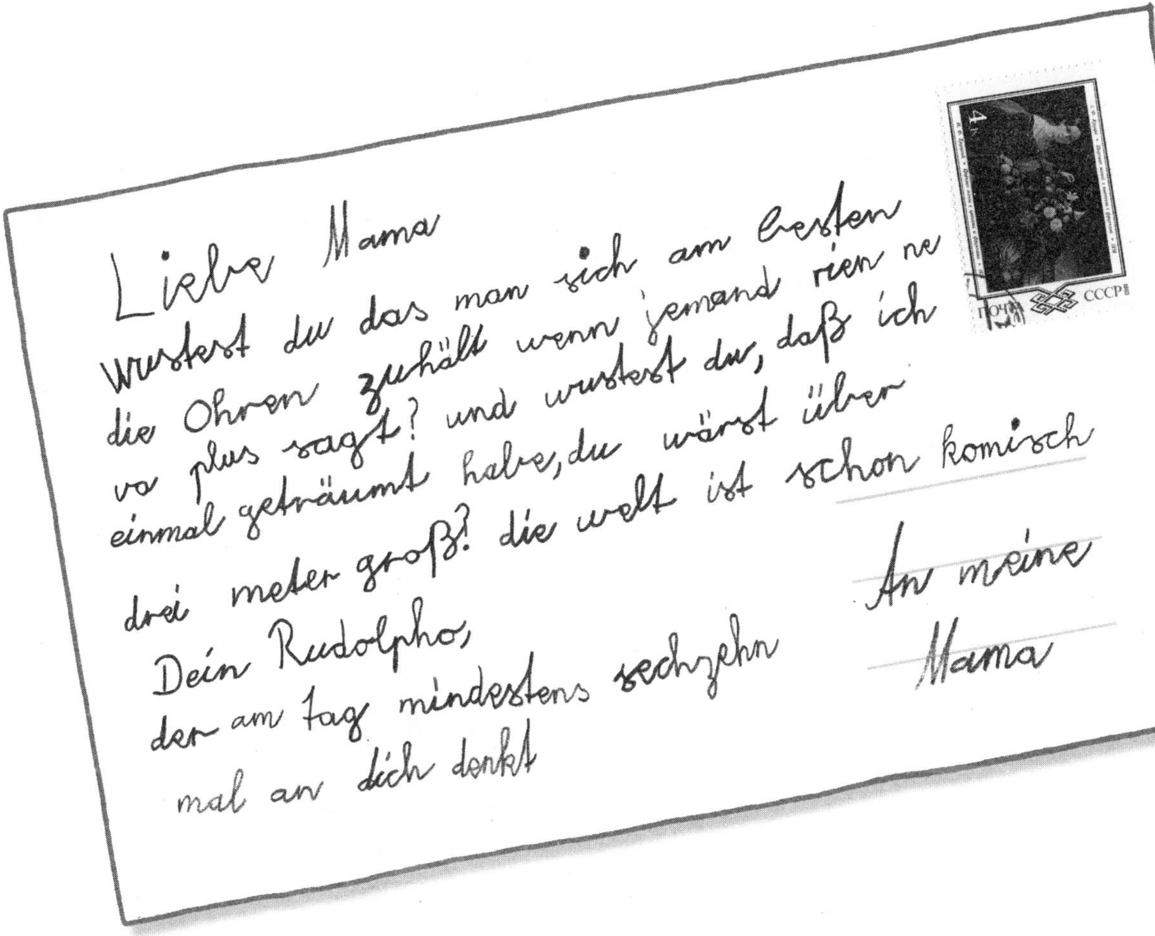
Liebe Mama
wusstest du das man sich am besten
die Ohren zuhält wenn jemand rien ne
va plus sagt? und wusstest du, daß ich
einmal geträumt habe, du wärst über
drei meter groß? die welt ist schon komisch
Dein Rudolpho,
der am tag mindestens sechzehn
mal an dich denkt

An meine
Mama

SNICKERS

Wir waren so langsam, dass es schon peinlich war.
„Ich glaube, ich spinne!“, rief Island.
„Rennen die wirklich weg?“, fragte Rudolpho.
„Das ist kein Wegrennen“, sagte ich, „das ist Wegspazieren.“
„Vielleicht sollten wir ihnen folgen“, schlug Zement vor.
„Wieso muss der langsamste von uns die schnellsten Ideen haben?“, fragte ich.
„Weil es andersherum unerträglich wäre“, sagte Zement und setzte sich in Bewegung.
Als wir den Rand der Plattform erreicht hatten, war das Boot fünfzig Meter entfernt. Akim ruderte und Kira winkte uns zum Abschied. Die Kurzhosengang stand im Regen wie ein Trottel mit vier Köpfen.
„Aber … die kommen doch gleich wieder, oder?“
Rudolpho stellte die Frage so leise, als wollte er keine Antwort hören.
„Ich glaube nicht“, sagte Island, und kaum hatte er das gesagt, schloss sich der Regenvorhang und das Boot verschwand dahinter. Etwas endete in diesem Moment und dafür begann etwas Neues. Wie auch immer das Neue aussah, es brachte der Kurzhosengang wenig, im Regen herumzustehen und darauf zu warten.
„Lasst uns reingehen“, sagte ich, „vielleicht gibt es ja ein Telefon. Dann rufen wir zu Hause an und lassen uns abholen.“

Natürlich fanden wir kein Telefon, dafür stand im Wohnzimmer ein alter Röhrenfernseher mit einem Sofa davor. In den Buchregalen drum herum reihten sich russische und französische Bücher eng aneinander, sodass kein Blatt Papier dazwischenpasste. Die anderen Zimmer waren verlassen und alles war so ordentlich, als hätte gerade jemand aufgeräumt.

Ich wischte über den Küchentisch.

„Wie kann das nur so sauber sein?“, fragte ich. „Bei mir im Zimmer ist es nicht einmal so sauber, nachdem ich geputzt habe. Wenn das Haus seit sechzehn Jahren leer steht, muss man das doch sehen.“

Wir fanden keine Spuren. Es gab keinen Staub und keine Krümel auf dem Boden, die Fenster wirkten frisch geputzt und der Dielenboden glänzte wie poliert. Wir gingen in die Küche. Sie war so groß, dass wir uns um den Arbeitstisch herumjagen konnten. Genau das taten wir auch zwei Minuten lang, dann konnten wir nicht mehr und schauten in den Kühlschrank. Eine Lampe flackerte auf, aber der Kühlschrank war genauso leer und verlassen wie das Haus.

„Zumindest haben wir Strom“, stellte ich fest.

„Aber von Strom wird man nicht satt“, sagte Zement und drückte sich eine Hand auf den Bauch. Sein Magen knurrte sofort los. Wir machten es Zement nach, auch unsere Mägen verlangten sofort nach Futter. Island blieb vor einem der Schränke stehen.

„Seid ihr bereit?“, fragte er. „Wenn ich die Türen öffne, ist der Schrank voll mit Dosen und Keksen und Knäckebrot.“

„Lieber Zwieback mit Kokos“, sagte Zement.

„Oder diese Kekse mit Schokolade auf der einen Seite“, sagte Rudolpho.

„Zaubere mal“, sagte ich.

Island riss den Schrank auf, wie man ein Geburtstagsgeschenk aufreißen würde, auf das man ein ganzes Jahr gewartet hat.

Der Schrank war leer.

„Prima Trick“, sagte Rudolpho.

„Ich übe noch", sagte Island und riss den zweiten Schrank auf.
Leere grinste uns an. Island seufzte enttäuscht. Rudolpho drehte am Wasserhahn. Aus der Leitung erklang ein schüchternes Röcheln, doch kein Tropfen kam heraus. Auch als wir ins Klo schauten und an der Spülung rüttelten, kam nichts.
„Langsam wird es kompliziert", sagte Zement.
Ich schaute aus dem Fenster.
„Zum Glück regnet es. Wir können vier Gläser rausstellen."
Da, wo meine Freunde die Dunkelheit sehen, sehe ich immer das Licht. Deswegen stellte ich mich neben den Kamin und klopfte auf das Holz, das bis zur Zimmerdecke gestapelt war.
„Und frieren müssen wir auch nicht", sagte ich, „das ist doch was, oder?"

Die Holzscheite waren so durchgetrocknet, dass das Holz in einer durchsichtigen Flamme brannte und kein einziges Rauchwölkchen aufstieg. Nachdem wir vier Gläser rausgestellt hatten, zogen wir uns aus und hängten unsere Klamotten um den Kamin herum über Stühlen auf. In einem Schrank fanden wir Handtücher und Decken. Wir trockneten uns ab und machten es uns in die Decken eingewickelt vor dem Kamin gemütlich. Und da saßen wir dann und starrten ins Feuer und immer wieder auf unsere dampfenden Klamotten, denn ein wenig war es, als würden dort unsere Geister vor sich hintrocknen.
„Sind denn hier irgendwelche Geister?", fragte ich.
Zement schüttelte den Kopf.
„Nicht einmal eine Erinnerung an Geister", sagte er.
Wir zwinkerten ins Feuer und waren erleichtert. Auch wenn Zement an unserer Seite war, machten uns Geister immer noch nervös. Natür-

lich wäre es nicht dumm gewesen, jetzt mit einem Geist zu plaudern, der uns ausführlich erklärte, was hier los war und was wir hier verloren hatten.
„Wo steckt denn Lothar?“, fragte Rudolpho.
Zement zuckte mit den Schultern.
„Vielleicht kommt er. Vielleicht kommt er nicht.“
Wir waren Lothar nur einmal begegnet und wussten von Zement, dass sein Schutzengel immer nur tat, was er wollte. Lothar sah aus wie Zement, er sprach wie Zement und tauchte auf, wann es ihm passte.
„Du könntest ihn rufen“, sagte ich.
„Ich könnte auch Klavier spielen“, sagte Zement.
„Hier ist kein Klavier“, sagte Island.
„Siehste“, sagte Zement.
Rudolpho begann unruhig auf dem Sofa herumzurutschen.
„Was machen wir eigentlich, wenn wir pinkeln müssen?“, fragte er.
„Wir pinkeln in den See“, sagte ich.
Rudolpho schüttelte den Kopf.
„Nicht ich.“
„Das merkt schon keiner“, sagte Island.
„Mir egal, ob das jemand merkt.“
Rudolpho schaute in das Feuer und runzelte die Stirn.
„Wisst ihr denn nicht, dass es sieben Jahre Unglück bringt, in einen See zu pinkeln, in dem man noch nicht geschwommen ist?“
„Wo hast du das denn gehört?“, wollte Island wissen.
„Von meinem Dad.“
Die Kurzhosengang lachte.
„Lacht mal nicht“, sagte Rudolpho.
Wir hörten auf zu lachen.

„Dein Dad glaubt auch, dass der Blitz immer in dem Haus einschlägt, in dem eine stumpfe Axt an der Wand hängt", erinnerte ich mich.
Rudolpho schaute verblüfft.
„Wie? Ist das nicht wahr!?"
„Nee", sagte Zement, „nicht wirklich."
„Ach!"
Rudolpho riss die Augen so weit auf, als hätte er eben erfahren, dass die Erde rund ist, dann kicherte er los und wir kicherten mit ihm, bis Rudolpho meinte, wenn er jetzt noch mehr kichert, dann pinkelt er sich garantiert ein. Ich bin mir sicher, zu dem Zeitpunkt mussten wir alle vier ganz, ganz dringend aufs Klo, aber wer will schon sieben Jahre lang Unglück haben? Also atmeten wir durch, pressten die Schenkel zusammen und hielten das Unglück fern. Es war ein komischer Moment, denn wir hatten das Gefühl, das erste Mal seit der Beerdigung der Brüder durchatmen zu können. Alles geschah uns etwas zu schnell – die Testamentsverlesung, die ohnmächtige Stadt, unser Erwachen in Russland und jetzt dieses Erbe – wir kamen kaum mit unseren Gedanken hinterher und waren wie vier Tischtennisbälle, die auf dem Meer herumtreiben und hoffen an Land gespült zu werden.
Das Kaminfeuer knackte und tanzte, es war wie zu Hause sein. Es fehlte nur meine Schwester, die reingerauscht kam und uns durch die Haare wuschelte und wissen wollte, wieso Rudolpho so ein komisches Gesicht machte. Wann immer Rudolpho meine Schwester sah, begann er vor Verliebtheit zu schielen. Wir nannten es seinen Psychoblick, den er fast bei jedem Mädchen einschaltete. Jetzt schaute Rudolpho kein bisschen psycho, sondern so erschöpft, als ob er gleich einschlafen würde. Obwohl er so müde war, holte er den Kugelschreiber heraus und schrieb die nächste Postkarte. Keiner von uns fragte,

was er da schrieb. Es war keine Post für uns. Danach gähnte Rudolpho und sagte, er könnte jetzt elf mal elf Jahre lang schlafen. Uns ging es nicht besser. Auch wir konnten die Augen kaum aufhalten und hatten so schwere Köpfe mit so vielen Gedanken darin, dass uns selbst das Reden schwerfiel. Wir gähnten und streckten uns, wir waren kurz davor, ein langes Nickerchen zu machen, da fragte Zement, ob wir nicht einen Film schauen wollten.

Wir schielten aus halb offenen Augen zum Fernseher, unter dem ein Videorekorder stand.

„Wo ein Videorekorder ist", sagte Zement, „da ist auch immer eine Videokassette."

„Und wo eine Videokassette ist", fügte ich weise hinzu, „da ist auch ein Film drauf."

Die Müdigkeit war wie verflogen. Wir schnappten uns die Fernbedienung. Der Fernseher erwachte mit einem Knistern zum Leben und zeigte uns ein krisseliges Bild. Der Rekorder ging automatisch mit dem Fernseher an und gab ein Rasseln und ein Schnurren von sich, das sehr nach einer Videokassette klang, die gestartet wurde.

„Wusste ich es doch", sagte Zement.

„Hoffentlich ist es keine Schmonzette", sagte Island.

Rudolpho gab zu bedenken, dass Horror jetzt auch keine gute Idee wäre.

„Ganz besonders kein Horror, in dem vier Jungen in einem verlassenen Haus stranden und ..."

Er verstummte, als das krisselige Bild verschwand. Wir wichen vor Schreck zurück. Es war gut, dass wir auf dem Sofa saßen, sonst wären wir nach hinten umgefallen. Die Müdigkeit war verflogen, wir waren von einer Sekunde zur anderen hellwach.

„Ich seh das doch nicht wirklich, oder?“, sagte ich.
Auf dem Fernsehbildschirm waren zwei Gesichter erschienen. Eines hatte eine Augenklappe, das andere hatte einen Verband um den Kopf. Die Gesichter waren jünger, aber wir hätten sie auch erkannt, wenn sie noch viel jünger gewesen wären. Gesichter wie diese vergisst man nicht.
„Kneift mich mal“, hauchte Island.
Wir hatten nicht die Kraft, ihn zu kneifen, unsere ganze Kraft lag in unseren Augen, die es nicht wagten zu blinzeln, als könnte ein einzelnes Blinzeln irgendwas auf dem Bildschirm verändern. Ich blinzelte einmal vorsichtig und der Anblick blieb der gleiche – die Brüder Karamasow sahen uns aus dem Fernseher an. Das Videobild war zwar ein wenig krisselig, dennoch erkannten wir jedes Detail des Blockhauses im Hintergrund – den Bücherschrank, den Kamin, das Fenster.
Die Brüder saßen auf demselben Sofa wie wir.
Und dann begannen sie zu reden.
„Wollen wir anfangen?“, fragte Alexei.
„Wir haben schon angefangen“, sagte Iwan.
„Sicher?“
„Siehst du das rote Licht?“
Alexei beugte sich vor.
„Sehe ich.“
„Das heißt, die Kamera läuft.“
Alexei lehnte sich wieder zurück und murmelte, das habe er doch längst gewusst, dann lächelten die Brüder uns an, als hätten sie sich abgesprochen, und dann sagten sie etwas, was nicht möglich war, denn es gab Regeln und Gesetze, und hier wurden alle Regeln und Gesetze der Zeit gebrochen.

„Hallo, Kurzhosengang!“, sagte Iwan.
„Herzlich willkommen in unserem Zuhause!“, sagte Alexei.

Wir waren Marionetten, wir atmeten nicht, wir blinzelten nicht, und da keiner an den Schnüren zog, bewegten wir uns auch nicht. Für eine Weile legten sogar unsere Herzen eine Pause ein.
„Bitte seid nicht erschrocken“, sprach Alexei weiter. „Wir wissen, wir sehen schlimm aus, denn wir hatten einen kleinen Unfall---“
„Klein ist gut“, warf Iwan ein. „Drei Autos und ein Lastwagen sind *kein* kleiner Unfall.“
„Gut“, lenkte Alexei ein, „wir hatten einen großen Unfall, aber außer ein paar Blessuren ...“
„Ich hätte beinahe mein Auge verloren!“, rief Iwan.
„... sind wir ganz gut davongekommen. Aber genug über uns. Ihr wundert euch bestimmt, wieso wir in einem Blockhaus mitten in Sibirien sitzen und ein Video für euch aufnehmen. Tatsache ist, wir sitzen nicht wegen euch hier. Wir sind vor drei Tagen von Okkerville angereist, weil unser Vater verstorben ist. Und wie wir ihn gestern zu Grabe trugen, haben wir begriffen, dass wir nicht unsterblich genug sind für dieses Leben. Der Tod unseres Vaters und dann dieser blöde Autounfall haben uns diese Tatsache deutlich vor Augen geführt. Wir sind jetzt zweiundachtzig Jahre alt, und ehrlich gesagt sind wir ganz schön müde von diesem Dasein. Wir haben aber noch zwei große Aufgaben vor uns. Wir müssen uns um euch kümmern und wir wollen noch eine Statue von Dostojewski aus Marmor hauen und auf dem Mulberry Circle aufstellen, danach ist unsere Arbeit getan. Und weil wir euch nicht ratlos zurücklassen wollen, filmen wir uns heute. Sobald wir hier fertig sind, werden wir dieses Haus verschließen, und von dem Tag an wird es nur

darauf warten, dass ihr die Tür wieder aufschließt und hereinkommt. So sieht euer Schicksal aus. Wenn ihr das hier also seht, wird es der 29. Februar 2000 sein, und wenn wir in diesem Moment nicht neben euch sitzen, haben unsere Seelen ihren Geist aufgegeben."

„Komischer Gedanke, dass wir irgendwann tot sein werden", warf Iwan ein.

„Denk nicht daran", sagte Alexei, „bis dahin ist es noch eine Weile."

Die Brüder seufzten und dann erstarrten sie mitten in ihrem Seufzer, weil Rudolpho die Pausentaste gedrückt hatte. Die Kurzhosengang schaute sich um, als würden sich die Brüder im Haus verstecken. Wir blinzelten eine halbe Minute lang, um unseren trockenen Augen etwas Schmiere zu geben, danach erst begannen unsere Herzen wieder normal zu schlagen.

„In was sind wir denn hier reingerasselt?", fragte Rudolpho.

„Wir sitzen in einer Geistergeschichte fest", sagte Island.

„In einer russischen", fügte ich hinzu.

Zement schüttelte den Kopf und nahm dabei keine Sekunde die Augen von den Brüdern, die in einem Seufzer eingefroren waren.

„Das da sind keine Geister", sagte er.

„Und das da", sagte ich und zeigte auf die eine Ecke des Fernsehers, „ist auf keinen Fall möglich."

In der unteren linken Ecke standen das Datum und die Uhrzeit der Videoaufnahme:

27. Oktober 1984. 17:29:31

Die Kurzhosengang schluckte, als hätte sie aus dem größten Glas, das je gemacht wurde, einen langen Schluck Bitter Lemon genommen. Is-

land ging zum Fernseher und strich über das Datum, ein leises Knistern war zu hören, das Datum ließ sich nicht wegwischen.
„Wie geht das?", fragte ich. „Wie konnten die Brüder vor sechzehn Jahren auf diesem Sofa sitzen und sich *für uns* filmen? Ich meine, seht euch das Datum an, es ist der 27. Oktober 1984. Wir wurden erst fünf Jahre später geboren. Woher wussten sie überhaupt, dass es uns eines Tages geben würde? Ich kapier das nicht, kapiert ihr das?"
Die Kurzhosengang kapierte nichts. Unsere Köpfe waren Salatschleudern, in denen die Gedanken aufgeregt hin- und herrasten. Bevor einer von uns schreiend aus dem Haus rennen konnte, tat Rudolpho das einzig Vernünftige und streckte die Hand mit der Fernbedienung nach vorne. Das Videoband lief weiter.
Die Brüder beendeten ihren Seufzer und bewegten sich wieder.
„Wir wollen, dass ihr versteht, was hier passiert", sagte Alexei.
„Auf keinen Fall wollen wir, dass ihr völlig kopflos dasitzt", sagte Iwan.
„Oder den Fernseher ausschaltet. Deswegen seid bitte geduldig mit uns. Wir erklären euch in der nächsten Stunde alles. Und wir beginnen damit, dass wir euch die Geschichte unserer Familie erzählen. Ihr werdet erfahren, weswegen Iwan und ich nach Kanada kamen und wieso wir euch anlügen mussten. Wir haben sehr hart daran gearbeitet, alles möglich zu machen. Dass ihr jetzt in diesem Haus sitzt und dieses Videoband anschaut, bestätigt uns, dass wir Erfolg hatten."
„Falls die Jungs wirklich da sitzen", sagte Iwan.
„Natürlich sitzen sie da!"
„Woher willst du das wissen?"
„Ich *weiß* es einfach."
Iwan kniff sein gesundes Auge etwas zusammen und schaute kritisch in die Kamera.

„Ja, aber vielleicht sind hundert Jahre vergangen“, sagte er, „und da sitzt irgendein Wissenschaftler, der sich wundert, was wir hier plappern, weil er kein Wort von unserem schlechten Englisch versteht.“
„Was?!“
Alexei sah Iwan empört an.
„Mein Englisch ist nicht schlecht!“
„Du klingst wie eine Dose Bohnen, die eine Treppe runterfällt.“
„Iwan, ich rede perfektes Englisch!“
„Ach?“
Plötzlich grinste Iwan seinen Bruder an. Und plötzlich fühlten wir uns, als würden wir vor dem Kino stehen und den Brüdern zuhören, wie sie sich stritten – Iwan war immer der, der Alexei auf den Fuß trat, weil Alexei alles besser wusste und nicht verstand, warum Iwan so ahnungslos war. Sie waren wie Stan und Ollie, die sich im Altersheim wiedertreffen. Die beiden hatten sich schon immer gerne gezankt. Nichts schien sich zwischen ihnen in den letzten zwei Jahrzehnten verändert zu haben.
„Ich weiß doch, dass dein Englisch großartig ist“, lenkte Iwan ein und zwinkerte in die Kamera. „Dein Englisch ist nicht nur großartig, es ist perfekt, und natürlich sitzen die Jungs da, oder?“
Wir nickten, wir saßen da.
Alexei wandte sich uns wieder zu.
„Liebe Kurzhosengang, lasst uns beginnen. Wir hoffen, es ist nicht zu kalt im Haus und dass wir euch genug Holz aufgestapelt haben. Haltet das Feuer am Leben, es wird ein aufregender Nachmittag werden.“

Es wurde nicht nur ein aufregender Nachmittag, es wurde auch ein sehr merkwürdiger Nachmittag, weil wir vor Aufregung immer wieder die

Pausentaste drücken mussten. Dann rannten wir wie aufgescheuchte Hühner durch das Haus und setzten uns wieder. Dann sahen wir uns an und sagten:
„Ist nicht wahr!"
„Die lügen!"
„Die spinnen!"
„Lass mal weiterlaufen!"

Die Geschichte der Familie Obramow nahm ihren Anfang 1876 in Sankt Petersburg. Schon bevor sie geboren wurden, wussten die Eltern von Tatjana Seminic und Olek Obramow, dass ihre Kinder eine leuchtende Zukunft erwartete und sie eines Tages heiraten würden. Tatjana und Olek kamen in demselben Jahr in derselben Straße zur Welt, sie gingen auf dieselbe Schule, spielten dieselben Spiele, und wenn sie in der Nacht hochschauten, sahen sie dieselben Sternschnuppen über den Himmel wandern. Mit fünf Jahren schworen sie einander ewige Liebe und mit zehn Jahren träumten sie die gleichen Träume. Alle ihre Träume entwuchsen den Büchern, die sie lasen.
Der größte Teil ihres jungen Lebens drehte sich um Literatur.
Es verging kein Tag, an dem sie nicht Rücken an Rücken lehnend zusammensaßen und ein Buch nach dem anderen verschlangen. Wann immer ein Roman endete und Tatjana traurig auf die letzte Seite hinabschaute, wusste Olek, wie es weitergehen würde, und erzählte ihr die Fortsetzung. Und wann immer sich Oleks Herz zusammenzog, wenn seine Helden in Gefahr gerieten und es keinen Ausweg mehr zu geben schien, war es Tatjana, die seine Hand drückte und ihm versicherte, dass alles gut werden würde.

An seinem zwanzigsten Geburtstag war es dann so weit und Olek nahm seinen ganzen Mut zusammen. Er kniete sich nieder und sagte auswendig die ersten zwei Zeilen aus einem Gedicht von Puschkin auf, in dem er nur den Namen veränderte:

> Tatjana, holdes Lieb, lass deine Hand mich fassen!
> Befreie von dem Druck des Lebensalpes mich!

Und so hielt er um Tatjanas Hand an.
Und so sagte Tatjana viermal Ja und küsste ihn.

Das Paar eröffnete einen Buchladen im Zentrum der Stadt und bezog die Wohnung darüber, die aus einem Bad und einem winzigen Zimmer bestand. Die Wohnung hätte noch kleiner sein können, denn das Leben der Obramows fand in den Räumen darunter statt.
Das Herzstück des Buchladens waren – neben den Regalen mit Büchern, den Folianten und Zeitschriften – drei Sessel, ein Sofa und ein Beistelltisch. Hier ließen sich die Kunden gerne nieder, bekamen Tee und Gebäck serviert und studierten die neuen und insbesondere die alten Bücher, denn der Buchladen war bekannt dafür, dass er Raritäten aus der ganzen Welt nach Sankt Petersburg holte. Olek hatte ein Gespür für die philosophischen Werke, während Tatjanas Vorliebe mehr bei den Romanen lag. Sie war es auch, die Schriftsteller und Dichter zu Lesungen einlud. Tolstoi hatte auf ihrem Sofa ein Nickerchen gemacht, Gorki hatte für sie seinen speziellen Grusinischen Tee aufgebrüht und Tschechow an einem regnerischen Nachmittag die Bücher in den Regalen neu sortiert, weil ihm langweilig war und er nichts mit sich anzufangen wusste. An den Wochenenden verwandelte sich der Buchladen in

einen lebendigen Salon mit Veranstaltungen, die oft bis spät nach Mitternacht andauerten und das Gespräch der Stadt waren.
Fünf Jahre vergingen, das neue Jahrhundert brach an und es war alles in allem ein gutes Leben für die Obramows. Sie waren von Büchern, interessierten Kunden und ganz besonders von Schriftstellern umgeben, die von ihrer Gastfreundschaft und der Gemütlichkeit des Buchladens angezogen wurden. Oder wie Gorki einmal dem Ehepaar Obramow gegenüber feststellte: „Wenn man ein zweites Zuhause sucht, dann findet man es allein bei euch."
Olek und Tatjana hatten alles, was sie sich wünschten, nur ein Traum war noch nicht in Erfüllung gegangen – sie hatten keine Kinder. Tatjana litt sehr unter diesem Umstand und verbrachte lange schlaflose Nächte, in denen sie sich wunderte, ob sie jemals schwanger werden würde.

Auch in dieser einen Augustnacht schlief Tatjana schlecht und schrak aus dem Schlaf, als in den frühen Morgenstunden an die Tür des Buchladens gehämmert wurde. Olek beruhigte seine Frau und bat sie, liegen zu bleiben, ehe er mit einer Petroleumlampe in der einen und mit einem Revolver in der anderen Hand die Stufen in den Buchladen hinunterstieg. Der Revolver gehörte seinem Großvater und war nicht geladen. Er diente nur dem Schein. Wer auch immer da hämmerte, sollte wissen, dass Olek auf alles vorbereitet war.
Er war es nicht.
„Jaja, ich höre doch!", rief Olek und schloss die Ladentür auf.
Seine Müdigkeit verschwand spurlos, als er sah, wer da vor der Tür stand. Vier Jahre zuvor hatte Russland den Hafen von Port Arthur am Gelben Meer besetzt und dann gepachtet, um sich dort einen eisfreien Marine-Stützpunkt für seine Pazifikflotte aufzubauen. Dummerweise

hatten die Japaner denselben Plan, sie kamen aber zu spät. Auf diese Weise entstand Unmut zwischen den zwei Kaiserreichen, dieser Unmut sollte bald schon zu einem Krieg zwischen Russland und Japan führen. Es war also kein ausgesprochen guter Zeitpunkt, um einen Japaner vor seiner Haustür stehen zu haben.

„Huch", rutschte es Olek heraus.

Der Mann vor der Tür verzog keine Miene, auch wenn er die Begrüßung sehr unpassend fand. Es schien ihn auch nicht sonderlich zu stören, dass der Lauf einer Pistole auf ihn gerichtet war. Er war älter als Olek und hatte das graue Haar zu einem Zopf geflochten. Seine Augen waren von winzigen Fältchen umgeben und wirkten so klar, als wäre er schon seit Stunden wach. Um seine Hüften war eine verdreckte Schürze gebunden und er duftete nach Gewürzen. Auf seinem Kopf trug er ein schwarzes Käppi, das mit roten Punkten bestickt war. Olek hatte diesen Mann noch nie gesehen, der sich ihm nicht einmal vorstellte, sondern einen Brief aus seiner Hosentasche zog und Olek entgegenhielt.

„Nimm schon", sagte er auf Englisch.

„Du bist Engländer?", fragte Olek überrascht.

„Sehe ich aus wie ein Engländer?", fragte der Mann zurück.

Olek schüttelte den Kopf, nein, der Japaner sah überhaupt nicht aus wie ein Engländer.

„Nimm schon", wiederholte der Mann. „Es ist kalt und ich will nach Hause."

Olek klemmte sich die Pistole unter die Achsel und nahm den Brief zögerlich entgegen. Ohne ein weiteres Wort zu sagen, wandte sich der Mann ab und verschwand die Straße hinunter.

Olek sollte ihn nie wiedersehen.

Im Buchladen stellte Olek die Petroleumlampe auf den Beistelltisch und setzte sich in einen der Sessel. Er starrte auf den Brief und verstand nicht, was er da sah. Die Handschrift kam ihm erschreckend bekannt vor. Olek wischte sich über die Augen wie jemand, der wach ist und es nicht glaubt, dass er schon wach ist. Der Brief war ohne Namen an den Buchladen adressiert und unter der Adresse stand das Datum des heutigen Tages: 10. August 1901.

Das nenne ich eine pünktliche Lieferung, dachte Olek.

Vor dem Buchladen war es zwar noch pechschwarze Nacht, dennoch war der 10. August schon angebrochen – die ersten Pferdewagen hatten sich in Bewegung gesetzt und der Bäcker gegenüber schrie seine zwei Gesellen an und verlangte nach mehr Holz für die Öfen. Als die Turmuhr viermal schlug, kniff Olek müde die Augen zu, ehe er wieder auf den Brief in seinen Händen sah.

„Was soll's", sagte er und riss ihn auf.

Liebe Tatjana,
das hier ist eine kurze Nachricht aus der Zukunft.
Wir werden uns bald verlieren, meine Liebe,
und hier wirst du mich wiederfinden:
N 60° 53' 9", E 101° 53' 40".

Nicht jedes Haus steht auf der Erde,
nicht jedes Feuer verbrennt dich.

Mit besten Grüßen
dein Olek & dein Herbert
15. Mai 1936

PS: Trauere nicht,
wir werden bald mit Kindern gesegnet sein.

Olek las den Brief ein zweites Mal und lachte, er schaute in den leeren Umschlag, als würde dort ein zweiter Brief warten, und lachte erneut.
„Wieso lachst du?"
Olek schaute auf. Tatjana hatte sich eine Decke um die Schultern gelegt und stand im Durchgang zum Buchladen. Ihr Haar war offen und sie erinnerte Olek an das Bild eines Engels, der sich nach dem Paradies sehnt. Wäre Olek ein Künstler gewesen, hätte er diesen Moment eingefroren und auf eine Leinwand gebannt. Er war aber nur ein Buchhändler, also sagte er simpel und einfach:
„Post!"
„Um diese Uhrzeit?"
Olek hielt ihr den Brief entgegen, Tatjana trat näher.
„Was ist das für Post?", fragte sie.
„Das ist ein Brief für dich aus dem Jahr 1936."
Tatjana las den Brief und sah dann ihren Mann verwundert an.
„Olek, ist das ein Scherz?"
„Sieht das aus wie ein Scherz?"
„Aber …"
Tatjana wedelte mit dem Brief.
„… das ist doch deine Handschrift."
„Ich weiß, denkst du, ich weiß das nicht?!"
„Und? Hast du den Brief geschrieben?"
Olek hörte sich selbst lachen und fand, dass er ein wenig verrückt klang.
„Warum, bitteschön, sollte ich so einen Unsinn schreiben?"
Tatjana schaute auf den Brief.

„Und wer ist Herbert?“, fragte sie. „Ich kenne keinen Herbert, du?“
Olek schüttelte den Kopf, unter all ihren Freunden und Bekannten gab es keinen einzigen Herbert. Es war nicht gerade ein typischer Name im russischen Kaiserreich. Tatjana las den Brief ein zweites Mal und hatte plötzlich Tränen in den Augen.
„Ich will dich nicht verlieren“, sagte sie leise.
Olek kam auf die Beine und schloss sie in seine Arme.
„Wir werden uns nicht verlieren, Liebste“, versprach er. „Der Brief ist reiner Unsinn. Das hat sich ein Verrückter ausgedacht.“
„Aber …“
„Es ist nur ein Scherz.“
„… niemand weiß, dass wir uns Kinder wünschen“, sprach Tatjana zu Ende.
Olek spürte, wie seine Beine weich wurden.
„Deine Schwester weiß es“, sagte er hastig.
„Niemals würde sie das schreiben!“, rief Tatjana und hatte eine Eingebung. Ihre Tränen verschwanden, sie griff nach Oleks Händen.
„Und was, wenn es kein Scherz ist?“, hauchte sie.
Olek rieb sich die Stirn, als hätte er plötzlich Kopfschmerzen.
„Niemand“, sagte er und wiederholte das Wort ganz langsam, „niemand kann Post aus der Zukunft verschicken, Tatjana. Das ist unmöglich.“
Sie sahen beide auf das Datum, dann lasen sie den Brief erneut und ihre Münder bewegten sich dabei synchron, ohne dass ein Wort zu hören war.
„Es ist wirklich ein sehr verwirrender Brief“, sagte Tatjana zum Schluss und klang plötzlich wütend. „Natürlich steht jedes Haus auf der Erde. Und seit wann gibt es Feuer, das nicht verbrennt? Und was bedeuten diese Koordinaten?“

Olek wusste, dass er die letzte Frage beantworten konnte. Er verschwand zwischen den Regalen und kehrte mit einem großen Buch zurück, das er mit beiden Händen tragen musste. Es handelte sich um einen Atlas des Russischen Reiches von 1897 mit Straßenplänen der Hauptstädte. Olek legte das Buch auf dem Tisch ab und blätterte es auf.
„Lies mir die Koordinaten vor", bat er Tatjana.
„Was?"
„Aus dem Brief, lies mir die Koordinaten aus dem Brief vor."
Tatjana las vor. Oleks Finger wanderte über die Karte und verband die Linien. Es war so, wie er es sich gedacht hatte. An dem Kreuzpunkt war nichts. Die Koordinaten führten zu einem Erdflecken in Sibiren, der inmitten der Steppe lag und gute viertausend Kilometer von Sankt Petersburg entfernt war.
„Da ist kein Ort und keine Stadt zu finden", sagte er. „Sieh selbst. Es ist ein Scherz, nichts als ein Scherz, da ist nur trostlose Einöde."
Mit diesen Worten schloss er den Atlas.
„Und was jetzt?", fragte Tatjana.
„Jetzt sind wir vernünftig und legen uns noch ein wenig hin. Dann beginnen wir den Tag, als wäre es einfach nur ein weiterer Tag in unserem Leben, denn mehr ist es auch nicht."
„Und der Brief?"
„Der Brief, meine Liebste, ist ein Rätsel, das wir irgendwann sicher lösen werden."
„Versprochen?"
„Ich verspreche es dir."
Und so nahmen die zwei Geliebten die Petroleumlampe und stiegen Hand in Hand hoch in ihre kleine Wohnung, wo sie die nächsten Stunden bis zum Beginn ihres Arbeitstages schlaflos im Bett lagen und sich

wunderten, was die Post aus der Zukunft zu bedeuten hatte. In der Zwischenzeit lag der Brief unten in der Buchhandlung auf dem Beistelltisch und schwieg, wie Papier schweigt, das nicht beachtet wird.

Keine acht Stunden nachdem Olek den Brief entgegengenommen hatte, überkam Tatjana in einem Gespräch mit einem Kunden ein Schwindel und sie eilte zur Toilette. Ihr war übel und sie musste sich übergeben. Blass und ein wenig zitterig kehrte sie in den Buchladen zurück, wo sie geduldig darauf wartete, dass der Kunde das Geschäft verließ, ehe sie Oleks Hand nahm und auf ihren Bauch drückte. Keine Worte waren nötig. Olek brach in lauten Jubel aus.

Auf diese Weise erfuhren die Obramows, dass sie bald Eltern werden würden.

In den nächsten Tagen rahmte Tatjana den Brief aus der Zukunft und hängte ihn neben dem Waschbecken auf, sodass sie ihn jeden Morgen nach dem Erwachen sehen konnte. Sie tat es einerseits aus der Furcht heraus, Olek zu verlieren; und sie tat es andererseits aus der Hoffnung heraus, ein Kind geschenkt zu bekommen.

Fünf Monate später kam das Feuer.

„Feuer?!", rief die Kurzhosengang erschrocken.

Alexei hörte uns natürlich nicht und erzählte weiter.

Tatjana hatte an dem Abend mit Olek gegessen und war danach durch den dichten Schneefall zu ihrer Schwester gelaufen, mit der sie Kleidung für das erwartete Kind nähte. Es war ein milder Winter mit wenig Frost gewesen, es war genau die richtige Zeit, um sich vor den Kamin zu setzen und auf den Frühling zu warten. Tatjanas Bauch war eine gewaltige Kugel, und sie wunderte sich, wie sie dieses Gewicht bis in den Mai mit sich herumschleppen sollte, ohne sich dabei das Kreuz zu brechen. Die besten Stunden des Tages waren, wenn sie einfach nur stillsaß und sich nicht wie ein Schwergewichtler durch die Gegend bewegen musste.

Als sie sich zu später Stunde von ihrer Schwester verabschiedete und auf den Weg nach Hause machte, begannen die Glocken der Turmuhr zu schlagen. Es war Mitternacht und über den Glockenschlag hinweg vernahm Tatjana ein prasselndes Geräusch, das sie an nasse Wäsche erinnerte, die von den Wäscherinnen am Flussufer gegen Stein geschlagen wurde. Das Geräusch hallte laut in den Gassen wider und Tatjana packte eine Unruhe, die sie nicht erklären konnte. Sie wurde unmerklich schneller und schaute immer wieder in den Himmel. Ein flackerndes Irrlicht tanzte über Sankt Petersburg und wurde von den kupfernen Dächern der Kirchen und Häuser reflektiert, und wie Tatjana dieses Licht beobachtete, begriff sie plötzlich, woher sie das prasselnde Geräusch kannte – es war der Lärm eines Feuers, das aus der Ferne nach ihr rief.

Tatjana rannte los, trotz ihres dicken Bauches, trotz ihrer zitternden Beine. Immer wieder musste sie sich an einer Hauswand abstützen, um zu Atem zu kommen, immer wieder setzte sie sich in Bewegung wie ein gestrandetes Boot, das aufs Meer zurückwollte. Hundert Meter von dem Buchladen entfernt kam sie nicht mehr voran. Die Menschenmenge begann dichter zu werden, sodass sich Tatjana mit Gewalt zwischen den Gaffern durchquetschen musste, von denen ihr keiner Platz machte, weil keiner das Spektakel verpassen wollte.

„Lasst mich durch, hört ihr nicht, lasst mich durch!“

Endlich erreichte sie den Platz vor dem Buchladen und wäre am liebsten wieder zurückgewichen und in der Menge verschwunden, wie man

oft vergeblich in die Tiefen des Schlafs zurückzuweichen versucht, um einem Albtraum zu entgehen.
Die Buchhandlung stand bis hoch zum Dach in Flammen. Die Nachbarn links und rechts von dem Buchladen hatten sich auf ihren Balkonen versammelt und hielten das Feuer mit Wassereimern in Schach, damit es nicht auf ihre eigenen Häuser übergriff. Tatjana konnte nicht glauben, was sie sah. Sie presste sich aus Furcht beide Hände auf den Bauch und schrie Oleks Namen. Sie wollte in den Buchladen laufen und kam keine zehn Schritte weit, da zog der Bäckermeister sie zurück.
„Vorsicht, die Dame!“, warnte er.
Tatjana dachte nicht daran, vorsichtig zu sein. Sie trat dem Bäckermeister sehr undamenhaft gegen das Schienbein, so dass er sie mit einem Aufschrei losließ. Tatjana war wieder frei und rannte erneut auf den Buchladen zu. Die Menge gab einen empörten Schrei von sich, aber keiner kam der armen Frau zu Hilfe. Tatjana versuchte die qualmende Eingangstür zu öffnen, doch das Feuer hatte den Rahmen verzogen und die Tür blieb zu. Also schlug Tatjana mit den flachen Händen auf das Schaufenster ein und erstarrte, als sie durch das Schaufenster hindurch eine Bewegung in dem verqualmten Buchladen bemerkte.
„Olek!?“, rief sie und schlug gegen das Glas. „Olek!“, rief sie erneut und rannte zurück zur Tür, um sich gegen das qualmende Holz zu werfen, und entkam so dem herabstürzenden Balkon, der sich im selben Moment von der Fassade löste und krachend vor dem Schaufenster der Buchhandlung auf den Bürgersteig knallte. Fassadenreste flogen Tatjana um die Ohren, sie hielt sich schützend die Arme über den Kopf. Und wie sie dort ängstlich vor dem brennenden Buchladen stand, fragte sich Tatjana, warum ihnen das passieren musste, warum das Schicksal so grausam war; und wie sie sich diese Fragen stellte, kam ihr der Brief

aus der Zukunft in den Kopf, und die Erkenntnis traf sie wie ein Schlag im Nacken, ihre Beine gaben nach und sie versank mit den Knien im Schnee.

Wir werden uns bald verlieren, hatte in dem Brief gestanden.

Die Zeit legte eine Atempause ein. Die Menschenmenge verstummte und betrachtete die schwangere Frau, die im Schnee kniete, als wäre sie in der Kirche und würde um Gnade bitten. Auch das Feuer legte sich für einen Moment und war nur noch ein Flüstern. Aus dieser Stille heraus erklang deutlich eine Stimme aus dem Buchladen.

„TATJANA!"

Und noch einmal.

„TATJANA!"

Die Angst und die Schwäche waren wie weggewischt. Tatjana wurde zu einer Löwin, Tatjana wurde unverwundbar und kam auf die Beine. Ihr Olek rief sie, ihr Olek war am Leben. Und wenn die Tür Tatjana den Eintritt verwehrte, so wollte sie das Schaufenster einschlagen. Was auch geschah, sie würde einen Weg zu ihrem Olek finden. Sie würde …

Ein gedrunger Mann tauchte aus dem Nichts auf, ehe sie mit der Schaufensterscheibe zusammenstieß. Er war kaum größer als Tatjana, und sein Name war Sergej Limma. Er war nicht nur Oleks bester Freund, er war auch einer der vielen Schriftsteller, die den Großteil ihrer Zeit im Buchladen verbrachten und für die Obramows alles getan hätten. Sergej rettete Tatjana das Leben, indem er sie in seine Arme schloss und davon abhielt, durch das Schaufenster zu springen. Sie landeten beide mit einem dumpfen Laut im Schnee und Tatjana versuchte sich sofort aus seiner Umarmung zu befreien, aber Sergej ließ sie nicht gehen und ertrug ihre Schläge und Flüche, ohne einen Laut von sich zu geben. Als Tatjana zu erschöpft war, um sich noch zu wehren, lagen sie schwer atmend auf dem Boden und starrten auf die unaufhaltbare Zerstörung des Buchladens, die ihr großes Finale mit einem Donnern im Erdgeschoss einläutete, dann gab der Dachstuhl nach und das Haus brach in sich zusammen, als hätte es der Fuß eines Riesen mit einem einzigen Tritt eingestampft.

Sankt Petersburg hatte seit seiner Gründung durch Peter den Großen eine Menge Feuer gesehen und überlebt. Am heftigsten waren die Arbeiterviertel mit ihren engen Gassen und billig gebauten Dächern betroffen. Aber auch in den wohlhabenden Gegenden gab es keine Garantie vor den Flammen, die sich durch defekte Kamine oder explodierende Gaslampen ausbreiteten und oft ganze Viertel in Gefahr brachten.
So ein Feuer war das nicht, denn in der Nacht vom 12. zum 13. Januar 1902 ging überraschenderweise nur der Buchladen in Flammen auf, die Nachbarhäuser wurden allesamt verschont. Viele der Anwohner zündeten Kerzen in der Kirche an und schickten Dankesgebete an die Jungfrau Maria. Niemand wusste, was den Brand verursacht hatte. Vielleicht war es ein Funken aus dem Ofen, vielleicht eine abgebrannte Kerze. Von Olek fand man in dem Schutt nicht einmal seine Knochen, alles war zu einer grauen trüben Asche heruntergebrannt. Auch der Brief aus der Zukunft war natürlich in den Flammen aufgegangen und kein Buch hatte das Feuer überlebt. Bis in die frühen Morgenstunden sah es aus, als würden einzelne Buchseiten die Flucht ergreifen – sie schwebten über den Dächern von Sankt Petersburg und stiegen dem Himmel entgegen wie Zugvögel, die die aufgehende Sonne erreichen wollten.

„Einen Moment, bitte."
Alexei beugte sich vor und trank aus einem Glas Wein. Seine Ohren,

die unter dem Verband hervorschauten wie kleine Satellitenschüsseln, waren vom Erzählen ganz rot geworden. Die Kurzhosengang saß erschrocken auf dem Sofa. Auch wir hatten rote Ohren. Das war zwar keine Horrorgeschichte, dafür war sie um einiges schlimmer, denn wahre Geschichten machten uns viel mehr Angst. Sie gingen uns nahe, denn sie waren echt und konnten jederzeit wieder passieren.

„Du solltest lieber Wasser trinken", riet ihm Iwan.

„Ich bin doch kein Kind", sagte Alexei.

„Das letzte Mal, als du Wein getrunken hast, bist du zwischen den Schafen aufgewacht."

„Ja, weil du mich da hingeschleppt hast!"

„Wer sich betrinkt, landet bei den Schafen."

„Was ist das für ein Unsinn?"

„Das ist die Wahrheit."

„Diese Regel gibt es nicht."

„Natürlich gibt es sie. Wir haben sie aufgestellt, nachdem wir unseren letzten Geburtstag gefeiert haben. Hast du das wirklich schon vergessen?"

Die Brüder sahen sich an, als hätten sie sich eine Woche nicht gesehen. Dann schielte Alexei nachdenklich auf das Weinglas in seiner Hand.

„Ich erinnere mich", sagte er. „Wer sich betrinkt, der landet bei den Schafen."

Iwan stand vom Sofa auf.

„Gut, dass du dich erinnerst", sagte er. „Ich hole dir jetzt ein Glas Wasser."

„Danke, Brüderchen. Und denk an den Karton."

Alexei schaute ihm hinterher, ehe er in die Kamera blickte und uns zuflüsterte:

„Ich will nicht, dass Iwan das hört. Es erschüttert ihn immer sehr, wenn ich von dem Feuer erzähle. Wir waren damals zwar noch nicht geboren, wir haben aber Vaters Tod und die Seelenqualen unser Mutter körperlich gespürt. Embryos spüren alles."
Iwan kam mit einem Glas Wasser und einem Pappkarton zurück.
„Habe ich dich flüstern gehört?", fragte er.
„Wieso sollte ich flüstern?", fragte Alexei zurück.
Während Alexei das Wasser in kleinen Schlucken trank, stellte Iwan den Pappkarton auf den Tisch und nahm den Faden wieder auf.
„Wir wissen, was ihr jetzt denkt", sagte er zu uns. „Ihr fragt euch schon seit einer Weile, was das alles mit euch zu tun hat. Vier Jungs aus Kanada sitzen im Herzen von Russland und hören die Geschichte von Tatjana und Olek, zwei Buchhändlern aus dem Jahre 1902, die auf den ersten Blick rein gar nichts mit der Kurzhosengang zu tun haben. Die Wahrheit aber ist, dass wir euch ohne den Brief aus der Zukunft nie kennengelernt hätten und unsere Leben gänzlich anders verlaufen wären."
„Jetzt mach ihnen mal keine Angst", warf Alexei ein.
„Ich will ihnen keine Angst machen", sagte Iwan und grinste uns an, als wäre er ein Pirat, der unter seiner Augenklappe einen geheimen Säbel versteckt hielt. Es war offensichtlich, was für einen Spaß er daran hatte, uns Angst zu machen.
„Ihr versteht doch Spaß, oder?", schob er hinterher.
Wir nickten wie vier Papphunde, die hinten auf der Ablage eines Autos sitzen und bei jedem Schlagloch wie blöde mit den Köpfen wippen. Das Bild auf dem Fernseher flackerte für eine Sekunde, als hätte der Fernseher geblinzelt.
„Wir freuen uns auf jeden Fall sehr, euch in fünf Jahren zu begegnen", sagte Alexei.

„Und euch aufwachsen zu sehen", schob Iwan hinterher.
„Aber genug davon. Wir haben hier ein paar Fotos für euch."
Alexei öffnete den Deckel und begann in dem Karton zu kramen.
Und er kramte.
Und kramte.
„Nimm doch irgendeins", sagte Iwan.
„Ich will das, wo sie vor dem Buchladen stehen."
Iwan schaute mit in den Karton.
„Was ist mit dem hier?"
„Nein, das ist es nicht."
„Und das da?"
„Nein. Das will ich nicht."
„Die Jungs pennen noch ein, wenn du länger---"
„Ah, hier, das ist es!"
Alexei hielt ein Foto in die Kamera. Seine Hand zitterte, sodass uns von dem Gewackel etwas schwindelig wurde. Iwan legte seine Hand auf Alexeis Arm und das Zittern beruhigte sich. Wir sahen auf dem Foto einen schlanken Mann in einem Wintermantel vor einem Buchladen stehen. An seiner Seite war eine elegant gekleidete Frau mit einer Pelzmütze auf dem Kopf. Tatjana und Olek sahen glücklich aus. Von Oleks Mund stieg ein Atembausch auf, der an ein zerrissenes Taschentuch erinnerte. Tatjanas linke Hand lag auf ihrem dicken Bauch, mit der rechten Hand winkte sie der Kamera.
„Das Foto entstand eine Woche vor dem Feuer", sagte Alexei. „Wenn ihr genau hinschaut, könnt ihr sehen, wie müde unsere Mutter ist. Sie hatte viel mit uns zu schleppen. Sie konnte ja nicht ahnen, dass wir zu zweit in ihr heranwuchsen."
Alexei legte des Foto beiseite, und als er weitersprach, war seine

Stimme brüchig wie altes Papier, das zu lange in der Sonne gelegen hat.

„Nach dem Feuer und Oleks Tod dachte Tatjana nicht daran, in Sankt Petersburg zu bleiben. Ihre Schwester versuchte sie aufzuhalten und ihre Eltern kamen vom Lande angereist, aber es war vergeblich. Oleks Familie bot an, sie bei sich aufzunehmen, aber auch davon hielt Tatjana nichts. Sie packte ihre Sachen und kehrte der Stadt den Rücken, bevor der Januar zu Ende ging. Aber sie machte sich nicht allein auf die Reise."

Alexei hielt ein zweites Foto in die Kamera. Wir sahen einen Mann, der eine schwarze Melone aufhatte und lässig an einem Bücherstapel lehnte. Seine Ohren stand ab und die Nase war ein Kliff. Uns überkam eine Gänsehaut, denn vor gefühlten zwei Stunden hatte genau dieser Mann uns umarmt – Kiras Urgroßvater saß jetzt zwar in einem Rollstuhl und erinnerte an eine tausendjährige Schildkröte. Aber er hatte die Brüder überlebt.

Alexei senkte das Foto.

„Sergej sah es als seine Pflicht, Tatjana auf ihrem Weg zu begleiten. Er fand, er schuldete es Olek, den er nicht vor dem Feuer retten konnte. Ihr könnt euch sicher denken, wohin die beiden unterwegs waren."

„Sie wissen es nicht", sagte Iwan.

„Snickers weiß es", sagte Alexei. „Der Junge hat ein Elefantengedächtnis."

Meine Kumpels sahen mich fragend an, das Bild fror ein, mein Finger auf der Fernbedienung war weiß, so sehr drückte ich auf den Pausenknopf.

„Sie sind auf dem Weg zu den Koordinaten, die in dem Brief standen", sagte ich. „Und diese Koordinaten habe ich schon mal gesehen. Ich bin mir nicht sicher, woher ich sie kenne, deswegen habe ich erst mal die Klappe gehalten. Ich komm einfach nicht drauf."

„Internet wäre jetzt nicht schlecht“, sagte Island.
„Oder weiterschauen“, sagte Zement.
Wir schauten weiter.

Drei Monate lang waren Tatjana und Sergej unterwegs, drei Monate lang reisten sie unermüdlich durch Schnee, Sturm und Regen quer durch Russland. Ohne Sergejs Hilfe wäre Tatjana von einem Bären gefressen, von Dieben ausgeraubt und von einem betrunkenen Fürsten erschossen worden. Sergej jagte den Bär in die Flucht, schlug sich so lange mit den Dieben herum, bis sie genug hatten, und nahm dem Fürsten die Pistole aus der Hand, ehe dieser abdrücken konnte.
Die Schwangerschaft zehrte sehr an Tatjana und machte ihre Gelenke bleiern schwer. Doch die Erinnerung an den Brief aus der Zukunft hielt sie auf den Beinen. Sie kannte jedes Wort und sprach die Koordinaten wie ein Gebet herunter. Eines Morgens fragte sie Sergej, ob er sie für verrückt hielt.
„Wenn du verrückt bist, dann nenn mich auch verrückt“, antwortete er ihr. „Hier geht es um eine ganz besondere Wahrheit, die wir noch nicht verstehen, Tatjana. Du hast deinen Mann und ich habe einen sehr guten Freund verloren. Ich weiß nicht, was die Koordinaten bedeuten oder wie es möglich ist, einen Brief aus der Zukunft zu erhalten. Aber du glaubst daran und das genügt mir. Wenn in dem Brief stand, dass dich Olek dort und dort erwartet, dann wäre es dumm, dort und dort nicht nach ihm zu suchen, oder? Deswegen halte ich dich nicht für verrückt.“
„Auch wenn du weißt, dass Olek in dem Feuer umgekommen ist?“
„Auch wenn ich das weiß, reisen wir weiter“, sagte Sergej.

Sie erreichten die sibirische Steppe im April. Es war ein bitterkalter Frühlingstag und die Sonne ähnelte einem glühenden Stecknadelkopf. Anhand des Sextanten ermittelte Sergej den Längen- und Breitengrad, während Tatjana mit den Händen vor ihrem riesigen Bauch eine Runde um die Kutsche lief, weil ihre Waden vom langen Sitzen verkrampft waren. Die Koordinaten stimmten, es gab keine Zweifel, sie hatten ihr Ziel erreicht, aber es war so, wie es Olek vor einem halben Jahr vorhersagte, nachdem er den Kreuzpunkt der Koordinaten auf dem Atlas herausgesucht hatte – Tatjana und Sergej befanden sich in einer trostlosen Einsamkeit, die unter einer weiten Ebene aus Schnee vergraben lag.

„Hier ist wirklich nichts", sagte Tatjana resigniert.

Kein Haus, kein Mensch, keine Spur von Olek, dachte Sergej.

Zwei Tage lang kampierten sie in der Wildnis, dann wendeten sie die Kutsche und fuhren zum nächstgelegenen Dorf. Es hieß Lappoz und lag siebzig Kilometer südlich.

Dort ließen sich Tatjana und Sergej in einem Haus nieder.

Zwei Wochen darauf wurden die Brüder geboren.

Im Frühjahr 1902 lebten in Lappoz hundertachtzig Menschen, eine Menge Vieh und an die dreißig Hunde. Es war ein unbedeutender Ort, der darauf wartete, dass ihm jemand Beachtung schenkte. Und es war ein Ort, der bald unbenannt werden und als Wanawara in die Weltgeschichte eingehen sollte.

Während Sergej in einem Sägewerk Arbeit fand und die Wohnung über Tatjana bezog, unterrichtete Tatjana in der Dorfschule und führte mit ihren zwei Söhnen ein ganz normales Leben fernab von ihrer Vergangenheit. Jeden Tag sprach sie ein Gebet und versprach Olek, dass sie ihn finden würde. Jeden Tag küsste sie ihre Söhne auf den Kopf und dankte den Göttern für dieses Geschenk. Und einmal im Jahr machten sie sich alle auf den Weg zu den Koordinaten, wo sie eine Nacht verbrachten und Oleks gedachten, ehe sie wieder nach Lappoz zurückkehrten.

Als Alexei und Iwan vier Jahre alt waren, fragten sie ihre Mutter, was denn an diesen Koordinaten so besonders sei. Sie wussten von dem Feuer, das den Buchladen zerstört und zum Tod ihres Vaters geführt hatte, sie wussten aber noch nichts von dem Brief aus der Zukunft. Tatjana beschloss, dass es an der Zeit war, dass die Jungs die gesamte Wahrheit erfuhren. Und so erzählte sie ihnen von der verhängnisvollen Augustnacht, in der sie ein Klopfen aus dem Schlaf gerissen hatte und ein Brief aus der Hand eines Japaners das Schicksal der Obramows in neue Bahnen lenkte. Danach zog Tatjana die Jungen zu sich, drückte ihre Köpfe an ihre Brust und bat sie, die Augen zu schließen.
„Was seht ihr?“, fragte sie.
„Nichts“, murmelten Alexei und Iwan.
„Denkt an euren Vater.“
Die Jungs dachten an ihren Vater, den sie nur von den Fotos her kannten, die Tatjana in einem Karton verwahrte.
„Und jetzt stellt euch vor, wie euer Vater euch umarmt.“
Mit diesen Worten presste sie die Jungs so fest an sich, dass die beiden nach Luft schnappten. Und wahr und wirklich, spürten sie in dem Moment die Arme des Vaters, die sie umschlossen.
„So hat es sich angefühlt, von eurem Vater gehalten zu werden“, sagte Tatjana und ließ die Jungen wieder los. „Und bald wird er euch genau so umarmen, denn bald …“

Sie küsste erst den einen, dann den anderen auf den Kopf.
„… wird es ein Wiedersehen geben."

Genau an dieser Stelle hat Rudolpho die Pausentaste gedrückt und die Wolldecke um seine Schultern zusammengerafft. Er ist aufgestanden und in eines der Nebenzimmer verschwunden, um sich mehrmals laut die Nase zu schnäuzen. Rudolpho kann solche Momente nicht ertragen. Schon als Alexei von dem Feuer erzählt hatte, glaubten wir zu hören, wie das Herz unseres Kumpels einen leichten Knacks bekam. Und mit dem Bild vor Augen, wie Tatjana die Brüder an ihre Brust drückte, war ich mir sicher, dass Rudolpho an seine eigene Mutter denken musste, die er mit drei Jahren verloren hatte.
„Wollen wir hinterher?", fragte Island.
„Lassen wir ihn mal", sagte Zement.
Als unser Kumpel wieder von draußen reinkam, grinsten wir ihn an. Es war ein nettes Grinsen.
„Wir dachten schon, du wärst da drin ohnmächtig geworden", sagte Island.
„Das klang ja, als würdest du mit einem Tiger kämpfen", sagte ich.
„Hahaha", lachte Rudolpho und setzte sich wieder zu uns aufs Sofa. „Hahaha, seid ihr witzig."
Zement legte ihm die Hand auf die Schulter.
„Jetzt mal ehrlich, auch wir finden es traurig."
„Ich weiß", sagte Rudolpho und seufzte schwer, dann schnappte er sich die Fernbedienung und ließ die Videoaufnahme weiterlaufen.

Die ersten Lebensjahre der Brüder vergingen ruhig und unaufgeregt. Und wer weiß, vielleicht wäre ihr gesamtes Leben genauso ruhig und

unaufgeregt vergangen, wenn nicht kurz nach ihrem sechsten Geburtstag der Himmel herabgestürzt wäre.
Es war der Morgen des 30. Juni 1908.
Alexei und Iwan hatten die Nacht in dem Baumhaus verbracht, das Sergej ihnen gebaut hatte. Iwan wurde im Morgengrauen von einem Kribbeln im Bauch geweckt. Am Vortag war Sergej mit den Brüdern zum Angeln am Fluss gewesen und jetzt hingen die Fische vor dem Haus auf einem Gestell. Sergej wollte sie am Nachmittag räuchern, und Iwan freute sich darauf, denn er mochte den Geruch von brennendem Tannenholz.
Der Gedanke an die Fische hatte ihn geweckt.
Eine Weile lang starrte Iwan auf die Bretter, die das Dach des Baumhauses bildeten, und überlegte, wie groß die Chance war, dass ihre Mutter ihnen statt des üblichen Haferbreis ein paar Eier mit Speck zum Frühstück briet, wie sie es am Sonntag immer tat. Sein Magen kribbelte jetzt nicht mehr vor Aufregung, er knurrte vor Hunger.
Iwan streckte sich und gähnte übertrieben laut, um seinen Bruder zu wecken.
„Ich schlaf noch", knurrte Alexei.
„Rührei mit Speck", sagte Iwan.
„Niemals."
„Und draußen ist Nebel."
Sofort setzte sich Alexei auf. Niemand verstand, woher seine Leidenschaft für Nebel kam. Schnee und Regen interessierten ihn nicht, sobald sich aber der Nebel aus dem Boden erhob oder von den Wäldern herüberwaberte, verwandelte sich Alexei in einen Welpen, der durch die Landschaft tobte und den Nebel am liebsten gefressen hätte.
„Nebel?!"
Iwan grinste, Alexei rieb sich die Augen.

„Wenn da draußen kein Nebel ist", sagte er und kroch auf allen vieren zum Fenster, „dann verspreche ich dir ..."
Er verstummte. Iwan lachte schon mal im Voraus und erwartete, dass sich sein Bruder umdrehen und auf ihn stürzen würde. Aber Alexei rührte sich nicht. Er schaute nur aus dem Baumhaus, und während er schaute, glitt das Licht der Morgensonne über sein Gesicht, sodass sich Iwan wunderte, wie die Sonne so schnell aufgehen konnte.
„Was passiert da?", fragte er.
Alexei antwortete nicht, Iwan hockte sich neben seinen Bruder.
Es war nicht die Morgensonne, die Alexeis Gesicht erhellt hatte, es war ein Feuerball, der im gemächlichen Schneckentempo über den Himmel wanderte und mit jeder Sekunde heller und größer wurde. Obwohl der Feuerball viele Kilometer entfernt war, spürten die Brüder die Hitze auf der Haut und die Härchen auf ihren Armen stellten sich auf. Dann verlor der Feuerball an Höhe und sank und sank und wurde schwarz und qualmte, ehe er spurlos verschwand.
„Wo ist er hin, eben war er doch noch ..."
Weiter kam Alexei nicht, denn die Explosion erschütterte die Landschaft und war wie ein Donnergrollen, das über und unter der Erde dahinwanderte und die Welt zum Beben brachte. Das Baumhaus wankte, ein zischender, heißer Wind füllte die Luft und dann rollte die Druckwelle über die Siedlung hinweg. Sie deckte Häuser ab, sie knickte den gesamten Wald nieder und brachte die Ohren der Brüder zum Klingeln. Alexei und Iwan hatten sich längst auf den Boden des Baumhauses fallen lassen und die Arme schützend über den Köpfen verschränkt. Sie dachten, die Welt würde untergehen. Minuten vergingen, die sich wie Stunden anfühlten, die Erde bebte und zitterte und schwankte. Als es Iwan schließlich wagte, aufzublicken, sah er, dass Alexei weinte, und

wie er seinen Bruder weinen sah, konnte er die eigenen Tränen nicht mehr zurückhalten.
„Wir sterben!“, rief er und klammerte sich an Alexei.
„Wir sind gleich tot!“, jammerte Alexei.
„He!“, rief Sergej von unten. „Seid ihr zwei da oben?“
Die Jungs wischten sich die Tränen aus dem Gesicht und zogen die Nasen hoch. Draußen war es still, kein Hund bellte, kein Baby schrie. Die Druckwelle war vorbeigezogen und hatte ein Vakuum hinterlassen. Die Brüder schauten die Leiter runter.
Sergej stand unter ihnen in seiner langen Schlafhose und mit bloßem Oberkörper. Er hatte seine Melone schon auf dem Kopf und sah unter dem Hut sehr verblüfft aus. Er hatte auch Grund genug, denn um ihn herum war die ganze Landschaft verbogen - Bäume und Büsche neigten sich in eine Richtung und die gebrochenen Tannen bildeten eine Düne aus grünen Nadeln. Niemand schlief mehr im Dorf, alle liefen aufgeregt durch die Gegend und trieben das entflohene Vieh zusammen. Mit Bedauern sah Iwan, dass die Fische von den Gestellen verschwunden waren.
„Die Schafe sind ausgebrochen“, sagte Sergej. „Wir sollten sie einfangen, bevor sie den Fluss erreichen. Ich wollte nicht gehen, bevor ich weiß, wie es euch da oben ergangen ist.“
„Wir haben geschlafen“, sagte Iwan.
„Und dann kam Licht“, sagte Alexei.
Sergej runzelte die Stirn
„Was für Licht?“, fragte er.
„Es ist vom Himmel gestürzt“, sagte Alexei.
„Wie ein abgeschossener Vogel“, sagte Iwan.
Sergej lachte über diesen Unsinn, hinter ihm trat Tatjana aus dem Haus.

„Ich habe es auch gesehen", sagte sie. „Der gesamte Himmel stand in Flammen, als hätte Gott ein Streichholz angerissen."
„Ein Streichholz?", wiederholte Sergej zweifelnd.
„Oder zwei", sagten die Brüder.
„Was auch immer es war", sagte Tatjana, „wir sehen uns das jetzt an."
Die Jungs jubelten. Sergej ging das alles zu schnell.
„Verstehst du nicht?", fragte ihn Tatjana. „Wir warten sechs Jahre auf ein Ereignis wie dieses. Und jetzt ist es so weit. Größer geht es nicht, Sergej. Ich kann es spüren. Was auch immer da draußen passiert ist, es hat mit Olek zu tun. Wir müssen uns beeilen."
Die Brüder stießen einen zweiten Jubelschrei aus und stiegen vom Baumhaus herunter.
„Du bist dir sicher?", fragte Sergej.
„Ich bin mir sehr sicher", antwortete Tatjana. „Ich spüre es hier."
Sie legte eine Hand über ihr Herz. Sergej schob sich die Melone in den Nacken und schaute in die Richtung, aus der die Explosion gekommen war. Eine Rauchfahne teilte den Himmel. Ja, auch Sergej konnte es jetzt spüren.
„Wir spüren es auch", sagte Iwan und zupfte an Sergejs Arm.
„Wir spüren es bis in die Zehen", sagte Alexei.
„Wenn das so ist", sagte Sergej, „kann es ja nicht schaden, wenn wir alle mal nachschauen."
Eine halbe Stunde später waren die Schafe wieder eingefangen, die Pferde wurden gesattelt und sie machten sich auf den Weg zu den Koordinaten.

Der Weg war leicht zu finden, Kilometer um Kilometer mussten sie nur die Rauchwolke im Auge behalten und den geknickten Bäumen und Sträuchern folgen. Kurz vor ihrem Ziel öffnete sich eine Ebene vor ihnen, in der kein Baum und kein Strauch zu sehen waren, die Felsen schienen pulverisiert worden zu sein und nicht einmal ein Hügel ragte aus der Landschaft empor.

„Hier war doch mal ein Berg", sagte Sergej, „und da drüben lag ein ganzer Wald!"

Von dem Wald waren nur die Baumstümpfe geblieben, die wie faulige Zähne aus der Erde ragten. Sergej entdeckte etwas Rotes auf dem Boden. Er stieg von seinem Pferd und hob es auf. Es war eine daumenlange Feder. Sergej wunderte sich, von welchem Vogel sie wohl stammen könnte, dann erklärte er die Feder zu seinem persönlichen Glücksbringer, steckte sie unter das Hutband seiner Melone und stieg wieder auf sein Pferd.

Sie ritten weiter.

Die ganze Zeit über fragte sich Tatjana, was da vom Himmel gestürzt sein konnte. Ihre Vermutung war, dass es sich um einen Asteroiden oder Meteor handeln musste. Alexei und Iwan gefiel das Wort Asteroid sehr. Sie wollten wissen, ob ein Asteroid so groß war wie ein Stern.

„Viel kleiner", erklärte ihnen Tatjana, „er ist wie ein Berg, der die Sonne umkreist und manchmal aus der Bahn gerät."

„Und manchmal stürzt er auf die Erde", fügte Sergej hinzu und holte den Sextanten hervor, um zu sehen, ob sie noch auf Kurs waren.

Je näher sie den Koordinaten kamen, umso nervöser wurden die Pferde. Es stank verbrannt und der Geschmack von heißem Metall legte sich bitter in ihre Nase und kroch in ihren Mund. Eine dichte Decke aus Rauch breitete sich über dem Boden aus und die Hitze wurde fast unerträglich. Der Schweiß floss ihnen von den Gesichtern, und für Alexei und Iwan fühlte es sich an, als hätte jemand die Tür zur größten Sauna

der Welt aufgestoßen und vergessen, sie hinter sich zu schließen. Bald schon hielten die Pferde es nicht mehr aus und stemmten ihre Hufe in den Boden. Sergej beschloss, sie an einem der Baumstümpfe festzubinden und auf dem Rückweg abzuholen.
Genau das taten sie dann auch und setzten ihre Suche zu Fuß fort.

Erst umstrich der Rauch nur ihre Beine, dann reichte er ihnen bis zur Hüfte. Nur wenn eine Windböe die Schwaden anhob und sie wie einen müden Teig verrührte, erblickten sie den Boden. Genau so einer Windböe hatten sie es zu verdanken, dass sie nicht in den Krater stürzten.
„Halt!"
Tatjanas Ruf wurde vom Rauch verschluckt und klang wie der Schlag einer stumpfen Axt auf Holz. Der Boden zu ihren Füßen war verschwunden. Ein Schritt noch und sie wären gestürzt. Vorsichtig stellten sie sich an den Kraterrand und schauten in die Tiefe. Weit unter ihnen waberte noch mehr dichter Rauch, durch den kein Boden zu sehen war.
„Könnt ihr was erkennen?", fragte Sergej.
Die Brüder schüttelten den Kopf, sodass sich die Schweißtropfen von ihren Haarspitzen lösten und durch die Gegend flogen.
„Ist Papa da unten?", fragte Alexei.
„Müssen wir da runter?", fragte Iwan.
Keiner der Erwachsenen antwortete ihnen. Sergej nahm die Melone ab und fächelte sich Luft zu. Sein Haar war weiß und erinnerte an den Flaum eines Kükens. Die Brüder schauten bewundernd zu dem Schriftsteller hoch. Für sie würde Sergej immer ein junger Opa sein. Und während die Brüder so zu ihm hochschauten, strich die nächste Windböe über die Landschaft und öffnete den Blick auf die Weite.

Tatjana bekam vor Aufregung einen Schluckauf. Sergej taumelte einen Schritt zurück.

„Du meine Güte!“, sagte er und setzte seine Melone wieder auf.

Die Windböe hatte den Blick auf eine qualmende Landschaft freigegeben, und erst jetzt wurde ihnen die Größe des Kraters bewusst - er hatte eine Tiefe von sechzig Metern und erstreckte sich mehrere Hundert Meter weit, ehe er in der Ferne um eine Biegung verschwand. Und wie sie schauten, ließ der Wind nach und der Rauch reichte hoch bis in den Himmel, sodass er die Sonne verbarg und der Krater wieder unsichtbar wurde.

„Wir müssen warten, bis sich der Rauch verzieht“, sagte Sergej. „Ohne die Sonne ist der Sextant vollkommen nutzlos. Aber nach meinen Berechnungen werden wir in den Krater hinuntersteigen müssen, wenn wir zu den Koordinaten kommen wollen.“

„Dann steigen wir eben hinunter“, sagte Tatjana.

Alexei und Iwan taten, was sie mit sechs Jahren am besten konnten, und brachen erneut in lauten Jubel aus. Der verrückte Sommertag hatte sich in ein großes Abenteuer verwandelt.

Sergej sah die Jungs zweifelnd an.

„Ich wünschte, ihr würdet ab und zu mal Angst haben“, sagte er.

„Wir hatten Angst, als der Himmel abstürzte“, sagte Alexei.

„Ich hatte keine Angst“, sagte Iwan.

„Klar hattest du Angst.“

„Wer Angst hat, der---“

„Keinen Streit jetzt“, unterbrach sie ihre Mutter. „Wir warten ab, dass der Rauch sich verzieht. Bis dahin ...“

Sie nahm den Rucksack von ihrem Rücken.

„... frühstücken wir.“

Sie setzten sich an den Kraterrand und packten den Rucksack aus. Die Kinder ließen die Beine über dem Abgrund baumeln und aßen Brot mit Käse, die Erwachsenen diskutierten, wie sie auf den Grund des Kraters kommen sollten, und so warteten sie gemeinsam, dass der Rauch sich auflöste.

Die Brüder unterbrachen ihre Erzählung mit einem langen Schweigen. Ihren Augen konnten wir ansehen, dass sie nicht mehr wirklich vor der Kamera saßen. Für einen Moment waren sie wieder sechs Jahre alt und standen vor einem Krater und blickten in seine Tiefe hinab und hofften, dass sich der Rauch verziehen und ihr Vater von unten zu ihnen hochwinken würde. Und wie wir sie so beim Erinnern beobachteten, kehrten ihre Blicke in die Gegenwart zurück und Iwan sah direkt in die Kamera und sagte:
„Alexei und ich langweilten uns sehr schnell. Eine Stunde und noch eine verging. Mutter und Sergej diskutierten, wie sie den Boden des Kraters am besten erreichen sollten. Wir wurden vom Zuhören müde, die Aufregung hatte sich gelegt und unsere Bäuche waren gefüllt, also drückten wir uns links und rechts an Mutters Seite und schliefen ein. Beide träumten wir dasselbe. Wir träumten von einem Haus auf dem Wasser und davon, wie wir in dem Haus lebten. Mit Mutter und Vater. Dann hat uns Mutter geweckt."

Die Brüder erwachten, als ihre Mutter ihre Namen sagte. Vier Stunden waren vergangen und das Licht der Nachmittagssonne erhellte den Krater, der jetzt frei von Rauch war.
„Seht euch das an", sagte Tatjana.
In einer Tiefe von sechzig Metern war der Boden wie geschmolzenes

Glas, das mit Rissen und Löchern durchzogen war und in dem sich der Himmel spiegelte. Inmitten des Kraters glänzte der abgestürzte Asteroid schwarz wie eine Pfütze aus Erdöl. Er hatte die Größe einer Kirche, die zur Seite gekippt war, und lag halb vergraben im Boden. Sergej stand am Kraterrand und hielt den Sextanten in der Hand.
„Den werden wir wohl nicht mehr brauchen“, sagte er.
Tatjana stellte sich neben ihn, schweigend sahen sie eine Weile auf den Asteroiden.
„Ich bin dir dankbar, dass du nie an mir gezweifelt hast“, sagte sie.
„Dank mir erst, wenn ich euch sicher da runtergebracht habe“, erwiderte Sergej. „Es wird nicht einfach sein, aber mit einer Seilwinde könnte es uns gelingen.“
Er konnte ja nicht wissen, wie falsch er mit seiner Einschätzung lag. Keiner von ihnen sollte jemals den Kraterboden betreten.

Am selben Abend waren sie wieder in Lappoz und früh am nächsten Morgen kehrten sie mit Seilen, Pflöcken und Steigeisen zum Krater zurück. Sergej hatte die Nacht durchgearbeitet und eine Seilwinde gebaut. Die Brüder waren so aufgeregt, dass sie von nichts anderem mehr sprachen und sich ausmalten, was sie alles auf dem Grund des Kraters erwartete. Sie stellten sich vor, ihr Vater würde wie Schneewittchen in einem gläsernen Sarg liegen und dann würde Tatjana kommen und ihn wachküssen.
Die Rückkehr wurde eine herbe Enttäuschung. Der nahe liegende Fluss musste einen Zugang gefunden und sich über Nacht in den Krater ergossen haben. Der Krater hatte sich in einen See verwandelt.
Tatjana brach in Tränen aus, Sergej fluchte und warf in seiner Verzweiflung Steine auf das Wasser, als könnte er damit irgendwas erreichen.

Nur Alexei und Iwan blieben ganz ruhig. Sie dachten beide an ihren Traum.
„Wir sollten ein Haus bauen", sagte Iwan.
„Ja", sagte Alexei, „sonst findet uns Papa nicht."
Ihre Mutter hörte auf zu weinen.
„Wir sollten *was*?!", fragte Sergej.
„Ein Haus bauen", sagte Alexei.
„Da draußen", sagte Iwan.
„Auf dem Wasser", sagte Alexei.
„Auf dem Asteroiden", fügte Iwan hinzu und lachte, weil er das Wort so witzig fand.
„Denn das haben wir geträumt", sagten die Brüder gleichzeitig,
Tatjana und Sergej wechselten einen Blick. Etwas geschah in diesen Sekunden. Die Brüder konnten nicht wissen, dass die Worte aus dem Brief in diesem Moment durch den Kopf ihrer Mutter wanderten wie der Schweif eines Asteroiden, der langsam auf die Erde zurast.
„Sag es", verlangte Sergej von Tatjana.
„Nicht jedes Haus steht auf der Erde", zitierte Tatjana aus dem Brief und brach erneut in Tränen aus.

RUDOLPHO

Ich schaute mich um, als hätte ich das Blockhaus eben erst betreten. Dann sah ich auf den Fernseher und die Brüder, die uns aus der Vergangenheit beobachteten. Ich wußte, es wäre klüger, die Klappe zu halten, dennoch rutschten mir die Worte heraus:

„Ihr habt das Haus gebaut, um euren toten Vater zu finden?!"

Kaum hatte ich es ausgesprochen, kam ich mir sofort dämlich vor, denn Alexei und Iwan antworteten nicht. Natürlich antworteten sie nicht, denn ich sprach mit zwei Männern, die seit einer Woche nicht mehr lebten und sich vor sechzehn Jahren vor eine Kamera gesetzt hatten, um eine Videoaufnahme für vier Jungs zu machen, die zu der Zeit nicht einmal geboren waren.

„Die hören dich nicht", sagte Zement.

„Ich weiß", sagte ich und lachte wie jemand, der Banane sagt, obwohl er Gurke meint.

In dem Video trank Alexei einen Schluck von seinem Wasser und Iwan stopfte sich seine Pfeife. Es war ein wenig, als hätten sie vergessen, dass sie vor der Kamera saßen.

„Nicht jedes Haus steht auf der Erde", wiederholte Alexei die Zeile aus dem Brief. „Genau so war es. Ihr sitzt jetzt in dem Haus, das unsere Mutter und Sergej über dem Asteroiden haben bauen lassen. Ein halbes Jahr arbeiteten sie nur an der Plattform, denn das war die größte Herausforderung. Sechs Lastenheber wurden errichtet und die Plattform von Tauchern auf dem Asteroiden verankert. Mehrmals musste die Plattform neu gestützt werden, damit sie das Gewicht des Hauses auch bei stürmischem Wetter tragen konnte. Erst dann begann der Hausbau selbst."

Alexei verstummte und starrte auf das leere Glas vor ihm auf dem Tisch. Iwan legte seinem Bruder die Hand auf die Schulter. So saßen sie und für einen Moment war ich mir sicher, einer von uns hätte wieder die Pausentaste gedrückt, dann atmete Alexei schwer aus und sah uns an.

„Und, mein lieber Snickers", sagte er, „weißt du jetzt, wohin uns die Koordinaten geführt haben?"

Snickers nickte. Ihm war dieses eine Puzzleteil seiner Erinnerung verloren gegangen und jetzt hatte er es in den Kurven und Windungen seines Gehirns wiedergefunden. Wir waren sehr gespannt, was er sagen würde. Snickers sagte:

„Tunguska."

„Was?!", riefen wir.

Snickers drückte die Pausentaste und wandte sich uns zu.

„Tunguska ist der Name des Flusses, der über das Ufer getreten ist und damals den gesamten Krater gefüllt hat, versteht ihr?"

„Nicht wirklich", gaben wir zu.

„Jungs, das hier ist Geschichte, richtige Weltgeschichte. Am 30. Juni 1908 stürzte über Sibirien ein mächtiger Asteroid ab. Die Explosionen des Einschlags waren hundert Kilometer weit zu spüren. Ganze Wälder wurden plattgemacht und über sechzig Millionen Bäume umgeknickt. Deswegen kamen mir die Koordinaten so bekannt vor. Sie sind bis heute noch immer ein Rätsel, weil seit damals niemand die Überreste des Asteroiden ausfindig gemacht hat. Es gibt sogar Bands, die ihre Songs nach den Koordinaten benannt haben. Und jetzt sind wir an dem Ort, an dem das Ding vom Himmel gefallen ist! Ich meine, wie verrückt ist das denn?!"

„So verrückt, dass ich dringend pinkeln muss", sagte ich.

„Ich auch", log Island, damit ich nicht zu blöde dastand.
Die Wahrheit war, dass keiner von uns gute Nerven hatte. Wann immer es in einem Film spannend wird, machen wir Popcorn oder brauchen dringend was zu trinken.
Oder müssen schnell mal aufs Klo.
„Dann mal raus hier", sagte Zement.
Wir befühlten unsere Sachen, die von der Hitze des Kamins vollkommen trocken waren. Wir zogen uns an und traten in den Regen, stellten uns an den Rand der Plattform und pinkelten auf den See.
„Sieben Jahre Unglück", sagte ich.
„Ich weiß ja nicht", sagte Snickers.
„Ein Krater!", rief Island plötzlich, als wäre die Geschichte eben erst bei ihm angekommen. „Leute, stellt euch vor, wir pinkeln gerade in einen Krater!"
„Noch besser", sagte Snickers. „Wir pinkeln auf einen Asteroiden!"
Und für einen Moment wurde uns unheimlich, als würde sich unter uns das tiefste Loch der Welt auftun und etwas Großes und Schweres von unten zu uns aufsteigen. Wir pinkelten schnell zu Ende und traten vom Rand der Plattform zurück. Es wäre gut gewesen, wenn Akim und Kira in genau diesem Moment mit dem Ruderboot den Regenvorhang geteilt hätten.
„Probiert das mal", sagte Island und legte den Kopf in den Nacken und fing den strömenden Regen mit seinem Mund auf. Zement erinnerte ihn daran, dass noch vier volle Gläser rumstanden.
„Ja, aber so schmeckt es besser."
Wir taten es ihm nach und es schmeckte wirklich gut und wir spürten jetzt erst, dass wir alle vier am Verdursten waren. Als wir genug getrunken hatten, konnte ich mal wieder nicht die Klappe halten. Manch-

mal sind meine Nerven wie Schmetterlinge, die einfach herumflattern, ohne groß über den Sinn des Lebens nachzudenken.

„Und was machen wir, wenn zwei Wochen vergehen und niemand kommt? Essen wir uns dann gegenseitig?“

„Ich esse euch nicht“, sagte Snickers.

„Ich esse mich vorher lieber selber“, sagte Island.

„Wir kommen hier schon weg“, beruhigte uns Zement. „Und falls nicht ...“

Er klopfte sich auf den Bauch.

„... fangt am besten mit mir an, da könnt ihr eine ganze Woche futtern.“

Die Brüder erwarteten uns still und starr auf dem Bildschirm des Fernsehers.

Wir legten Holz nach, zogen die nassen Sachen aus und hängten sie wieder zum Trocknen über die Stühle. In der unteren Ecke des Bildschirms leuchteten das Datum und die Uhrzeit der Videoaufnahme. Seitdem wir die Videokassette eingeschoben hatten, war eine halbe Stunde vergangen. Für mich fühlte es sich an, als würden wir hier schon seit zwei Tagen sitzen.

„Weiter geht es“, sagte Snickers.

„Weiter geht es“, sagte ich.

Nach eineinhalb Jahren war das Blockhaus auf dem Krater fertig gebaut und die Obramows zogen ein. Sie lebten in dem Haus, wie sie in jedem anderen Haus gelebt hätten, und sie beobachteten mit Erstaunen die Veränderungen, die um sie herum geschahen – das Wetter machte einen großen Wandel durch. Während in einem Radius von drei Kilometern um den Krater herum die Temperaturen nicht unter 0 Grad fielen,

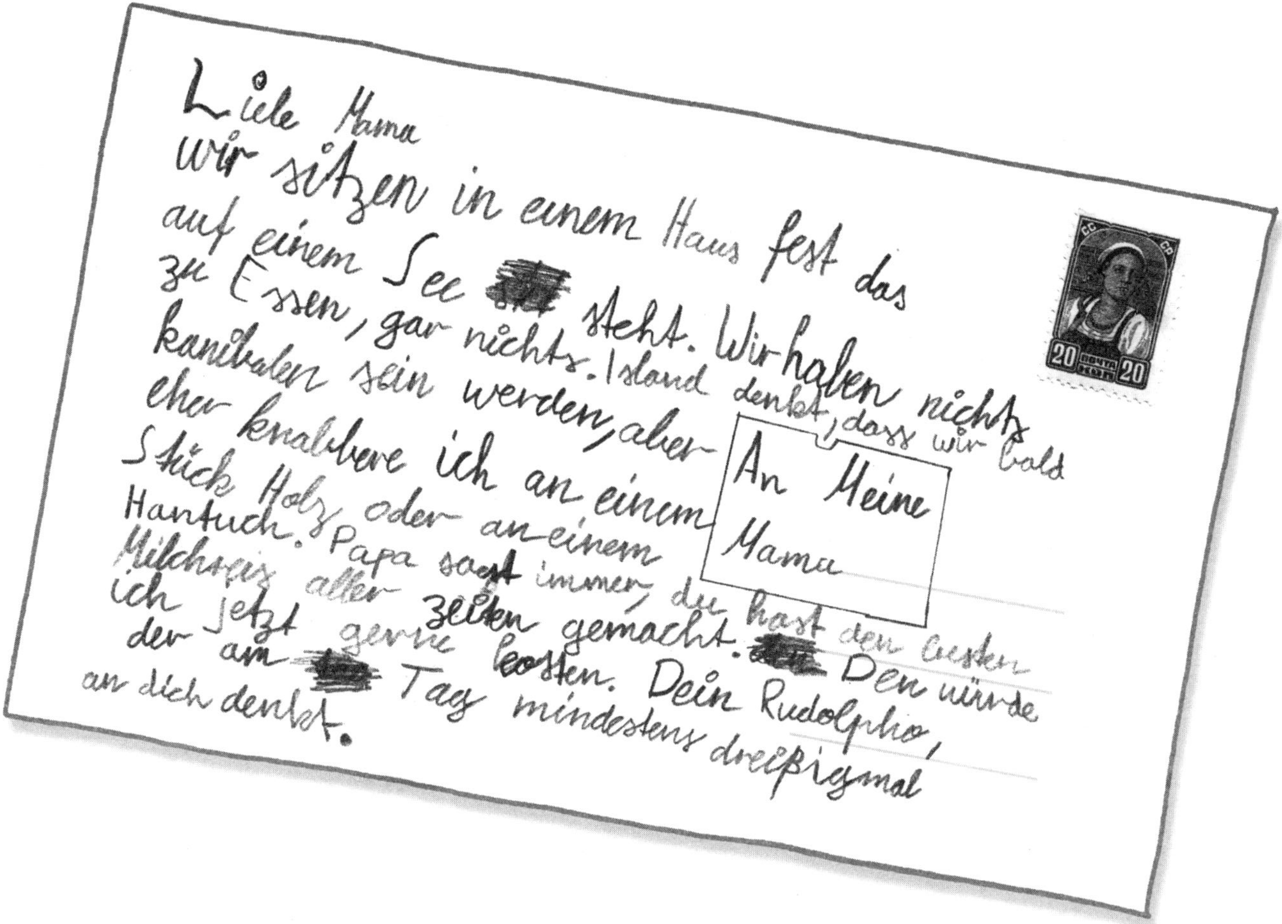
Liele Mama
wir sitzen in einem Haus fest das
auf einem See steht. Wir haben nichts
zu Essen, gar nichts. Island denkt, dass wir bald
kanibalen sein werden, aber
eher knabbere ich an einem
Stück Holz oder an einem
Hantuch. Papa sagt immer, du hast den besten
Milchreis aller zeiten gemacht. Den würde
ich jetzt gerne kosten. Dein Rudolpho,
der am Tag mindestens dreißigmal
an dich denkt.
An Meine
Mama

tobten außerhalb des Radius heftige Schneestürme und die Temperaturen sanken bis auf minus 30 Grad. Dementsprechend reagierte die Natur und bildete eine grüne Grenze, die den Krater wie ein Schutzwall umschloss.
Die Brüder verbrachten die nächsten Jahre unter der Obhut ihrer Mutter und wurden von ihr unterrichtet. Hin und wieder setzten sie mit dem Boot über und reisten nach Lappoz, um Sergej zu besuchen, der in der Zwischenzeit bodenlos reich geworden war. Auf Anraten eines Bergarbeiters hatte er ein großes Areal rund um Lappoz herum aufgekauft und dort nach Edelmetallen gesucht. Dabei stieß er nicht nur auf Gold, sondern auch auf eine gewaltige Platinader. Auf diese Weise wurde aus dem Dichter ein Millionär, dessen Erfolg sich in ganz Russland herumsprach, sodass der Zar einen Brief verfasste und Sergej in den Winterpalast einlud. Auch Tatjana hatte davon einen großen Nutzen, denn Sergej überschrieb ihr die Schürfrechte für zwei seiner dreißig Minen. Auf diese Weise kamen die Obramows nicht nur zu ihrem ersten Vermögen, sondern später auch zu ihrem Adelstitel, aber das ist eine andere Geschichte, die hier nicht reinpasst.

Eine Woche nach ihrem achten Geburtstag reisten die Brüder für einige Monate zu ihrer Verwandtschaft nach Sankt Petersburg, weil Tatjana der Meinung war, sie müssten ihre Cousins und Cousinen kennenlernen. Außerdem könnte ihnen etwas Kultur auch nicht schaden. In Wahrheit aber war das nur eine Ausrede. Tatjana hatte die Jungs weggeschickt, weil sie mit Sergej am Haus arbeiten wollte.

Die Brüder blieben ein halbes Jahr in Sankt Petersburg und kamen zurück, weil sie Weihnachten mit ihrer Mutter verbringen wollten. Vor ihrer Abreise gab es im Haus keine einzige Nische, die sie nicht kannten. Jede Ecke war ihnen vertraut, jedes Versteck aufgedeckt. Doch plötzlich gab es einen Ort, der den Brüdern fremd und unzugänglich war. Mitten im Haus führte eine Klappe zum Keller. Noch merkwürdiger wurde es, als die Brüder von ihrer Mutter erfuhren, dass dieser Zugang schon immer da gewesen und vor ihnen geheim gehalten worden war. Während des Baus der Plattform, hatte Sergej einen Schacht aus Beton gießen lassen, der vom Blockhaus aus senkrecht zehn Meter nach unten durch das Wasser führte und das Haus mit dem Asteroiden verband. Wahrscheinlich wäre der Kellereingang den Brüdern nie aufgefallen, wenn Tatjana nach ihrer Rückkehr nicht angefangen hätte, öfter in diesen Schacht hinunterzusteigen. Sie sagte, jedes Haus würde einen Keller brauchen. Und sie sagte auch, Alexei und Iwan dürften diesen Keller nicht betreten.

„Aber irgendwann dürfen wir da doch mal runter, oder?“, sagte Alexei.

„Ihr seid noch zu jung“, sagte Tatjana.

„Wir sind zusammen sechzehn Jahre alt“, sagte Iwan.

„Wenn ihr zusammen dreißig seid, reden wir darüber.“

Damals konnten die Brüder ja nicht wissen, dass ihre Mutter ihnen nicht mehr erzählen konnte, da sie sich vor ihren eigenen Zweifeln fürchtete. Der Keller blieb ein Rätsel. Seine Tür war immer verschlossen und verriegelt.

„In der Woche vor Weihnachten versank unsere Mutter in einer tiefen Melancholie“, erzählte Iwan weiter. „Wir erwischten sie mehrmals, wie sie mit sich selbst redete, und eines Morgens schnitt sie sich ihr schönes, langes Haar in einen Pagenschnitt und gab keine Erklärung dafür ab. Fast unentwegt saß sie auf der Veranda und schaute auf den See hinaus, als würde sie ein Boot erwarten. Unsere Mutter wurde sehr schweigsam und erwachte immer nur dann zum Leben, wenn sie uns unterrichtete oder sich um uns kümmern musste. Alexei und ich zählten eins und eins zusammen: Wie damals das Feuer in der Buchhandlung das Leben unserer Mutter verändert hatte, begann dieser komische Keller ihr Leben erneut zu verändern. Dort unten wartete ein Geheimnis. Und wer weiß, was geschehen wäre, wenn wir es früher gelüftet hätten."

„Ja, wer weiß, wo wir dann jetzt wären", sagte Alexei.

„Auf jeden Fall", sprach Iwan weiter, „verschwand unsere Mutter am Weihnachtsabend spurlos. Sie sagte, sie könnte nicht mehr warten. Sie sagte, wir wären viel zu lange ohne unseren Vater gewesen und sie würde ihn jetzt zurückholen. Mit diesen Worten stieg sie in den Keller, verschloss die Tür hinter sich und das war es gewesen. Es klang ein wenig, als wäre unsere Mutter vollkommen verrückt geworden, und wir bedauerten es sehr, dass Sergej nicht zu Besuch da war. Alexei und ich verbrachten den Weihnachtsabend alleine im Wohnzimmer und begannen uns Sorgen zu machen. Wir warteten zwei Tage lang, erst danach wagten wir es, die Kellertür aufzubrechen."

Alexei schob den Ärmel seines Pullovers nach oben und hielt den Arm so ins Bild, dass wir die Narbe sehen konnten. Sie ging von seinem Handgelenk bis zum Ellenbogen.

„Das Brecheisen ist mir immer wieder abgerutscht", erzählte er. „Beim fünften Versuch habe ich mir den Arm aufgeschnitten, aber die Tür war offen. Was wir da unten fanden, das müsst ihr euch selbst ansehen."

Die Brüder schauten uns an. Wir schauten die Brüder an.

„Hä?!", rutschte es uns raus.

„Wir warten", sagte Alexei.

„Nun macht schon, drückt die Pausentaste und geht nach unten", sagte Iwan. „Danach können wir weiterreden, denn erst danach werdet ihr verstehen, warum ihr nach unserem Tod vor diesem Fernseher sitzt und uns quatschen hört. Geht schon und findet heraus, warum wir acht Tage nicht mehr aus dem Keller gekommen sind."
Die Brüder schauten uns weiter an, wir rührten uns noch immer nicht.
„Wir haben Zeit", sagte Iwan.
„Ich hol mir was zu essen", sagte Alexei und stand auf.
Iwan stopfte sich eine neue Pfeife und zwinkerte uns mit seinem gesunden Auge zu.
„Jungs, drückt schon die Pausentaste."
Das Bild fror ein.
Zement hatte die Pausentaste gedrückt.
Ich sprang vom Sofa auf, um meine Hände auszuschütteln, die bis in die Fingerspitzen kribbelten.
„Ich hab eine Gänsehaut, die ist einen Kilometer lang", sagte ich.
„Hat einer von euch irgendwo eine Kellertür gesehen?", fragte Island.
Wir zogen unsere halb nassen Klamotten an, weil man selbst in Russland nicht in Unterwäsche auf Abenteuersuche geht, und brauchten fünf Minuten, dann wussten wir, wo es zum Keller runterging.
In einem der Zimmer fanden wir unter dem Teppich eine Klappe im Boden. Wir rollten den Teppich zusammen und zogen die Klappe hoch. Es ging zehn Stufen runter und dann standen wir vor einer richtigen Tür. Sie war aus Stahl und hatte einen Drehknauf.
„Ich wette, sie ist zu", sagte ich.
Sie war offen.
Wir schauten in die Dunkelheit hinunter, und wie durch einen Zauber erwachten die Lampen entlang der einen Wand. Wir hätten vor Schreck

beinahe logeschrien. Gut, das war gelogen, wir *haben* vor Schreck losgeschrien.
„Da war ein Schalter", sagte Zement ganz ruhig hinter uns.
„Sag das doch vorher!", meckerten wir.
Die Lampen warfen Lichtpfützen auf die Stufen.
Eine Wendeltreppe aus Stein führte nach unten.
Die Kurzhosengang zögerte nicht und machte sich an den Abstieg.

Gut, auch das war gelogen.
Wir zögerten.
Wir zögerten wie vier Katzen, die aus der Dunkelheit einen Hund knurren hören.
„Wir gehen da doch nicht runter, oder?", sagte ich.
„Was willst du sonst machen?", fragte Snickers.
„Da nicht runtergehen", sagte ich.
„Mir fallen tausend Sachen ein, die ich lieber machen würde", sagte Island und wollte sie gerade alle aufzählen, da meinte Zement, die Brüder würden uns doch nie einer Gefahr aussetzen.
„Nur wer Angst hat, kommt auch wieder zurück", stellte er weise fest.
„Was heißt das denn?", fragte Island.
Zement hob die Schultern. Er erklärte sich nicht gerne.
„Das heißt, wer sich nicht bewegt, bleibt hier oben stehen", antwortete Snickers für ihn und stieg die Wendeltreppe so vorsichtig hinunter wie ein Cowboyheld, der nur noch zwei Patronen in seinem Revolver hat.

Die Wände auf dem Weg nach unten waren aus Beton und schimmerten feucht. Sie fühlten sich unter unseren Händen an, als wären sie tiefge-

froren. Bei jedem Schritt wurde es kühler und kühler, sodass wir bald schon unseren Atem sehen konnten.
„Wir müssen den Wasserspiegel erreicht haben“, stellte Snickers fest.
Ich blieb automatisch stehen, weil ich wusste, was das hieß. Wir waren jetzt *im* See und der Schacht führte *unter* Wasser weiter. Ich sah direkt vor meinen Augen, wie sich die ersten Risse im Beton zeigten und der See aus den Wänden schoss und den Keller flutete. Island hat Panik vor der Höhe, ich habe Panik vor der Tiefe und vor der Dunkelheit, Snickers hat Panik, dass er etwas nicht weiß und dass wir uns alle eines Tages verlieren, und wovor sich Zement fürchtet, das weiß keiner von uns.
„Keine Panik“, sagte Zement hinter mir.
„Du hast gut reden“, sagte ich.
Die Kälte legte sich wie eine Maske über unsere Gesichter und biss in die Nasenspitzen. Ich zählte jede Stufe in meinem Kopf mit, und als ich bei zwanzig war, lief ich gegen Snickers, der stehengeblieben war. Zement stolperte mir in die Hacken und beinahe wären wir alle gestürzt, als Island an Zement andockte.
„Vorsicht!“
„Uff!“
„Autsch!“
„Es geht nicht mehr weiter“, sagte Snickers.
Wir schauten über seine Schultern, es ging zwar weiter, aber die Treppe endete. Eine Stufe noch, dann standen wir auf einem pechschwarzen Boden, der wie aus einem Stück Kohle geschnitzt schien.
„Auch die Wände sind schwarzer Stein“, sagte Island.
„Wir sollten uns das noch einmal überlegen“, sagte ich.
„Jetzt sind wir schon mal hier“, sagte Snickers, „jetzt bleiben wir auch hier.“

Zement streckte die Nase in die Luft.
„Ich rieche Kaffee", sagte er.
Wir schnupperten, wir rochen nichts.
„Werd mal nicht verrückt", sagte Snickers.
Zement rieb sich die Nase. Wir traten von der Wendeltreppe auf den schwarzen Boden und befanden uns in einem Gang. Er führte nach zehn Schritten zu einem Tunneleingang, der aus demselben schwarzen Stein gehauen war. Zwei einsame Lampen hingen links und rechts an der Wand. Ihr Licht wurde von dem Tunnel völlig verschluckt, dahinter wartete absolute Finsternis.
„Wenn jetzt der Strom ausfällt", sagte ich, „dann fällt mein Herz auch aus."
Das Licht flackerte und ließ Schatten über die Wände tanzen. Der Tunnel war gute zwei Meter breit und genauso hoch. Wir gingen auf ihn zu und wurden dabei langsamer und langsamer und blieben schließlich vor dem Eingang stehen.
„Wir gehen da jetzt nicht rein, oder?", flüsterte Island.
„Ich würde da nicht einmal reingehen, wenn ich eine Taschenlampe *und* Johnny Rotten dabei hätte", sagte Snickers und das war erleichternd zu hören, denn wenn wir feige sind, ist Snickers mutig; und wenn Snickers feige ist, geben wir uns die größte Mühe, zumindest ein wenig mutig zu sein. An diesem Tag im fernen Sibirien war sich die Kurzhosengang einig und dachte dasselbe: *Nur weg hier.* Bevor wir uns umdrehen und verschwinden konnten, kratzte sich Zement am Kopf und sagte:
„Jungs, erschreckt euch mal nicht, aber wir sind hier nicht mehr allein."

ZEMENT

Irgendjemand hat mal geschrieben, es ist gut, alles zu sehen, es macht aber auch müde. Wer auch immer das geschrieben hat, er wusste, wovon er sprach. Ich sehe zu viel. Für mich ist die Welt wie ein Theater und ich kann hinter die Kulissen blicken.

Und manchmal werde ich müde davon.

Doch nicht an dem Tag, an dem wir in den Keller hinunterstiegen und vor dem Tunnel stehen blieben. Keiner musste es aussprechen, die Kurzhosengang hatte längst begriffen, dass der Tunnel in den Asteroiden hineinführte. Wer es nicht wusste, musste sich die Wände und den Boden nur ansehen. Sie waren wie eine pechschwarze Nacht, hinter der sich der Mond und die Sterne versteckten.

Aber ich bekam das nur am Rande mit, denn ich hatte nur Augen für den Geist, der auf einem Sessel neben dem Tunneleingang saß und aufschaute, als wir auf ihn zukamen. Ich wusste jetzt, woher der Kaffeeduft kam. Auf einem Beistelltisch standen eine Lampe, die ein warmes Geisterlicht verströmte, ein Stapel Bücher, eine Kanne und eine Tasse, aus der Kaffeedampf aufstieg. Der Geist trug einen Anzug und darunter eine Weste, er hatte einen Schnauzer und nette Augen, die mich anzwinkerten, als hätte ich einen guten Witz gemacht. Ich hatte sein Gesicht schon mal gesehen, wusste aber nicht, wo das gewesen sein sollte. Ich sehe eine Menge Geister, da kann man den einen oder anderen vergessen.

Endlich, sagte der Geist.

Endlich *was?*, fragte ich in meinem Kopf.

Endlich seid ihr da, ich warte schon eine Weile auf euch.

Ich schaute auf das Buch in seinem Schoß. Er bemerkte meinen Blick und hob es hoch. Auf dem Umschlag war ein U-Boot zu sehen, um das sich eine Riesenkrake schlängelte.

Jules Verne, sagte der Geist, *ich lese seine Romane immer wieder gerne. Jules und ich waren ein wenig seelenverwandt, wenn ich das mal so sagen darf.*

Der Geist legte den Kopf schräg.

Entschuldige, Zement, ich habe das Gefühl, dich schon eine Ewigkeit zu kennen, dabei erinnerst du dich natürlich noch nicht an mich, oder?

Ich schüttelte den Kopf.

Wie auch!

Der Geist schlug sich plötzlich gegen die Stirn.

Langsam werde ich wirklich alt. Wir wurden uns ja noch gar nicht vorgestellt!

Er klang wie ein Geist, der ein Jahrhundert allein verbracht hat und dabei verrückt geworden ist.

Ich bin nicht verrückt, sagte der Geist, *mein Name ist Herbert George Wells, aber nenn mich doch einfach Herbert.*

Der Name war wie ein Wecker, der plötzlich zu klingeln begonnen hat.

Ich kniff die Augen zu und öffnete sie wieder.

Der Geist war noch immer da.

Ich wusste jetzt, woher ich sein Gesicht kannte.

Sein Bild hing in Rudolphos Zimmer an der Wand.

Die Kurzhosengang ist nicht berühmt dafür, dass sie jeden Tag zwei Bücher verschlingt. Aber wir lesen. Comics und Bücher und noch mehr Comics. Doch keiner von uns liest so viel wie Rudolpho. Wenn man spät in der Nacht durch sein Zimmerfenster schaut, kann man das Licht einer Taschenlampe unter der Bettdecke hindurchschimmern sehen. Manchmal hat Rudolpho am Morgen so dunkle Schatten unter den Augen, als hätte er eine Woche durchgemacht. Er liest am liebsten, wenn alle schlafen, denn dann hat er die ganze Welt für sich alleine und niemand kann ihn stören. Ich wusste also genau, was passieren würde, wenn ich Rudolpho verriet, wer da vor dem Tunnel saß.

Du bist der Geist von H. G. Wells, sagte ich.
Höchstpersönlich, sagte der Geist von H.G. Wells.
Oh Mann, wenn das Rudolpho hört, dann kippt er um.
Du kennst deinen Freund sehr gut, sagte Herbert, *denn genau das wird passieren.*
Ich sah auf die Bücher und die Lampe, ich sah auf die Kaffeekanne und die Tasse, dann in den Tunnel und wieder zurück zu H. G. Wells.
Sag mal, das ist doch kein Zufall, oder?
H.G. Wells legte den Kopf schräg, als hätte ich ein Kunststück gemacht.
Wie meinst du das?
Ich meine, Rudolpho hat alle deine Bücher in seinem Regal stehen, aber wirklich alle, und plötzlich sitzt du hier und wartest auf uns, das kann kein Zufall sein.
H.G. Wells nickte, wie ein Geist, der eine Menge nachgedacht hat.
Zufälle sind eine Ausrede für alles, was man für unmöglich hält, sagte er.
Wenn das also kein Zufall ist, was tust du dann hier unten?
Sagen wir es mal so: ich wusste nicht, ob es den Brüdern gelingen würde, so lange am Leben zu bleiben. Weißt du, damals schien uns das Jahr 2000 so weit entfernt. Vorausgesetzt wir sind im Jahr 2000 und es ist der 29. Februar?
Ist es, sagte ich.
H.G. Wells war erleichtert.

Gut, sehr gut, deswegen sitze ich hier, Zement. Ich wollte auf keinen Fall, dass ihr vollkommen ratlos vor diesem Tunnel stehen bleibt. Sieh mich also als Garantie, dass nichts schiefgeht.

Und seit wann wartest du?

H.G. Wells lachte.

Ich bin jetzt über vierzig Jahre tot, da lernt man sehr schnell, dass Zeit keine Bedeutung hat. Sie ist wie ein Buch mit zehntausend Seiten. Die Seiten liegen übereinander, und wenn du das Buch mit einer Nadel durchstichst, hat jede Seite ein Loch. Genau so ist die Zeit. Sie ist hier und sie ist da und sie ist überall. Was nichts anderes heißt, als dass alles zusammenhängt. Du kannst die Seiten unabhängig voneinander lesen, aber sie ergeben erst einen Sinn, wenn sie zusammen in dem Buch sind.

Ich schaute ihn an, als hätte er Spanisch gesprochen.

Zu kompliziert?

Ein wenig.

Ich sage es mal leichter: Wahrscheinlich sitze ich hier seit einem Jahrzehnt, aber es fühlt sich an wie eine Minute. Oder ich sitze hier eine Minute und sie fühlt sich an wie ein Jahrzehnt.

Das ist auch nicht besser, gab ich zu und überlegte, wie ich das alles meinen Jungs erklären sollte. Besonders Rudolpho. Wie sagt man seinem besten Freund, dass der Geist seines Lieblingsschriftstellers vor dem Tunnel sitzt, Kaffee trinkt und dass das alles kein Zufall ist?

Du findest schon die richtigen Worte, sagte H.G. Wells.

Lies mal nicht meine Gedanken, sagte ich.

Verzeih.

„Jungs“, sagte ich laut, „erschreckt euch mal nicht, aber wir sind hier nicht mehr allein.“

Meine Jungs schnappten nach Luft, als würden sie gleich untertauchen. Sie wussten sofort, was das hieß. Die Geister waren unter uns! Sie bestürmten mich mit Fragen, aber ihre Stimmen schienen mir weit entfernt, denn ich befand mich noch immer auf der Geisterebene, und auf der Geisterebene ist die Zeit aus Honig gemacht und die Luft knistert wie Laub, das gemütlich vor sich hinbrennt.
Warst du schon in dem Tunnel?, fragte ich den Geist von H. G. Wells.
Ich habe es versucht, aber ich war nicht erfolgreich.
Erfolgreich?
Der Geist zeigte mit dem Buch hinter sich.
Probier es aus, dann wirst du verstehen, was ich meine.
Ich zögerte.
Und sei unbesorgt, sprach H. G. Wells weiter, *ich werde hier warten, bis ihr zurückkommt.*
Manchmal reagiert mein Körper vor meinem Verstand. Es passiert nicht oft, es passiert aber immer öfter. Ich war neugierig und machte einen Schritt nach vorne und dann machte ich den zweiten und dritten Schritt. Die Dunkelheit fühlte sich an wie Sirup. Ich schnappte nach Luft und war überrascht, dass ich normal atmen konnte. Meine Jungs riefen mir hinterher, was ich da tun würde, und ob ich vollkommen bekloppt sei, und erst da fiel mir ein, dass sie nicht gehört hatten, was Herbert gerade zu mir gesagt hatte.
Doch da war es schon zu spät.
Ich befand mich im Tunnel, ich befand mich mitten in der Dunkelheit.
Und dann sah ich in der Ferne ein flackerndes Licht.
Und ich ging auf das Licht zu und …
Island lief mir in den Rücken.
„Sorry“, sagte er, „hier ist es so dunkel, dass ich nichts sehe.“

Rudolpho tauchte links von mir auf.
„Mensch, Zement, du kannst doch nicht einfach in den Tunnel reinspazieren, ohne …"
Er verstummte.
Snickers tauchte rechts von mir auf.
„Das nächste Mal …"
Auch Snickers brach mitten im Satz ab. Keiner fand die richtigen Worte. Wir wussten nicht, was hier passierte. Wir hatten den Tunnel mit wenigen Schritten durchquert und waren auf das Licht zugegangen und standen genau da, wo wir gestartet waren – vor dem Tunnel.
Wir drehten uns um und schauten in den Tunnel zurück.
Der Tunnel tat so, als wäre nichts gewesen.
Aber das war noch nicht das Merkwürdigste.
„Seht ihr, was ich sehe?", fragte ich.
„Wir sehen es", sagten meine Freunde.
Direkt neben der Wendeltreppe war ein Zelt aufgebaut. Es hatte ein rundes Dach und eine Stelle war mit Klebeband geflickt. Vor dem Zelt standen an die vierzig leer gekratzte Marmeladengläser und zwei Paar Schuhe.
„Was sagt denn der Geist dazu?", fragte Island leise.
H.G. Wells sagte nichts dazu, denn er war mitsamt seinem Sessel, der Leselampe und dem Beistelltisch verschwunden. Es duftete auch nicht mehr nach Kaffee. Von wegen: *Ich werde hier warten, bis ihr zurückkommt.*
„Er hat sich verzogen", antwortete ich.
„Typisch Geist", sagte Snickers.
„Vielleicht sitzt er ja im Zelt", sagte Rudolpho.
Island schüttelte den Kopf.

„Geister verstecken sich nicht. Das wäre albern, denn die sieht doch eh keiner."
Ich wollte Island recht geben, niemals hatte sich der Geist von H. G. Wells in das Zelt verkrochen, aber ich hielt den Mund, denn viel wichtiger fand ich die Frage, wie jemand in so kurzer Zeit das Zelt aufbauen konnte. Es waren höchstens dreißig Sekunden vergangen, seitdem wir den Tunnel betreten hatten. Bevor ich meine Frage stellen konnte, erklang das ratschende Geräusch eines Streichholzes und ein Licht flammte im Inneren des Zeltes auf. Schatten wanderten über die Zeltplane. Es sah aus, als würden sich da drin Riesen bewegen. Wir hörten Geflüster, dannn wurde der Reißverschluss langsam hochgezogen und ein Gewehrlauf schob sich durch die Öffnung.
„Na prima", sagte Island.
„Nicht bewegen", sagte Snickers.
„Nicht mal ducken?", fragte Rudolpho.
„Nicht mal das", sagte ich und duckte mich ein wenig.
Dem Gewehrlauf folgten zwei Köpfe mit verschlafenen Augen. Die Schatten im Zelt hatten uns getäuscht, es waren keine Riesen, es waren zwei Jungs, die uns genauso erschrocken betrachteten wie wir sie. Der Gewehrlauf zitterte, was bestimmt daran lag, dass die Waffe so schwer war. Wir hätten eine Menge dafür gegeben, wenn das Gewehr nicht auf uns gerichtet gewesen wäre.
Der eine Junge sagte was, der andere sagte auch was, wir verstanden kein Wort.
„Wir verstehen kein Wort", sagte Island.
Den Jungs klappten die Münder auf.
„Seid ihr Engländer?!", riefen sie plötzlich auf Englisch.
„Wir sind Kanadier", antworteten wir.

„Und wir sind Russen", sagte der Junge mit dem Gewehr stolz. „Unsere Mutter hat uns Englisch beigebracht, wir sprechen es besser, als wir es schreiben. Ich heiße Iwan und das hier …"
Er stieß den anderen Jungen mit der Schulter an.
„… ist Alexei."
Auf diese Weise ist die Kurzhosengang in der Vergangenheit gelandet.

Alexei und Iwan krochen aus dem Zelt.
Es war ein komisches Gefühl, sie als Kinder zu sehen.
Als hätte jemand eine Sanduhr umgedreht und alles steht kopf.
„Und wer seid ihr?", fragten sie.
„Die Kurzhosengang."
Die Brüder lachten uns aus.
„Das ist ja ein dummer Name", sagte Iwan.
„Besonders wenn man keine kurzen Hosen trägt", sagte Alexei. „Oder heißen lange Hosen in Kanada kurze Hosen?"
„Haha, das wäre ja so doof", sagte Iwan und wäre fast nach links umgekippt, als er mit dem Gewehr herumschwenkte.
„Kannst du mal die Knarre weglegen?", bat ihn Island.
Iwan lehnte das Gewehr an die Wand.
„Wieso heißt ihr so komisch?", fragte Alexei.
„Wir haben uns den Namen nicht ausgesucht", antwortete ihm Island. „Sie haben uns den Namen verpasst, als wir im Fernsehen waren."
„Im *was*?!"
Wir schwiegen. Wie erklärt man zwei Jungen aus der Vergangenheit, dass wir aus einer Zukunft kommen, in der fast jeder einen Fernseher besitzt und viele den ganzen Tag davorsitzen?
Snickers machte einen Versuch.

„Fernsehen ist wie Radio mit Bildern", sagte er.
„Wie ein Buch?", fragte Alexei.
„Ihr wart in einem Buch?!", rief Iwan.
Die Brüder runzelten die Stirn, was sie ein wenig wie die alten Männer aussehen ließ, die sie eines Tages sein würden. Snickers wollte gerade erklären, dass das mit dem Buch nicht ganz stimmen würde, da wechselte ich das Thema, wie man eine Schallplatte wechselt. Ich war einfach zu neugierig.
„Wie alt seid ihr?"
„Acht."
Die Kurzhosengang nickte, die Mathematik war nicht so schwer.
„Wenn ihr acht seid", sagte ich, „dann sind wir im Jahr 1910."
„Was habt ihr gedacht, was das sonst für ein Jahr ist?", fragten die Brüder.
„2000", sagte Snickers. „Genauer gesagt der 29. Februar 2000."
Die Brüder prusteten los vor Lachen und wir kamen keinen Moment darauf, dass die zwei Zwerge nicht wirklich lachten, sondern ein wenig hysterisch waren. Sie hatten sich die letzten Tage von der selbst gemachten Marmelade ihrer Mutter ernährt, die sie mit dem Löffel direkt aus den Gläsern gekratzt hatten. Wahrscheinlich schwebten sie schon seit einer Weile in einem leichten Zuckerrausch. Auf jeden Fall sagten sie, wir wären echt witzig, dann schaute Iwan zur Wendeltreppe und sein Lachen endete in einem nervösen Glucksen.
„Wartet mal", sagte er, „wir haben euch gar nicht die Treppe runterkommen gehört!"
Jetzt war es an der Kurzhosengang, zu lachen, aber natürlich lachten wir nicht.
„Wir kommen nicht von oben", sagte Island und zeigte mit dem Daumen hinter sich. „Der Tunnel hat uns hergeführt."

Die Brüdern erblassten und sahen uns an, als wären uns in derselben Sekunde Krallen und Fledermausohren gewachsen. Sie waren so erschrocken, dass ich mir sicher war, gleich rennen sie davon. Aber sie blieben an Ort und Stelle, nur Alexei traten Tränen in die Augen und Iwan legte ihm schützend den Arm um die Schulter. So standen sie eine Weile, beobachteten uns und flüsterten dabei auf Russisch miteinander. Sie waren wie ein Bild aus der Vergangenheit, das ein müder Künstler mit trüben Farben gemalt hat.
„Wir warten hier seit über einer Woche auf unsere Mutter", sagte Iwan schließlich. „Sie ist Weihnachten in den Keller runtergestiegen und seitdem sitzen wir hier unten, essen Marmelade und warten, dass sie zurückkommt. Nur wenn wir aufs Klo müssen, gehen wir hoch."
„Und um Wasser zu trinken", fügte Alexei hinzu.
„Wir sind wieder und wieder in den Tunnel reingegangen", sprach Iwan weiter, „aber wir kommen immer nur hier raus. Die andere Seite ist genau so wie diese Seite. Und da wir die Rückkehr unsere Mutter nicht verpassen wollen, haben wir das Zelt aufgebaut und schlafen hier unten."
Iwan verstummte, er wollte noch mehr sagen.
„Frag sie", drängte ihn Alexei.
„Frag sie doch selber", sagte Iwan.
Alexei gab sich einen Ruck.
„Habt ihr unsere Mutter irgendwo da drin im Tunnel gesehen?", fragte er und klang ängstlich und kam einen Schritt näher. „Sie heißt Tatjana und hat kurzes Haar und spricht sehr gutes Englisch."
Wir schüttelten den Kopf, wir wussten nicht, wie wir uns erklären sollten, denn wir hatten ja keine Ahnung, wie wir hier gelandet waren. Wir wussten nur, wir waren genau an der Stelle aus der Zeit getreten, an der die Brüder im Video aufgehört hatten, uns ihre Lebensgeschichte

zu erzählen. Sie hatten gewusst, was uns hier erwartet, denn sie hatten es schon erlebt, als sie acht Jahre waren. Das alles wirkte wie ein großer Plan, von dem wir bisher nur einen Zipfel lüften durften. Alexei und Iwan lasen uns die Verwirrung von den Gesichtern ab.

„Ihr habt keine Ahnung, wie ihr hergekommen seid, oder?", sagte Iwan.

„Nicht wirklich", gab ich zu. „Wir sind durch den Tunnel marschiert und waren plötzlich hier."

„Oh je", sagte darauf Rudolpho.

Jetzt erst fiel mir auf, dass er als Einziger kein Wort gesagt hatte, seitdem wir aus dem Tunnel getreten waren. Ich hatte gedacht, Rudolpho wäre vom Anblick der Brüder einfach nur sprachlos gewesen, aber das war nicht der Grund.

„Ich glaube, ich weiß, was passiert ist", sagte er und pustete die Wangen auf, als würde er innerlich kochen. Wenn da ein Sofa gewesen wäre, hätte er sich erst mal gesetzt. Es ist nicht so, dass Rudolpho das Drama liebt. Es ist mehr so, dass das Drama unseren guten Kumpel liebt und ihn gerne aus den Schuhen haut.

„Sag es schon", sagte Island.

„Sei mutig", sagte Snickers.

„Ich hab's mir gewünscht", platzte es aus Rudolpho heraus, dann gaben seine Beine nach und er setzte sich auf den Boden. Und da saß er dann wie ein Sack Kartoffeln und schaute auf seine Schuhspitzen und sprach leise weiter: „Mir liegt das schon die ganze Zeit auf der Zunge, sodass ich gar nicht sprechen konnte. Mir haben die Brüder so schrecklich leidgetan, als sie im Video erzählten, wie ihre Mutter an Weihnachten verschwunden ist, dass ich mir dachte, das wäre doch nett, wenn es die Kurzhosengang schon damals gegeben hätte und wir ihnen zu Hilfe gekommen wären."

Er schaute zu uns auf.
„Ich glaube, deswegen sind wir hier."
„Wie?", sagte Iwan.
„Was?", sagte Alexei.
„Du meinst, der Tunnel hat gehört, was du dir gewünscht hast?", sagte Snickers.
Rudolpho hob die Schultern.
„Vielleicht."
„Wünsch dir mal unsere Mutter zurück", sagte Alexei.
„Ja, und unseren Vater dazu", sagte Iwan.
„Ich glaube, so funktioniert das nicht", sagte Island und zog Rudolpho wieder auf die Beine.
„Wieso nicht?", fragte Alexei.
„Ja, wieso nicht?", fragte Iwan.
„Weil Rudolpho kein Zauberer ist."
„Er hat euch doch hergezaubert", sagte Alexei stur. „Und wenn er sich dahin wünscht, wo unsere Mutter hingegangen ist, dann kann er sie doch zurückholen und---"
„Eine Minute Ruhe, bitte", unterbrach ihn Snickers und bekam seine Minute Ruhe und sah dabei zum Tunnel, dann wandte er sich wieder an die Brüder und fragte: „Was genau hat eure Mutter gesagt, bevor sie in den Keller gestiegen ist?"
„Dass sie jetzt Papa holen geht", sagte Alexei.
„Und dass wir lange genug ohne ihn gewesen sind", sagte Iwan.
„Mehr nicht?"
Die Brüder sahen sich an, dann fiel es Alexei ein.
„Sie sagte, dass sie jetzt versteht, warum einen nicht jedes Feuer verbrennt."

Snickers grinste so breit, als hätte er eben den Nachtisch der Nachtische serviert bekommen.
„Wieso grinst du so?“, fragte Rudolpho.
„Weil das die Lösung ist“, antwortete Snickers und klang wie ein Spürhund, der einen Fall löst, weil er ein Staubkorn auf seiner Nasenspitze entdeckt hat.
„In dem Brief aus der Zukunft stand: *Nicht jedes Feuer verbrennt dich.* Und genau so ist es. Nicht jedes Feuer verbrennt dich, wenn …“
Snickers sah uns erwartend an, wir kamen nicht darauf.
„… wenn du nicht zulässt, dass es dich verbrennt“, sprach er zu Ende und grinste. „Jetzt macht es Sinn!“
„*Was* macht Sinn?!“ fragten wir.
Snickers antwortete uns nicht. Er gab den Brüdern sein bestes Lächeln und bat sie, den Karton mit den Fotos zu holen. Die Brüder sahen Snickers an, als hätte er sich eben ein Kamel aus dem Ohr gezogen.
„Woher weißt *du,* dass wir so einen Karton haben?“, fragte Alexei vorsichtig.
„Wir kommen aus dem Tunnel“, sagte Snickers. „Wir wissen alles.“
Die Antwort genügte den Brüdern, sie verschwanden nach oben. Snickers rieb sich in Vorfreude die Hände.
„Warum kapierst du alles und wir nichts?“, fragte ihn Island.
„Ihr kapiert schon alles“, antwortete ihm Snickers, „ihr seht es nur noch nicht. Erinnert euch an das Foto, das uns die Brüder auf dem Video gezeigt haben. Ich glaube, genau dort wird Tatjana jetzt sein.“
Die Verwirrung wurde nicht besser.
„Im Foto?!“, fragte ich.
„Nein, natürlich nicht *im* Foto“, sagte Snickers und verstummte, als die Brüder die Wendeltreppe runtergepoltert kamen. Alexei trug den

Karton und reichte ihn Snickers, der den Deckel öffnete und zu kramen begann. Alexei beugte sich ein wenig vor und flüsterte mir zu:
„Woher wusste er von dem Karton?"
„Das ist eine lange Geschichte."
„Wir lieben lange Geschichten", sagte Iwan.
Die Brüder schauten abwartend, denn sie hatten alle Zeit der Welt. Ich gab ihnen die Kurzfassung.
„Vielleicht kommen wir wirklich aus der Zukunft", sagte ich. „Vielleicht habt ihr uns in der Zukunft zwei Fotos aus eurem Karton gezeigt."
„Hahaha", lachten die Brüder.
„Ich hab's", sagte Snickers.
Wir beugten uns über das Foto – Olek hatte den Arm um Tatjana gelegt, Tatjanas Hand lag auf ihrem dicken Bauch, sie standen vor dem Buchladen und auf die Nähe hin konnten wir in der Spiegelung des Schaufensters einen Mann mit einer Melone auf dem Kopf erkennen, der hinter einer Boxkamera stand und das Foto machte.
„Und?", fragte die Kurzhosengang.
„Und?", fragten die Brüder.
„Seht ihr das Straßenschild?", fragte Snickers.
Wir schauten so genau hin, dass wir ein wenig schielten. Links neben der Schaufensterscheibe war ein Messingschild an der Hausfassade angebracht. Es war uns nicht aufgefallen, als die Brüder das Foto hochgehalten hatten. Doch Snickers entging kaum was. Wir kniffen die Augen noch ein wenig mehr zusammen, um die Schrift besser zu lesen. Es war nutzlos. Die Schrift war kyrillisch und für uns unlesbar.
„Könnt ihr das lesen?", fragten wir die Brüder.
Auch sie beugten ihre Köpfe über das Foto.
„Isaaksplatz 11", sagten sie im Chor.

Snickers war zufrieden.
„Versteht ihr jetzt?“, sagte er. „Wir wissen das Wann, wir wissen das Wo …“
Er wedelte mit dem Foto.
„… und jetzt fehlt uns nur noch das Wie!“, sagte die Kurzhosengang im Chor, und es war, als hätten wir einen gemeinsamen Stromschlag abbekommen: Endlich hatten wir begriffen, was unser bester Kumpel für einen Plan hatte.
Kennt ihr das, wenn der Schlüssel klemmt und ihr dreht und fummelt und plötzlich greift der Schlüssel richtig und die Tür lässt sich so leicht aufschließen, als wäre das Schloss aus Daunenfedern gemacht? So ähnlich erging es uns, als wir begriffen, dass uns die Brüder auf dem Video alle Informationen gegeben hatten, die wir brauchten, um Tatjana durch den Tunnel zu folgen.
Wir hatten das Wann - das Feuer in der Buchhandlung war in der Nacht vom 12. zum 13. Januar 1902 ausgebrochen. Die Glocken hatten eben Mitternacht geschlagen, als Tatjana zur Buchhandlung gerannt war und versucht hatte in das brennende Haus reinzukommen.
Wir hatten das Wo - der Straßenname stand auf dem Messingschild.
Jetzt ging es nur noch um das Wie.
„Schaffst du das?“, fragten wir Rudolpho.
„Was bleibt mir übrig?“, fragte unser Kumpel zurück und grinste plötzlich. „ Ich glaube, ich werde dieses Mal der Held sein, was?“
„Endlich“, sagte Island.
„Wieso endlich?“, fragte Rudolpho.
„Nicht, dass du vorher kein Held warst“, fügte Island schnell hinzu, „aber ein Held, der sagt, dass er ein Held ist, ist mehr ein Held als einer, der das nicht sagt oder weiß oder denkt oder so, verstehst du?“

Liebe Mama
wir sind durch die zeit gereist und
ich bin der kompass und der kapitän und
auch der, der nicht weis, wohin es wirklich geht. wenn
ich die Welt verändern könnte, würdest du jetzt
neben mir sitzen und lachen und sagen:
„alles wird gut."
Dein Rudolpho
der am Tag mindestens zweiundsilzig
mal an dich Denkt
ПОЧТА СССР 1984
ИНДИРА ГАНДИ
1917–1984
An meine Mama

Rudolpho nickte. Manchmal konnte Island etwas Einfaches so kompliziert sagen, dass es einem den Kopf verdrehte. Da war es ganz gut, einfach nur zu nicken.

„Ich mach dann mal“, sagte Rudolpho und atmete tief durch. Er zog die Schultern hoch, als wollte er zehn Stufen runterspringen, dann spazierte er in den Tunnel.

Wir folgten ihm. Erst Island, dann Snickers und dann ich. Aber nach ein paar Schritten fiel mir ein, dass wir doch nicht einfach so gehen konnten. Die achtjährigen Brüder hatten keine Ahnung, was wir hier taten. Ihre Mutter war an Weihnachten verschwunden, seit über einer Woche saßen sie vor diesem Tunnel und dann tauchten vier Typen aus der Zukunft auf und taten, als wäre alles ganz einfach.

Und verschwanden gleich darauf wieder.

Ich drehte mich um und sah die Brüder an, wie sie vor dem Zelt standen. Alexei hatte die Arme um den Karton mit den Fotos gelegt und Iwan machte ein so ratloses Gesicht, dass ich ihm beruhigend auf die Schulter klopfen wollte.

„Keine Sorge“, sagte ich. „Wir kommen gleich wieder. Alles wird gut.“

„Wirklich?“, fragte Iwan ängstlich.

„Wirklich“, versprach ich und winkte ein letztes Mal, ehe ich meinen Freunden durch den Tunnel folgte und in der Dunkelheit verschwand wie ein Stein in einem See.

Und dann war da ein flackerndes Licht.

Und ich ging auf das Licht zu und …

„Da bist du ja wieder“, sagte Alexei erfreut.

Die Brüder standen genau so da, wie ich sie eben zurückgelassen hatte.

„Wie lange war ich denn weg?“, fragte ich.

„Ein paar Sekunden.“

Ich drehte mich um und rannte wieder in den Tunnel.
Und kam bei den Brüdern wieder raus.
„Oh Schiete“, sagte ich.
Und so verlor ich meine Freunde an die Vergangenheit.

ISLAND

Wir traten aus dem Tunnel und marschierten in eine unglaubliche Hitze hinein und liefen direkt in ein Regal, das sofort zu kippeln begann. Ein Buch nach dem anderen regnete auf uns herab, sodass wir die Arme vorstreckten, damit das Regal nicht vollkommen auf uns runterkrachte.

„Steht es sicher?“, fragte Rudolpho, als kein Buch mehr runterkam.

„Es wackelt zumindest nicht mehr“, sagte ich und schielte hoch.

Das Regal stand wieder gerade.

„Ist euch auch so heiß?“, fragte Snickers.

Wir schwitzten aus allen Poren und drehten uns um und standen in einem Meer aus Rauchschwaden, durch die wir vage die Umrisse von drei Sesseln und einem Sofa erkennen konnten. Auf einem niedrigen Tisch lag ein Stapel Zeitungen, die sich in der Hitze wellten und vor sich hinqualmten, und uns gegenüber ragte eine Wand aus Büchern auf, über die blaugrüne Flammen waberten, als wäre die Wand ein Grill, der gerade angefeuert wurde.

Wir schnappten nach Luft und husteten sofort los. Die Hitze war so heftig, dass unsere Klamotten anfingen zu rauchen. Wenn wir hier weiter rumstanden, würden wir jeden Moment in Flammen aufgehen. Es prasselte und knackte um uns herum, und über das Prasseln und Knacken hinweg hörten wir das Bimmeln einer Kirchenglocke. Es gab keinen Zweifel, wo wir gelandet waren. Wir befanden uns in Sankt Petersburg auf dem Isaaksplatz 11, es war Mitternacht und um uns herum brannte der Buchladen von Tatjana und Olek nieder.

„Du hättest doch einen besseren Zeitpunkt wählen können“, meckerte ich.

„Vielleicht einen ohne so viel Rauch", sagte Snickers. „Eine Stunde vorher wäre gut gewesen, dann hätten wir das Feuer aufhalten können."

„Glaubt ihr wirklich, dass ich da nicht selbst drauf gekommen bin?", wollte Rudolpho wissen. „Ich habe es versucht, aber es hat nicht funktioniert."

Ein lautes Klopfen ließ uns zusammenschrecken.

Wir sahen zum Schaufenster des Buchladens und davor stand eine Frau und schaute zu uns rein. Sie trug einen langen Mantel, der ihre Schwangerschaft nicht verbarg. Ihr Haar war lang und offen und das Gesicht vor Schreck so weiß wie der Schnee um sie herum. Wir konnten sie durch den Rauch hindurch nur unscharf erkennen, wir hörten sie aber deutlich rufen.

„Olek! Olek!"

Bei jeder Silbe schlug sie mit den Handflächen auf das Schaufenster ein, dann war sie plötzlich verschwunden und es wurde an der Türklinke des Buchladens gerüttelt.

„Das ist Tatjana", flüsterte Rudolpho.

„Und gleich kommt der Balkon runter", sagte Snickers.

Von draußen erklang ein knirschendes Geräusch, das Haus erbebte und dann stürzte der Balkon herunter und knallte vor dem Buchladen auf den Bürgersteig, sodass eine Schneewolke aufstieg und wie knisternder Sand gegen die Schaufensterscheibe wehte.

„Wir haben nicht mehr viel Zeit", sagte ich, „bald wird die ganze Bude in Flammen stehen, wir sollten---"

„Warte mal", unterbrach mich Rudolpho und sah sich panisch um. „Wo steckt Zement?"

Unser Kumpel war nirgends zu sehen. Wir riefen seinen Namen, wir rannten ein paar Meter in die eine, ein paar Meter in die andere Richtung, ehe die Flammen uns den Weg versperrten. Es war kein Genie nötig, um zu kapieren, dass Zement mal wieder etwas zu langsam gewesen war.

„Wir haben ihn vergessen“, stellte ich fest.

„Eher hat er uns vergessen“, sagte Snickers. „Und das da draußen ist nicht die Tatjana, die wir suchen.“

„Vielleicht ist sie noch nicht angekommen“, sagte ich.

„Wenn sie den Tunnel vor acht Tagen betreten hat“, sagte Snickers, „wo steckt sie dann nur?“

Als ich das hörte, überkam mich ein furchtbarer Gedanke. Es war ein wenig, wie in den falschen Bus steigen und erst nach zehn Stationen merken, dass man im falschen Bus sitzt.

„Was ist, wenn sich Tatjana einen völlig anderen Zeitpunkt ausgesucht hat, um Olek zu retten? Was ist, wenn wir es sind, die hier falsch sind? Wir können dann … “

Rudolpho unterbrach mich, indem er sich den Zeigefinger an die Lippen hielt.

Wir lauschten.

Und da hörten wir über das Prasseln des Feuers hinweg ein Husten.

Und sahen hoch an die Holzdecke, unter der sich der Qualm wie Meeresschaum sammelte.

Das Husten wiederholte sich.

„Olek!“, riefen wir gleichzeitig.

Eine schmale Treppe führte nach oben und endete vor einer verschlossenen Tür. Es war egal, ob wir hier falsch waren oder nicht. Hinter dieser Tür war der Vater der Brüder und würde bald nur noch Asche sein, wenn wir ihn nicht retteten.

Wir stießen die Tür auf, stürmten in ein winziges Zimmer und warfen die Tür sofort hinter uns zu, damit das Feuer uns nicht folgte. Eine Kerze brannte beschaulich auf dem Fensterbrett vor sich hin und erhellte das verqualmte Zimmer mit einem gelben Licht. Es gab ein Waschbecken und einen Ofen, es gab einen Schrank, einen Stuhl und ein Bett, für mehr war kein Platz – außer für ein paar Kubikmeter Rauch, der unter der Tür durchkroch. Auf dem Bett lag Olek. Er wirkte kleiner als auf dem Foto. Sein linker Fuß guckte raus und der rechte Arm hing herunter.

„Ist er tot?", fragte Rudolpho.

„Nee, der schläft nur", sagte ich und konnte es nicht fassen, dass er schlief. Da unten brannte der ganze Buchladen ab und der Kerl ratzte in sein Kissen. Ich rüttelte an seinem Fuß. Olek setzte sich erschrocken auf, schnappte nach Luft und hustete sofort los. Dann schaute er sich ratlos um und sagte was. Wir schüttelten die Köpfe.

„Auf Englisch", baten wir.

„Bin ich in der Hölle?", fragte Olek.

Die Kurzhosengang stand in einer Rauchwolke, die ihnen bis zu den Knien ging, sie hätten locker als kleinwüchsige Teufel durchgehen können. Ich sammelte die Klamotten vom Stuhl zusammen und drückte sie Olek in die Arme.

„Der Rauch kommt von unten", sagte ich. „Der Buchladen brennt. Zieh dich mal flott an. Wir müssen verschwinden, bevor das Haus in die Luft fliegt."

Olek war vollkommen durcheinander und schüttelte den Kopf, als hätte er Mühe, wach zu werden, dann sah er sich in dem Zimmer um.

„Wo ist meine Frau?!"

Wir antworteten ihm nicht. Wir konnten ja schlecht erzählen, dass die

eine Tatjana draußen auf der Straße im Schnee stand und tobte, weil sie nicht hereinkommen konnte, während die andere Tatjana durch die Zeit reiste und wir keine Ahnung hatten, wo sie gerade steckte.
„Wir wissen nicht, wo sie ist“, sagte ich.
Olek sprang auf.
„Ist sie noch unten?“
„Unten ist keiner“, sagte Snickers.
„Woher wollt ihr das wissen?“
„Weil wir von unten kommen.“
Olek glaubte uns nicht, er ließ seine Klamotten fallen, schob uns beiseite und riss die Zimmertür auf. Sofort schlug ihm eine Rauchwolke entgegen. Er wedelte sie vergeblich mit den Armen weg und schaute die schmale Treppe runter. Wir konnten sehen, wie der Feuerschein über sein Gesicht flackerte. Oleks Finger krallten sich im Türrahmen fest. Nein, nach unten konnte er nicht mehr.
„TATJANA!“, rief er plötzlich verzweifelt, drehte sich um und rannte zum Fenster, doch auch dort wartete schon das Feuer. Es sah aus, als würde vor dem Fenster ein Flammenmeer auf- und abschwappen.
„TATJANA!“, rief Olek ein zweites Mal, und ich war mir sicher, gleich schlägt er die Fensterscheibe ein oder macht was echt Blödes.
Ein Krachen hielt ihn davon ab.
Das Krachen kam von unten.
Dann trampelten Schritte die Treppe rauf, und als wir uns an die Tür stellten und in die Flammen runterschauten, sahen wir sie kommen – das Haar kurz und wild, ein Tuch vor dem Mund und in den Augen ein Blitzen und Funkeln. Kein Feuer konnte ihr was. Wo auch immer sie sich bis eben versteckt hatte, hier war sie jetzt: Tatjana nahm zwei Stufen auf einmal und war so schnell oben angekommen, dass sie uns

beinahe umgerannt hätte. Sie rauschte in das Zimmer, riss das Tuch von ihrem Mund und schloss ihren Olek in die Arme, der vollkommen verblüfft vor dem Fenster stand und sich wunderte, wieso seine Frau plötzlich kurze Haare hatte und wo ihr schwangerer Bauch abgeblieben war. Tatjana lachte erleichtert und plapperte los und küßte ihren Mann, den sie acht lange Jahre vermisst hatte. Das wollte gar nicht mehr aufhören, deshalb rief ich:
„Leute, hört mal auf mit dem Geknutsche, wir müssen uns beeilen!"
Da erst bemerkte Tatjana, dass drei kleinwüchsige Teufel vor ihr standen. Sie war ganz praktisch und marschierte an uns vorbei und schloss die Zimmertür, damit das Feuer noch eine Weile draußen blieb. Dann lehnte sie sich mit dem Rücken gegen die Tür und fragte uns in perfektem Englisch, wer wir denn seien.
„Iwan und Alexei schicken uns", sagte Snickers.
Tatjanas Augen leuchteten auf.
„Wer sind Iwan und Alexei?", fragte Olek.
„Später, mein Liebster", sagte Tatjana und trat auf uns zu. Für einen Moment sah es aus, als würde sie uns über den Kopf streicheln wollen, aber sie tat es nicht, sondern schaute uns an, als würde sie sich unsere Gesichter merken wollen, ehe sie uns fragte, ob wir auch durch den Tunnel gekommen seien.
Wir nickten.
„Alexei und Iwan warten seit einer Woche auf deine Rückkehr", sagte ich. „Wir dachten, wir schauen mal, wo du bleibst."
Tatjana griff sich erschrocken an den Mund.
„Aber … ich bin doch eben erst durch den Tunnel getreten und das …"
Sie sah sich um, als hätte ihr die Zeit einen Streich gespielt.
„… ist keine Minute her", beendete sie ihren Satz. „Wie geht das?"

Wir hatten darauf keine Antwort, auch wir waren Amateure, was das Reisen durch die Zeit anging. Ich war mir sicher, dass Snickers eine Theorie hatte, ich konnte es in seinen Augen sehen, aber er kam nicht dazu, etwas zu sagen, denn es krachte ein zweites Mal von unten und dieses Mal klang es, als hätten sich sechs Buchregale gleichzeitig in die Flammen gestürzt. Ein Beben wanderte durch den Holzboden und ließ uns schwanken, dann sank eine Ecke des Zimmers weg und ein Loch öffnete sich, durch das die Flammen aus dem Erdgeschoss hochkrochen und die weiß gestrichene Zimmerdecke in Sekunden schwarz färbten.

„Wisst ihr denn, wie wir hier wieder wegkommen?“, fragte Tatjana.

„Wie wolltest du denn zurückkommen?“, fragte ich.

Auch wenn es bei dem Rauch und Kerzenlicht schlecht zu sehen war, glaube ich, dass Tatjana rot wurde. Sie hatte gar keinen Plan, sie war in den Tunnel gerannt, um Olek zu retten, mehr Plan gab es nicht.

Tatjana hob die Schultern.

„Keine Sorge“, sagten Snickers und ich gleichzeitig und grinsten, „Rudolpho macht das schon.“

Rudolpho war unser Held, Rudolpho hatte alles im Griff.

Rudolpho sah uns ratlos an, wir hörten auf zu grinsen.

„Im Tunnel konnte ich es mir wünschen“, sagte er, „aber hier ist kein Tunnel. Vielleicht müssen wir wieder ins Erdgeschoss, vielleicht ist der Tunnel---“

„Das wird nichts“, unterbrach ihn Tatjana, „unten ist nichts mehr zu retten.“

Rudolpho seufzte, er hätte sich am liebsten wieder auf den Boden gesetzt.

„Ganz ruhig“, sagte Snickers.

„Du machst das schon“, sagte ich.
Rudolpho sah sehr elendig aus.
„Aber *was* soll ich machen?“, fragte er zurück.
Und genau da fiel mir ein, wie er mir am Kraterrand geholfen hatte, als ich auf den Sprossen stand und mich aus Furcht vor der Tiefe nicht mehr rühren konnte. Ich hatte eine Idee und die Idee war so verrückt, dass ich auf sie hörte. Ich öffnete den Ofen und fischte ein Kohlestück aus der noch warmen Asche. Zwischen dem Waschbecken und der Tür waren zwei Meter Platz. Mit dem Kohlestück malte ich einen Bogen auf die Tapete, der ein wenig wie der Tunneleingang aussah.
„Das ist der Tunnel“, sagte ich.
„Das ist kein Tunnel“, sagte Tatjana.
„Das ist eine Wand mit einem Bogen“, sagte Rudolpho.
„Mach mal die Augen zu“, sagte ich.
„Aber---“
„Augen zu, Rudolpho!“
Er schloss die Augen.
„Stell dir vor, der Tunnel ist direkt vor dir.“
Rudolpho lachte.
„Island, ich weiß doch, da ist nur eine Wand, die du mit Kohle ange---“
„Klappe“, unterbrach ihn Snickers, „Jeden Moment kommt das Feuer durch den Boden zu uns hoch. Also hör auf Island und stell dir den Tunnel vor!“
„Ist ja gut“, sagte Rudolpho. „Du musst nicht gleich einen auf Kniescheibe machen.“
„Sorry“, sagte Snickers.
Rudolpho kniff die Augen zu. Er konzentrierte sich und schwitzte in der Hitze so sehr, dass Schweißtropfen von seiner Nase herabperlten.

Olek und Tatjana sahen mich an, als wäre ich vollkommen bekloppt. Ich war nicht bekloppt, ich wusste, was ich hier tat. So hoffte ich zumindest. Vor wenigen Stunden hatte mich Rudolpho dazu gebracht, mit geschlossenen Augen in den Krater hinabzusteigen. Da würde es mir doch wohl gelingen, ihn dazu zu bringen, mit geschlossenen Augen durch einen Tunnel zu gehen, der gar nicht da war.

„Fertig", sagte Rudolpho.

Die Wand war unverändert.

Rudolpho machte ein Auge auf.

„Lass die Augen zu!", rief Snickers.

„Sie sind ja zu", log Rudolpho und kniff die Augen wieder zu.

„Du musst nicht sehen, was los ist", sagte ich.

Und jetzt fiel Rudolpho ein, wo er das schon mal gehört hatte.

„Genau das habe ich am Kraterrand zu dir gesagt, als du nicht runtersteigen wolltest", erinnerte er sich.

„Ich weiß", sagte ich, „und ich sage es jetzt zu dir: Du musst nicht sehen, was los ist."

Rudolpho kniff die Augen so fest zu, dass seine Wimpern verschwanden.

„Okay, und jetzt?"

„Und jetzt mach mal einen Schritt und dann noch einen."

„Oh nee", sagte Rudolpho und streckte die Arme vor.

„Oh nee, oh nee", wiederholte er und marschierte auf die Wand zu.

„Oh nee", hörten wir ihn ein viertes Mal sagen und dann verschwand er spurlos.

Es war ein guter Zaubertrick.

Eben war Rudolpho noch da, dann war er weg.

„Ja!"

Ich jubelte laut und rannte ihm hinterher. Snickers versuchte mich aufzuhalten, aber es war zu spät. Ich knallte voll gegen die Wand, prallte ab und landete auf meinem Hintern. Snickers und Tatjana halfen mir wieder auf die Beine, ich rieb mir die Nase.

„Was passiert hier nur?", fragte Olek.

Über uns krachte es im Dachstuhl, es gab eine dumpfe Explosion und die Farbe auf dem Türlack begann Blasen zu schlagen. Wir wussten, lange würde die Tür dem Feuer nicht widerstehen können, und das wäre es dann gewesen mit der einen Hälfte der Kurzhosengang. Zement und Rudolpho würden uns überleben und im Fernsehen erzählen, wie sehr sie uns vermissen. Ich wollte eben vorschlagen, dass es vielleicht gar nicht so dumm wäre, durchs Fenster zu springen, da kam Rudolpho wieder aus der Wand spaziert.

„He, es hat geklappt!", sagte er. „Ich war im Tunnel und …"

Rudolpho verstummte, als er mich sah.

„Wieso blutet deine Nase?", fragte er.

„Frag nicht", sagte ich und drehte Rudolpho an den Schultern um und schob ihn auf die Zimmerwand zu. „Geh noch mal vor", sagte ich und griff mir seine Hand, „und dieses Mal folgen wir dir."

Snickers schnappte sich meine und Tatjanas Hand, Olek hatte die Hand seiner Frau ohnehin eisern umklammert, und so folgten wir Rudolpho, der mit geschlossenen Augen auf die Wand zumarschierte und darin verschwand.

Und dann ich.

Und dann Snickers.

Und Tatjana und Olek folgten als Schlusslicht.

ZEMENT

Alexei, Iwan und ich saßen vor dem Zelt und aßen saure Gurken, als sie alle zurückkamen. Sie waren gerade mal eine halbe Stunde weg gewesen. Ich hatte die Zeit genutzt und den Brüdern erzählt, was sie alles in der Zukunft erwartete – dass sie nach Kanada auswandern, aus einem Gefängnis fliehen und ein Kino leiten würden. Und auch, dass sie bald einen neuen Namen hätten.

„Was für einen neuen Namen?"

„Ihr werdet euch die Brüder Karamasow nennen."

„Wie bei Dostojewski?!"

„Genau wie bei Dostojewski."

Alexei machte große Augen, als hätte ich ihn dabei erwischt, wie er heimlich Kekse klaut.

„Verrat uns bloß nicht", sagte er. „Wir dürfen Dostojewskis Bücher nicht lesen, Mama meint, das wäre zu schwer für uns, aber wir haben schon heimlich in *Schuld und Sühne* reingeschaut, und das ist uns überhaupt nicht schwergefallen."

„Aber sag mal, Zement, was wird in unserer Zukunft noch passieren?", hakte Iwan nach. „Ich meine, werden wir reich sein, werden wir eine Bank überfallen oder vielleicht haben wir ja auch einen Hund?!"

Ich verriet ihnen, wer ihre Nachbarn sein würden, dass es in ganz Okerville nur bei Lei Too die besten Pancakes gab und dass sie sich vor der PauliGang hüten müssten. Ich beschrieb unsere Stadt, erzählte von Tegebook, der Alten Laroux und Kniescheibe, ich erzählte von meinen Eltern und wie die Kurzhosengang die besten Freunde waren, die man sich vorstellen konnte. Ich verriet ihnen auch, dass ich Geister sehen konnte und einen Schutzengel hatte, der Lothar hieß. Es waren eine

Menge an Informationen für zwei Achtjährige, aber ich dachte mir, besser sie erfahren es jetzt, als dass ich ein Geheimnis daraus mache und dann stehen sie in der Zukunft blöde da.
Die Brüder hörten mir nicht wirklich zu.
Sie waren ganz schön enttäuscht, als sie erfuhren, dass sie keinen Hund haben würden, obwohl sie sich schon immer einen Hund gewünscht hatten. Auch dass das mit dem Banküberfall nichts wurde, bedauerten sie sehr. Als ich ihnen aber von der Statue erzählte, die sie über Jahre hinweg aus einem Block Marmor hauen und klammheimlich auf dem Mulberry Circle aufstellen würden, bekamen ihre Augen ein Glitzern und die Zukunft erschien ihnen wieder rosig.
„Wir alt werden wir denn so?", fragte Alexei.
„Ihr werdet im Februar 2000 sterben, Seite an Seite in eurem Kino."
Den Brüdern klappten die Münder auf.
„Wir werden also fast 100?!", rief Iwan erschrocken.
„Werden wir dann richtige Opas sein?", fragte Alexei.
„Richtig richtige Opas", sagte ich. „Mit Falten und grauen Haaren und viel Gemecker."
Iwan rieb sich das Kinn.
„Werde ich einen Bart haben?"
Ich schüttelte den Kopf.
„Aber einen Schnurrbart."
„Himmel, ein Schnurrbart!", sagte Iwan und kicherte.
„Und du wirst ein Stirnband tragen", sagte ich zu Alexei und musste an den Kopfverband denken, den er im Video hatte.
Auch Alexei begann zu kichern, und Iwan stellte fest, er könnte mit einem Schnurrbart leben, dann fragten die Brüder, wie die Kurzhosengang eigentlich dazu gekommen war, die Kurzhosengang zu sein.

Ich fand, das war eine gute Frage. Also fischte ich mir noch eine saure Gurke aus dem Glas und wollte ihnen gerade erzählen, wie der Orkan ganz Okkerville überrascht hatte und wir in kurzen Hosen durch den Schnee gerast waren, als ich eine Bewegung hinter mir spürte, und dann traten sie alle aus dem Tunnel – Rudolpho schritt voran, mit geschlossenen Augen und qualmenden Klamotten, dann kam Island und hatte eine geschwollene Nase, dann Snickers und Tatjana und zum Schluss ein vollkommen verwirrter Olek, der barfuß war und ein langes Nachthemd trug und beinahe ohnmächtig wurde, als er sah, dass er in einem Keller gelandet war.
„Mama!“, riefen die Brüder.
Und dann wurde erst mal gejubelt.

Minuten später hatten wir den Keller verlassen und saßen oben im Blockhaus. Während uns Tatjana Limo und Kekse holte, baten mich meine Freunde, nie wieder so einen Blödsinn zu machen.
„Zement, du kannst nicht einfach nicht mitkommen“, sagte Snickers.
„Ganz besonders nicht, wenn wir durch die Zeit reisen“, sagte Rudolpho.
„Ich verspreche, das nächste Mal bleibe ich hinter euch“, versprach ich.
„Keine Umwege, keine Abkürzung und kein Zögern“, verlangte Island.
„Ich schwöre“, schwor ich.

Und dann erfuhr Olek, was in den letzten Jahren geschehen war. Er konnte es nicht fassen, dass er im Moment eines Augenblinzelns das ganze Leben seiner Söhne verpasst hatte und sich jetzt in Sibirien in einem Blockhaus befand, das seine Frau und sein bester Freund gebaut hatten, um ihn zurückzuholen, nachdem er vor acht Jahren offiziell für tot erklärt worden war.

„Ich wusste, dass du lebst“, sagte Tatjana. „Ich habe an den Brief geglaubt und unseren Söhnen immer wieder erzählt, dass wir dich finden werden. Und jetzt bist du hier!“
Olek küsste Tatjana, Tatjana küsste Olek, die Brüder saßen ganz starr und betrachteten ihren Vater wie ein Wunder, dem sie nicht zu nahe kommen wollten. Nachdem das Paar sich lange genug geknutscht hatte, wandte sich Olek an uns.
„Und wie passt ihr in diese Geschichte?“
„Wir kommen aus der Zukunft“, sagte Snickers.
„Aha, welche Zukunft ist das?“
„2000.“
„2000 was?“
„Das Jahr 2000.“
Olek hielt sich eine Hand vor die Augen, als wäre er plötzlich furchtbar müde. Und dann begann er zu lachen. Und lachte und lachte. Als er sich beruhigt hatte, waren seine Augen voller Tränen.
„Ich muss das hier alles erst mal verdauen“, sagte er und sah die Brüder an. „Auch dass ich plötzlich zwei prächtige Söhne habe, die fast schon Männer sind, ja, auch das muss ich verdauen.“
Iwan gab sich einen Ruck, rutschte näher an seinen Vater heran und nahm seine Hand.
„Wir passen auf, dass du nicht wieder verschwindest“, sagte er.
Alexei setzte sich ganz nahe neben seine Mutter und nahm auch sie an der Hand.
„Und du bleibst auch hier“, sagte er.
Die Kurzhosengang spürte, dass sie fehl am Platz war. Hier ging es um die Familie Obramow, wir hatten unsere Aufgabe erfüllt. Tatjana musste gespürt haben, dass wir aufbrechen wollten.

„Verratet ihr uns noch, wie vier Jungen aus der Zukunft hier gelandet sind?“, bat sie.
Wir zögerten, wir wussten nicht, was für Regeln es für Zeitreisende gab. Besonders ich war unruhiger als unruhig. Meine Freunde hatten ja keine Ahnung, dass ich den Brüdern schon fast ihre ganze Zukunft erzählt hatte. Alexei und Iwan wussten sogar, was für ein Auto sie fahren würden.
„Wir erzählen lieber nicht zu viel“, sagte Snickers. „Wir wollen die Zeit nicht durcheinanderbringen.“
Tatjana verstand, auch Olek nickte, die Brüder wollten gerade den Mund aufmachen und ausplaudern, dass sie eines Tages eine Statue von Fjodor Dostojewski aus Marmor hauen würden, da warf ich ihnen einen warnenden Blick zu und sie hielten den Mund.
„Wie geht es jetzt für euch weiter?“, fragte Olek.
Wir sahen Rudolpho an, Rudolpho hob die Schultern.
„Wir kehren zurück in unsere Zeit“, sagte er, „und schauen mal.“
„Denkt nicht, dass ich euch ohne Proviant gehen lasse“, sagte Tatjana und holte uns einen selbst gebackenen Stollen, der in ein Tuch eingewickelt war und die Länge meines Unterarmes hatte.
„Damit ihr auf dem Weg nach Hause nicht verhungert“, sagte sie.
Danach begleiteten uns die Obramows in den Keller hinunter. Das Zelt stand noch immer an Ort und Stelle und erinnerte an einen Kokon, aus dem der Schmetterling längst ausgebrochen war.
Vor dem Zelt nahmen wir Abschied.
Tatjana umarmte und küsste uns und sagte, sie würde nie vergessen, was wir für sie getan hatten. Olek schüttelte uns die Hand und bedankte sich, dass wir da waren, um ihn im richtigen Moment zu wecken. Auch die Brüder wollten, dass wir ihnen die Hände schüttelten.

Sie waren schon mit acht Jahren kleine alte Männer.
„Kommt gut zurück!“, gaben sie uns mit auf den Weg.
Dann liefen wir in den Tunnel hinein, aber nach fünf Schritten fiel mir ein, dass ich vergessen hatte zu fragen, wieso Tatjana eigentlich acht Tage weg gewesen war. Auch hätte ich gerne gewusst, was H. G. Wells in dieser Geschichte verloren hatte? Bisher war er mit keinem Wort erwähnt worden, und das war schon merkwürdig, denn der Geist von H. G. Wells hatte so getan, als wäre er über alles bestens informiert gewesen. Und weil ich das alles noch wissen wollte, drehte ich mich um und sah zu der Familie Obramow zurück, die vor dem Zelt stand und winkte.
„Lass den Stollen nicht fallen!“, rief mir Iwan zu.
„Der ist so lecker, dass du von uns träumen wirst!“, rief Alexei.
Ich wollte gerade meine Fragen stellen, da wurde mein Arm gepackt und Island zog mich weiter in den Tunnel.
„Nicht noch mal“, sagte er.
Er hatte recht, es wäre ausgesprochen dumm gewesen, wenn ich schon wieder in der Zeit zurückgeblieben wäre. Aber bis heute bereue ich es, nicht darauf bestanden zu haben, dass wir noch ein wenig länger blieben, denn keiner von uns ahnte in dem Moment, dass es das letzte Mal sein sollte, dass wir Tatjana sahen. Und das war und ist mehr als traurig.

Wir gingen durch die Dunkelheit.
Wir kamen aus dem Tunnel.
Wir waren im Jetzt.

„Kurz und schmerzlos“, sagte Island.
„Kurz ja, aber schmerzlos nicht wirklich“, sagte Snickers und roch an

seiner Jacke. „Wir sind in dem Buchladen beinahe gegrillt worden. Und guck dir mal deine Nase an."

Island griff sich automatisch an die Nase und zuckte zurück. Seine Nase war dick geschwollen und erinnerte an eine der sauren Gurken, die ich mit den Brüdern gegessen hatte. So sah man also aus, wenn man gegen eine Wand lief.

Na, war das eine Überraschung?, fragte eine Stimme links von mir.

Der Geist von H.G. Wells saß wieder gemütlich in seinem Sessel und nippte an seinem Kaffee.

Es war eine sehr große Überraschung, antwortete ich ihm. Zwischendurch dachte ich, dass wir dir begegnen würden, aber das war ja wohl nichts. Ich hätte dir Rudolpho gerne vorgestellt. So richtig. Mit Händeschütteln und so.

Der Geist von H.G. Wells stellte die Tasse weg.

Dazu kommen wir noch, sagte er und bemerkte den Stollen unter meinem Arm, *Oh, ist es das, was ich denke, was es ist? Wenn es das ist, schlepst du den besten Weihnachtsstollen der Weltgeschichte mit dir herum. Ich habe in meinem ganzen Leben keinen besseren Stollen gegessen. Selbst als ich einen Winter in Dresden verbracht habe, fand ich nichts Vergleichbares. Ach, ist das lange her!*

Er seufzte und stand auf.

Lieber Zement, meine Aufgabe ist erfüllt, aber sei unbesorgt, wir sehen uns bald wieder und dann werde ich euch die Hand schütteln. So richtig.

Mit diesen Worten verschwand der Geist von H.G. Wells mitsamt seinem Kaffee und dem Stuhl aus dem Keller. Nur ein feiner Duft blieb in der Luft zurück.

„Zement?"

Ich drehte mich um. Island und Rudolpho waren schon nach oben verschwunden, Snickers wartete am Fuß der Wendeltreppe auf mich und rief zum sechsten Mal meinen Namen.
„Ich hör doch“, sagte ich.
„Dann gib mal ein Zeichen, dass du hörst.“
Er grinste, ich grinste, dann schaute Snickers an mir vorbei auf den Tunnel.
„Ist der Geist wieder da?“, fragte er.
„Nicht mehr“, sagte ich.

Oben hatte sich nichts verändert. Die Zeit war die Zeit und sie ließ sich nicht von vier Reisenden berühren, die mal eben von einem Jahrhundert ins andere spaziert waren. Das Feuer im Kamin brannte und der Regen flüsterte gegen die Fensterscheiben.
„So wie das Feuer aussieht, waren wir keine fünf Minuten weg“, sagte Snickers.
Der Fernseher lief, das Video war eingefroren und Iwan erstarrt in der Bewegung, seine Pfeife zu stopfen. Rudolpho kam aus der Küche und hatte vier Teller in den Händen.
„Kakao würde jetzt gut passen“, sagte er.
Island holte die vier Wassergläser von draußen rein. Wir setzten uns, tranken Regen und schnitten den Stollen in Scheiben, dann aßen wir und aßen, bis uns schwindelig war.
„Oh Mann“, sagte Island und tätschelte seinen Bauch, „wir hätten für immer im Jahr 1910 bleiben sollen. Das ist ja wohl der beste Stollen aller Stollen. Wenn wir das Lei Too erzählen, wird er uns verfluchen, weil wir ihm das Rezept nicht mitgebracht haben.“
„Niemals wird er uns glauben“, sagte Rudolpho.

„Niemand wird uns glauben“, bestätigte ich und schob zufrieden meinen Teller von mir, „aber wir können doch zu Tatjana zurückkehren und das Rezept als Beweis holen, oder?“
Rudolpho wackelte mit dem Kopf.
„So leicht wird das nicht sein.“
„Wieso nicht?“
„Ich habe so ein Gefühl.“
„Was für ein Gefühl?“
„Dass wir nicht zurückkönnen oder zurückdürfen oder so.“
Er schwieg einen Moment.
„Wisst ihr, ich komme nicht überall hin. Ich wollte schauen, ob es geht. Ich dachte, wenn wir mal so eben durch die Zeit reisen können, dann wäre es doch möglich, die ganze Welt zu verändern. Wir könnten sie besser machen, versteht ihr?“
„Wo wolltest du denn hin?“
„Ich habe versucht, uns an die Straßenecke zu bringen, an der Zement vor einem Jahr von dem Bus überrollt wurde. Auch wenn Zement damals nichts passiert ist, wollte ich sehen, ob ich den Bus vielleicht aufhalten könnte. Aber es funktionierte nicht, ich wünschte mich dorthin, aber nichts geschah. Dann wollte ich zu dem Tag, an dem Snickers von der Leiter gestürzt ist und sich den rechten Arm gebrochen hat. Aber auch das funktionierte nicht. Ihr seht, die Zeit lässt mich nicht machen, was ich will. Deswegen glaube ich auch, dass wir nicht einfach zurückgehen können. Die Zeit hat Regeln. Wahrscheinlich ist es verboten, etwas zu verändern.“
„Aber wir haben was verändert“, gab Snickers zu bedenken.
„Ja, wir haben Tatjana und Olek aus dem Feuer gerettet“, sagte Island, „und acht Jahre später wieder abgesetzt.“

„Und wir haben Stollen aus der Vergangenheit in die Gegenwart mitgebracht", sagte ich und stippte mit meinem Zeigefinger die letzten Krümel von meinem Teller.
„Aber haben wir damit wirklich was verändert?", fragte Rudolpho. „Ich glaube, was die Zeit will, das will sie und das holt sie sich."
„Und warum hat sie sich ausgerechnet uns geholt?", fragte Island.
„Damit wir genau das machen, was sie will", antwortete Rudolpho.
Wir sahen zum Fernseher. Einer musste es aussprechen, also sprach ich es aus.
„Wir sollten es zu Ende bringen."
Also marschierten wir zum Sofa. Außer mir waren meine Kumpels von Kopf bis Fuß verdreckt, sie hatten Ruß im Gesicht und auf den Klamotten und stanken wie ein Kamin, der lange nicht geputzt worden war. Wir breiteten eine der Decken aus, um auf dem Sofa keine Schweinerei zu hinterlassen. Am liebsten hätten wir uns geduscht und dann hingelegt und bis zum nächsten Morgen geratzt, aber die Zeit wollte was anderes von uns.
„Zeit, hier kommen wir", sagte Rudolpho und griff nach der Fernbedienung.

Das Videoband setzte sich in Bewegung: Iwan stopfte seine Pfeife und pfiff dabei vor sich hin. Alexei kam mit einem Teller zurück. Er hatte Butterbrote geschmiert und gab Iwan eines ab. Es war merkwürdig, die Brüder plötzlich wieder in Alt zu sehen. Es war, als hätten sie sich Masken übergezogen.
„Komisch, dass die mal Kinder waren", flüsterte Island.
Die Brüder aßen ihr Brot, Alexei kratzte sich mit einem Stift unter seinem Kopfverband, Iwan paffte an der Pfeife, bis er zufrieden war,

dabei schauten die Brüder immer wieder in die Kamera, und bevor einer von uns vorschlagen konnte, dass wir doch vorspulen sollten, sagte Iwan:
„Ich glaube, jetzt müssten sie wieder da sein."
„Wenn nicht jetzt, dann wohl nie", sagte Alexei und stellte seinen Teller weg. Und dann blickten uns die Brüder eine Weile lang einfach nur ernst an, sodass wir zu spüren glaubten, dass sie uns wahr und wirklich sahen, und das war richtig gruselig.
„Wir sind euch so dankbar", sagte Alexei schließlich und eine Träne lief ihm über die Wange. „Ohne euch wäre unsere Familie nicht unsere Familie. Sie wäre nie gewachsen, sondern einfach nur verkümmert. Ihr habt nicht nur Tatjana und Olek wieder zusammengeführt, ihr habt uns unsere Mutter *und* unseren Vater zurückgegeben und dafür sind wir euch auf ewig zu Dank verpflichtet."
Alexei schniefte und kramte ein Taschentuch hervor, Iwan lachte.
„Jetzt reicht es aber, du alte Flenntüte", sagte er und zwinkerte uns zu, sodass wir sehen konnten, dass sich auch bei ihm eine Träne im Auge versteckte. „Also, was sagt ihr zu dieser verrückten Geschichte?", wollte er wissen. „Ihr werdet zwar erst in fünf Jahren geboren, aber wir haben euch schon vor neunzig Jahren kennengelernt, das ist in meinen Augen hohe Mathematik oder nicht?!"
„Erzähl ihnen, was danach passiert ist", sagte Alexei und schnäuzte sich.
„Die Zeit nach eurem Auftauchen war sehr turbulent. In den folgenden Jahrzehnten bekamen wir sechs Geschwister. Ihr habt sie heute alle erlebt. Sie und ihre Familien. Wir hoffen, sie waren nett zu euch. Unser Vater setzte sein Leben fort, als wäre er nicht acht Jahre spurlos von der Bildfläche verschwunden gewesen. 1914 wurde er ein Kompagnon

in Sergejs Bergbauunternehmen und der Rest ist die aufstrebende Geschichte der Familie Obramow, die für ihre Verdiente in den russischen Adelsstand berufen wurde. All das ist nur durch euren Besuch möglich geworden und deswegen vertrauen wir euch allein das Erbe an, denn ihr werdet es brauchen, um euer Schicksal zu erfüllen."

„Ihr allein habt uns den Weg in die Zukunft ermöglicht", fügte Alexei hinzu. „Iwan und ich verließen Russland 1929 und machten uns auf den Weg nach Kanada. In Pembroke wurden wir wegen einer Dummheit festgenommen und nach Okkerville überführt. Dort konnten wir bald schon ausbrechen, weil uns Zement verraten hatte, wie wir ausgebrochen sind. Den Rest kennt ihr. Unser ganzes Leben ist ein Leben der angenehmen Überraschungen gewesen, weil wir im Groben immer wussten, was auf uns zukam. Danke dafür, Zement."

Das Bild fror ein, meine Jungs starrten mich an.

„Du *hast* ihnen *alles* erzählt?", fragte Snickers.

„Nicht *alles*", sagte ich, „nur dies und das."

„Wissen sie deswegen so viel über uns, obwohl wir noch nicht geboren sind?"

„Ihr seid eine halbe Stunde weg gewesen", verteidigte ich mich, „was sollte ich in der Zeit mit den Brüdern reden? Es war nett, ihnen alles zu erzählen. Ich glaube, ich habe ihnen schon ein wenig geholfen. Außerdem kann man mir das alles verzeihen, ich hatte ein wenig Jetlag von unserer Zeitreise."

Wir lachten darüber. Wir waren so müde, dass wir einfach nur über mich lachten.

„Jetlag von der Zeitreise ist gut", sagte Island.

„Wir haben trotz Jetlag eine ganze Familie gerettet", sagte Rudolpho anerkennend. „Wer kann das schon von sich behaupten?"

„Die Zeit ist unser Kumpel", sagte Snickers.
Wir nickten, das fühlte sich gut und richtig an.
Die Zeit war unser Kumpel.

Und dann sagten die Brüder, das wäre es gewesen.
„Wir wissen natürlich nicht wirklich alles, was uns in der Zukunft erwartet", sagte Alexei. „Ihr werdet in fünf Jahren geboren und das Schwierigste wird für uns sein, dass wir euch nichts von alldem verraten dürfen. Wir wollen euch nicht lenken, ihr sollt die Welt ungetrübt mit euren eigenen Augen sehen. Deswegen werden wir euch bis zu diesem Tag hier im Dunkeln lassen. Werdet das, was ihr gewesen seid, als ihr uns 1910 vor dem Zelt überrascht habt - vier Jungs, die nichts fürchten, die die besten Freunde sind und die sich jeder Gefahr stellen, weil die Freundschaft um sie herum ein Schutzschild ist, das sie vor allen Gefahren bewahrt und behütet. Wir versprechen, wir werden unsere Hand über euch halten, wann auch immer ihr es braucht; und wir versprechen auch, dass ihr euch bei uns im Kino zu Hause fühlen werdet."
Alexei sah Iwan an.
„Das war's?"
„Ja, das war's. Nur noch das Telefon."
„Natürlich."
Alexei zeigte an uns vorbei. Wir drehten uns um.
„In der Kommode unter dem Fenster befindet sich ein Telefon. Während wir für euch dieses Video aufnehmen, ist das Oberhaupt der Familie unser Cousin Kassil Obramow. Wir wissen nicht, wer es in sechzehn Jahren sein wird. Wahrscheinlich sein Sohn Akim. Auf jeden Fall hat euch das Oberhaupt heute zum Blockhaus gebracht, er wird euch auch wieder abholen, sobald er euren Anruf erhalten hat."

„Verdammt“, sagte Iwan plötzlich, „beinahe hätte ich es vergessen.“
Er kramte einen Zettel hervor. Alexei verdrehte die Augen.
„Wie konntest du *das* vergessen?“
„Hast du es dir gemerkt?“
„Du hast doch den Zettel.“
„Ja, aber hast du es dir gemerkt?“
„Natürlich.“
„Dass ich nicht lache.“
„Lach ruhig.“
Sie sahen wieder in die Kamera, sie schauten plötzlich traurig.
„Jetzt kommt etwas Unangenehmes“, sagte Iwan. „Wir würden es am liebsten vergessen, aber so was vergisst man nicht. Es ist unsere letzte Bitte an euch. Haben wir euch vorher euren eigenen Weg finden lassen, möchten wir euch jetzt sagen, wohin es geht.“
Alexei lächelte plötzlich.
„Snickers weiß es schon“, sagte er.
„Der Brief aus der Zukunft“, sagte Snickers.
„Richtig“, sagte Alexei, als hätte er Snickers gehört. „Es ist an der Zeit, dass ihr den Brief abholt, denn erst mit dem Brief ist die Geschichte der Obramows abgeschlossen. Und danach geht es endlich nach Hause.“
Iwan hielt den Zettel in die Kamera.
Auf dem Zettel stand nichts weiter als das Datum, das wir aus dem Brief kannten.
15. Mai 1936.
Iwan steckte den Zettel wieder weg.
„Das war es“, sagte er.
„Ja, das war es“, sagte auch Alexei. „Lebt wohl, lebt mutig und lebt bitte ohne Furcht.“

„Wir sehen sie doch bald wieder“, sagte Iwan.

„Richtig“, stimmte ihm Alexei zu, „wir sehen euch bald wieder und es wird uns eine Freude sein, euch aufwachsen zu sehen. Danke für euren Mut, Danke für alles, was ihr für unsere Familie getan habt.“

Sie winkten, doch sie sahen dabei so traurig aus, als würden sie nicht daran glauben, dass sie uns wiedersehen würden. Iwan zwinkerte mit seinem gesundem Auge, als würde er Morsezeichen verschicken, und Alexei warf uns zum Abschied ernsthaft eine Kusshand zu. Dann stand er auf, kam auf die Kamera zu und schaltete sie aus. Nur ein krisseliges Bild blieb auf dem Fernseher zurück.

„Das war ja ein Abschied“, sagte Snickers.

„Mir hat noch nie jemand eine Kusshand geschickt“, sagte Island.

„Ich kenn das schon“, sagte Rudolpho.

Wir saßen ein wenig verloren auf dem Sofa und starrten auf den Fernseher.

„Warum waren die Brüder am Ende so traurig?“, fragte ich.

Keiner von uns hatte eine Antwort. Und uns fehlten schon ein paar Antworten, denn das konnte es noch nicht gewesen sein. Der Geist von H. G. Wells war mir noch immer ein Rätsel und ich beschloss, meinen Jungs endlich zu verraten, wer da unten vor dem Tunnel gesessen und Kaffee getrunken hatte.

„Also“, sagte ich.

„Also“, sagte auch Rudolpho.

Wir kicherten, wir waren synchron und wir waren die Kurzhosengang, die wie ein einziges Gehirn dachte. Nur dass eines von den Gehirnen ein wenig langsam war. Ich ließ Rudolpho den Vortritt.

„Also“, wiederholte Rudolpho, „dann wollen wir mal, 1936 erwartet uns.“

Und so stieg die Kurzhosengang in den Keller runter und verschwand im Tunnel wie ein Stein, der in einen Brunnen fällt und dabei nur ganz kleine Wellen schlägt. Wir befanden uns auf dem Weg in die Vergangenheit, um Post abzuholen, und ich war mal wieder nicht dazu gekommen, meinen Jungs von H.G. Wells zu erzählen.

H. G. WELLS

So wie es für die Kurzhosengang eine Überraschung war, dass sie mit wenigen Schritten von der Gegenwart in die Vergangenheit reisen konnte, so war es für mich eine Überraschung, als ein halbes Jahr nach meiner Begegnung mit den Jungs ein Schutzengel bei mir auftauchte, der Zement verblüffend ähnlich sah. Er nannte sich Lothar und sagte, Zement würde mir die besten Grüße bestellen und mich um Hilfe bitten. Da wären zwei kanadische Schriftsteller, die über das russische Abenteuer der Kurzhosengang schreiben würden und dabei ein paar Probleme mit den Zusammenhängen hätten.

Natürlich helfe ich, sagte ich.

Also verriet mir Lothar, wo mich die Schriftsteller erwarteten.

Sekunden später tauchte ich dort auf.

Es war mein erster Besuch in Kanada, und es wäre klüger gewesen, wenn ich mich angekündigt hätte.

Die Schriftsteller lebten in einem Haus inmitten der kanadischen Wildnis. Sie pumpten ihr eigenes Wasser, sie buken ihr eigenes Brot und einmal im Monat brachte ihnen ein Hubschrauber Proviant. Sie schauten kein Fernsehen und hatten kein Internet, dafür besaßen sie ein wunderschönes Stück Land in den Bergen und an die viertausend Bücher, die die Regale in ihrem Haus bis zum Bersten füllten.

Vor dem Haus begrüßte mich ein Kodiakbär. Das ist die Sorte Bär, um die selbst Jack London einen Bogen gemacht hätte, und ich kann das sagen, denn Jack und ich waren beste Freunde. Der Kodiak überragte mich um einen halben Meter, er hatte Augen aus Glas und war bis zu den Ohren ausgestopft. Er wachte neben dem Eingang des Hauses wie ein guter Geist, der die anderen Geister verschrecken soll. Mich verschreckt niemand so leicht. Auch nicht der Hund der zwei Schriftsteller. Er hörte auf den Namen Nixon und war so zottelig, als würde er von einem Bison abstammen.

Nixon begann mit dem Schwanz zu wedeln, als ich durch die Wand in die Hütte eintrat. Es war früher Morgen und die Schriftsteller saßen beim Frühstück. Im Hintergrund dudelte Musik, auf dem Tisch lagen Bücher und Notizhefte. Victor trank Kaffee und machte sich Notizen, Yves aß ein Brötchen und schaute dabei in einen Roman. Sie bemerkten mich nicht und blickten nur kurz auf, als Nixon auf die Beine kam und um mich herumstrich. Sich als Geist zu zeigen, kostet viel Konzentration. Es ist wie unter Wasser atmen, dazu braucht man Bereitschaft und Willen.

Ich konzentrierte mich und spürte, wie mein Geist eine feste Form annahm.

„Hallo“, sagte ich.

Victor warf seinen Teebecher vor Schreck quer durch die Küche und traf einen Querbalken, an dem der Becher mit einem Knall zerbrach. Yves wich zurück, ohne dabei aufzustehen. Sein Stuhl kippte und er landete auf dem Rücken, wo er erstaunt liegen blieb, die Beine in der Luft, eine Brötchenhälfte in der linken und den Roman in der rechten Hand.

„Autsch“, sagte er.

„Du meine Güte“, sagte Victor.

„Entschuldigt“, sagte ich und half Yves auf die Beine. „Es ist das erste Mal, dass ich so was mache.“

Yves lachte.

„Wie wäre es das nächste Mal mit Anklopfen?“, fragte er.

„Wir haben nicht so oft Besuch von Geistern“, sagte Victor.
„Oder überhaupt Besuch“, sagte Yves.
„Ich bin es auch nicht gewöhnt, mich zu zeigen“, gab ich zu. „Lothar schickt mich mit den besten Grüßen von Zement. Er sagt, ihr braucht Hilfe. Ich bin eure Hilfe.“
Die Schriftsteller starrten mich an, als könnte ich jeden Augenblick wieder verschwinden. Langsam begriffen sie, wer vor ihnen stand. Victor sprach es aus.
„Wow“, sagte er, „H.G. Wells ist bei uns zu Hause!“

Während sie das Tonbandgerät aufstellten und Vorbereitungen für das Interview machten, erfuhr ich, dass die beiden Schriftsteller vor drei Wochen von ihrer Russlandreise zurückgekommen waren. Ihre Recherche zu dem neuen Buch über die Kurzhosengang war abgeschlossen, aber sie hatten eine Frage nicht geklärt – es war ihnen ein Rätsel, wie ich in die Geschichte reinpasste.
„Wir wissen nicht, woher du die Brüder kanntest und wieso du vor dem Tunnel auf die Kurzhosengang gewartet hast“, sagte Yves.
Victor schaltete das Tonbandgerät ein.
„Also, wie passt du in die Geschichte?“
Ich begann zu erzählen.

Alles nahm seinen Anfang im Herbst 1910, als mich in London ein Brief von einer gewissen Tatjana Obramow erreichte. Sie schrieb, mein erster Roman wäre wahr geworden und sie würde sich freuen, wenn wir darüber sprechen könnten. Mein erster Roman heißt *Die Zeitmaschine* und handelt von einem Wissenschaftler, der eine Maschine baut, mit der er in die Zukunft reisen kann. Als ich Tatjanas Brief las, wunderte ich mich sofort, wie mein Roman *wahr* geworden sein konnte? Hatte sie etwa selbst eine Zeitmaschine gebaut?

Am Ende ihres Briefes bat sie mich, sie in Sibirien zu besuchen.

Mich erreichten damals eine Menge Briefe mit ungewöhnlichen Bitten, aber Tatjanas Brief unterschied sich durch die Koordinaten, die sie mir geschickt hatte. Ich schlug sie im Atlas nach und sah, dass sie zu einer trostlosen Ebene in Sibirien führten. Erst als ich mich auf der Karte weiter umschaute, entdeckte ich in der Nähe den Fluss Tunguska, und da begann es bei mir zu dämmern, welche Koordinaten ich erhalten hatte.

Am selben Nachmittag sprach ich einen Freund an, der meine Vermutung bestätigte. Die Koordinaten gehörten zu dem sagenumwobenen Krater des Asteroiden, der vor zwei Jahren nahe des Flusses Tunguska abgestürzt war und ein Erdbeben ausgelöst hatte, das sogar 6400 Kilometer entfernt in London zu spüren gewesen war. Tatjana Obramow hatte meine Neugier geweckt, und ich schrieb ihr zurück, dass ich mich im Dezember auf den Weg nach Sibirien machen würde.

Zwei Monate später reiste ich quer durch Europa und stieg nach einer elendig langen Zugfahrt in der sibirischen Kreisstadt Krasnojarsk aus. Ich wurde von Sergej Limma erwartet, der sich mir als Poet und Milliardär vorstellte. Er war ein kauziger Kerl, der eine Melone mit einer roten Feder am Hutband trug. Mit einer Kutsche brachte er mich in eine karge Landschaft, die sich so weit erstreckte, dass ich das Gefühl bekam, auf einem anderen Planeten gelandet zu sein. Nachdem wir eine unsichtbare Grenze überschritten hatten, stieg die Temperatur um 15 Grad und die gesamte Vegetation veränderte sich – der Winter blieb zurück und der Frühling begann. Sergej erklärte, ich würde mich daran gewöh-

nen, die Naturgesetze wären in der Gegend ein wenig aus den Fugen geraten. Ich war vollkommen fassungslos.
Als wir den Kraterrand erreichten, breitete sich unter uns nicht einfach nur eine Einschlagsstelle aus, nein, es war ein Tal von der Größe eines Canyons und in einer Tiefe von dreißig Metern ruhte der See, von dem mir Tatjana berichtet hatte. Mittendrin thronte das Blockhaus und schien über dem Wasser zu schweben.
Sergej zeigte mir, wie ich in den Krater hinunterzusteigen hatte. Wir setzten mit dem Ruderboot über und da wartete Tatjana am Steg auf uns. Sie verschwendete keine Minute mit Floskeln oder Gerede. Wir setzten uns in das Wohnzimmer, und bei Kaffee und köstlichem Stollen erfuhr ich von dem Keller, der direkt im Asteroiden endete.
Nachdem Tatjana und Sergej vom Haus aus einen Schacht zum Asteroiden gelegt hatten, machten sie sich an die Arbeit und gruben dieses Mal einen Gang in den Asteroiden hinein. Ich fragte, was sie damit erreichen wollten. Ihre Antwort verblüffte mich. So verrückt es auch klingen mag, beide hatten gehofft, Tatjanas verstorbenen Mann Olek in dem Asteroiden zu finden. Sie entdeckten etwas ganz anderes. Nachdem sie sich fünf Meter tief in den Asteroiden reingegraben hatten, trafen sie auf einen Hohlraum, und das war der Tunnel.
Genau dorthin führten sie mich an dem Tag meiner Ankunft.
Sie sagten, sie würden auf mich warten, ich sollte den Tunnel alleine betreten.
Schon nach zwei Schritten spürte ich eine Energie, die mich auf den Zehenspitzen laufen ließ. Es war, als hätte ich kein Gewicht. Dann wurde mir leicht schwindelig und ich musste mich gegen den Stein lehnen. Die Wände waren eiskalt und wie poliert. Ich schritt voran und sah in der Ferne plötzlich ein Licht und ging darauf zu und trat aus

dem Tunnel und stand vor Tatjana und Sergej. Es machte keinen Sinn. Ich drehte mich um und kehrte in die Dunkelheit zurück. Am anderen Ende kam ich heraus und sah Tatjana und Sergej wieder vor mir. Es war unglaublich. Und es eröffnete mir ein ganz anderes Problem.

„Das ist keine Zeitmaschine", sagte ich zu den beiden.

„Wir wissen das nicht wirklich", sagte Sergej.

„Was wisst ihr denn?"

„Nicht viel", gab er zu, „aber Tatjana hat so eine Idee."

Ich sah Tatjana an, sie wirkte ängstlich, sie wirkte wie jemand, der etwas nicht sagen will, weil er sich davor fürchtet, dass ihm widersprochen wird.

„Was wäre", sagte sie zögerlich, „wenn uns der Tunnel in die Vergangenheit führen könnte?"

Sie sah mich mit großen, hoffenden Augen an.

„Es tut mir leid", sagte ich ehrlich, „aber der Tunnel führt nirgendwohin."

Tatjana senkte den Blick. Sergej sprach für sie weiter.

„Jetzt ist der Tunnel nur ein Kreis, der sich schließt", sagte er und nahm seine Melone ab, um sich den Schweiß von der Stirn zu wischen. „Man geht rein und kommt an derselben Stelle heraus. Vielleicht muss man den Mechanismus verstehen. Vielleicht weißt du, wie der Mechanismus funktioniert."

„Ich?", sagte ich und lachte. „Verzeiht, dass ich lache, aber ich bin nur ein Schriftsteller. Ich habe Ideen und ich habe Theorien über die Zeit, aber das sind alles nur Gedankengebilde. Und ja, das hier ist ein außergewöhnlicher Tunnel in einem Asteroiden, das gebe ich zu, aber mehr ist es nicht."

„Aber", sagte Tatjana, „du hast doch *Die Zeitmaschine* geschrieben."

Ich sah sie verblüfft an.
„Ich weiß", sagte ich, „doch das hier ist *keine* Zeitmaschine."
Mit diesen Worten wandte ich mich ab und ging nach oben. Ich kann offen und ehrlich zugeben, dass ich nicht nur verblüfft, sondern auch sehr empört war. Tatjana hatte mich unter einem falschen Vorwand nach Sibirien gelockt, und ich wollte nur noch zurück nach England, wo mich viel Arbeit erwartete.
Sergej folgte mir nach oben und entschuldigte sich.
„Wie seid ihr überhaupt auf die Idee gekommen, mich zu kontaktieren?", fragte ich ihn.
Sergej erzählte mir, was vor zwei Wochen geschehen war, nachdem sie den Tunnel im Asteroiden entdeckt hatten und nicht weiterwussten.
„Tatjana hat in einer russischen Literaturzeitschrift eine Kurzgeschichte von dir gelesen und da kam ihr die Eingebung. Sie kannte *Die Zeitmaschine,* und als sie in der Zeitschrift deinen vollen Namen geschrieben sah, beschloss sie sich bei dir zu melden."
„Was hat mein Name damit zu tun?"
Sergej bat mich, einen kurzen Moment Platz zu nehmen. Er holte einen Kräuterschnaps, goss zwei Gläser ein und stieß mit mir an. Und dann erfuhr ich von dem Buchladen und dem Feuer, ich erfuhr auch von dem Brief aus der Zukunft und was in ihm gestanden hatte.
„Der Brief kam aus dem Jahre 1936 und war von einem Herbert mit unterschrieben worden", sagte Sergej.
Jetzt begriff ich es.
„Das ist der Grund, weswegen ich hier bin?!", sagte ich ungläubig. „Weil Tatjana und ihr Mann einen Brief bekommen haben, der mit Herbert unterschrieben war?!"

„Das ist der Grund“, gab Sergej zu und wich meinem Blick nicht aus.
„Das ist lächerlich.“
„Ich denke nicht“, widersprach mir Sergej. „Tatjana glaubt fest daran, dass der Tunnel die Zeiten verbindet. Sie will zu Olek und ihn vor dem Feuer retten. Sie hat gehofft, du kannst ihr dabei helfen, weil sie glaubt, dass du ein Teil ihrer Geschichte bist.“
Ihr könnt euch meine Reaktion vorstellen. Ich habe mir in meinem Leben viele Gedanken um die Zeit gemacht und habe eine Regel mit vollkommener Klarheit aufgestellt – niemand kann die Vergangenheit beeinflussen oder verändern. Genau das sagte ich Sergej auch.
Er schüttelte den Kopf, als hätte ich etwas falsch verstanden.
„Es geht nicht darum, die Vergangenheit zu beeinflussen oder zu verändern“, sagte er. „Es geht vielmehr darum, sie zu vervollständigen. Wenn bei einem Puzzle mit hunterttausend Teilen ein paar Teile fehlen, ergibt das Puzzle noch immer einen Sinn, dennoch sind die paar Teile notwendig, denn auch wenn das Puzzle ohne diese Teile auskommt, ist es nicht komplett.“
„Ein Leben ist kein Puzzle“, sagte ich.
„Jedes Leben ist ein Puzzle“, sagte der Poet und Milliardär Sergej Limma, „und wir alle sind wichtige Teile im Leben des anderen, die erst einen Sinn machen, wenn sie an ihrem Platz sind.“
„Das ist Kauderwelsch“, sagte ich.
„Das ist Philosophie“, sagte Sergej.
Mir war das zu mystisch und es ging mir auf die Nerven, dass mir dieser komische Kauz die ganze Zeit widersprach. Ich verließ Sibirien am selben Tag, ohne mich von Tatjana zu verabschieden.
Ich war so ein Idiot.

Kurz nach meiner Rückkehr erreichte mich ein Brief von Tatjana. Sie entschuldigte sich mehrmals und schrieb zum Schluss: „Es ist Heiligabend bei uns. Ich habe mich eben von meinen Söhnen verabschiedet und ihnen versprochen, ihr Vater würde zu Weihnachten mit uns am Tisch sitzen. Ich betrete jetzt den Tunnel und kehre erst zurück, wenn ich Olek gefunden habe. Sollte ich verloren gehen, Herbert, dann weißt du, dass der Tunnel funktioniert hat."
Und genau das ist dann auch eingetreten.

Zwei Wochen darauf erreichte mich der nächste Brief und ich erfuhr von Tatjanas Reise in das Jahr 1901, ich erfuhr von der Kurzhosengang und natürlich von Olek, der gerettet worden war. Ich war wie vor den Kopf geschlagen. Ein Teil von mir dachte, er würde erneut getäuscht werden, aber mein Bauchgefühl sagte mir, dass ich es war, der falschgelegen hatte.
Ich hätte Tatjana vertrauen und mehr Geduld haben sollen.
Ich packte meinen Koffer und reiste ein zweites Mal nach Sibirien.

Im Verlauf der nächsten sechsundzwanzig Jahre war ich ein beständiger Gast im Blockhaus. Olek und ich wurden Freunde. Ich entschuldigte mich hundertfach bei Tatjana, sie angezweifelt zu haben. Wir erforschten den Tunnel gemeinsam, machten Messungen und nahmen Gesteinsproben. Aber was wir auch taten, wir deckten das Geheimnis des Tunnels nicht auf. Niemandem ist es je wieder gelungen, einen Schritt in die Vergangenheit zu machen. Wir haben alles versucht, aber keiner von uns begriff, wie es Tatjana das eine Mal und der Kurzhosengang das andere Mal gelungen war, durch die Zeit zu reisen. Erst als ich mehr über Rudolpho erfuhr, sah ich einen Zusammenhang. Doch das kam erst viel später.

Von 1932 bis 1936 verlor ich die Obramows aus den Augen. Wir schrieben uns, aber wir sahen einander nicht mehr. Mein Leben war sehr turbulent, ich reiste viel, schrieb noch viel mehr und war politisch sehr aktiv. Es waren stürmische Zeiten und die Welt zitterte unter der Vorahnung des nächsten Krieges. Als mich das Telegramm von Olek erreichte, befand ich mich auf einer Konferenz in Istanbul. Olek schrieb, Tatjana würde schon seit zwei Monaten mit einer schweren Lungenentzündung im Bett liegen und er wäre mir sehr dankbar, wenn ich nach Sibirien kommen würde, um Abschied von ihr zu nehmen.
Ich trat die Reise sofort an.
Wieder war es Sergej, der mich vom Bahnhof abholte, und schon als ich ihn sah, wusste ich, dass ich zu spät kam. Er hatte die rote Feder an seiner Melone durch eine schwarze Feder ausgetauscht. Tatjana war schon seit vier Tagen tot.

Als Sergej und ich mit dem Ruderboot anlegten, saß Olek auf der Terrasse und schaute auf den See. Er war furchtbar gealtert. Tatjanas Tod hatte ihm alle Kraft entzogen. Die Kleidung hing an ihm herunter, seine Haut war blutleer, und als er mich umarmte, konnte ich spüren, dass er am ganzen Körper zitterte.
„Ich habe es versucht“, sagte er, „Herbert, ich war in dem Tunnel und habe es versucht, aber nichts geschah. Das Ding ließ mich nicht in die Vergangenheit reisen. Ich weiß nicht, was genau ich dort getan hätte, aber du kannst dir sicher sein, dass ich mein Leben gegeben hätte, um Tatjana zu retten.“
„Es sollte nicht sein“, sagte ich.
Olek senkte den Kopf und wiederholte leise:
„Ja, es sollte nicht sein. Dennoch ist es ungerecht.“

Er sah mich wieder an.
„Sie hat mein Leben gerettet und ich darf ihres nicht retten? Wo ist da die Gerechtigkeit, Herbert?"
Ich hatte darauf keine Antwort.

Den restlichen Tag und die Nacht verbrachten wir auf der Veranda vor dem Blockhaus und starrten auf den See. Olek und Sergej erzählten von ihrer gemeinsamen Zeit in Sankt Petersburg, wie Tatjana mit Olek den Buchladen aufgebaut hatte, von den Lesungen und den Schriftstellern, die bei ihnen ein und aus gegangen waren. Wir erinnerten uns, wie wir den Tunnel erforscht und wie viele schlaflose Nächte wir dort unten verbracht hatten, ohne dem Geheimnis nähergekommen zu sein. Jeder unserer Atemzüge war an diesen warmen Maitagen mit Vergangenheit getränkt. Es wurde ein guter Abschied von Tatjana.
Als der Morgen anbrach, waren wir müde und unsere Köpfe schwer vom Reden, doch keiner dachte daran, sich schlafen zu legen. Sergej ging in das Blockhaus, um frischen Kaffee aufzusetzen. Keine fünf Minuten später hörten wir ihn lachen. Kurz darauf trat er mit vier Jungen an seiner Seite aus dem Blockhaus und der Kreis schloss sich.
„Ihr seid wieder da!", rief Olek und kam auf die Beine.
„Wir sind wieder da!", bestätigte ihm die Kurzhosengang.

SNICKERS

Wir waren wieder da, und endlich war es nicht mehr so kalt. Die Kurzhosengang tauscht ja jeden Sommertag gegen einen Wintertag, aber in den letzten Stunden hatte es sich angefühlt, als hätten wir die ganze Zeit in Kellern oder brennenden Häusern verbracht. Deswegen könnt ihr euch denken, was für ein Gesicht wir gemacht haben, als Sergej mit uns aus dem Blockhaus trat – wir atmeten die frische Luft tief ein und grinsten.

Alles war gut.

Die Morgensonne schien auf uns herab, der 15. Mai 1936 war ein toller Tag, der nur darauf wartete, dass wir ihn besuchten. Der See glitzerte, Möwen segelten unter den Wolken dahin und wir erkannten Olek sofort wieder. Seit unserem letzten Wiedersehen vor einer Viertelstunde war er furchtbar abgemagert und sechsundzwanzig Jahre gealtert. Es war mehr als unheimlich, es war regelrecht gruselig.

„Ihr seid wieder da!", rief er und brach in Tränen aus.

„Wir sind wieder da!", antworteten wir und dachten: *Der freut sich aber sehr!*

Und dann drückte er uns an sich.

Und dann erfuhren wir, dass Tatjana gestorben war.

Kennt ihr das, wenn euch ein Hammer trifft und der Hammer ist aus Schaumstoff gemacht, und ihr denkt: *Ach, so schlimm wird das schon nicht sein.* Und dann wird es doch schlimm, denn der Hammer ist überhaupt nicht aus Schaumstoff gemacht und ihr fühlt euch danach, als wäre gerade ein Güterzug über euch hinweggefahren?

Wir hatten Tatjana eben erst kennnengelernt, sie war für uns eine Hel-

din, die für ihre Liebe durchs Feuer marschiert ist, und plötzlich gab es sie nicht mehr. Dort auf der Veranda des Blockhauses fehlte sie uns plötzlich so sehr, dass auch wir kurz vorm Heulen standen.
Zement setzte sich an den Steg und ließ die Beine über dem See baumeln. Island vergrub die Hände in den Hosentaschen und drehte eine Runde um das Blockhaus. Und dann noch eine. Ich blieb bei Rudolpho, weil ich mir Sorgen machte, dass mein guter Kumpel zusammenbrach. Rudolpho können die Gefühle manchmal überrollen, und da war es gut, wenn jemand da war, der ihn auffing.
„Ich könnte heulen", sagte Rudolpho und atmete durch, „und jetzt heule ich."
Genau da trat ein dicker Mann zu uns, der die ganze Zeit über auf der Veranda gesessen und uns beobachtet hatte.
„Hallo, ich bin H.G. Wells", sagte er.
„Wer?!", fragte Rudolpho, als hätte er sich verhört.
„H.G. Wells oder einfach nur Herbert", sagte H.G. Wells und schüttelte Rudolphos Hand.
Ich konnte regelrecht sehen, wie die Knie meines Kumpels ganz buttrig wurden und er langsam nach hinten kippte. Die Tränen waren vergessen. Rudolpho stand vor einer Ohnmacht,
„Nicht fallen!", rief H.G. Wells.
Olek packte Rudolpho am linken, H.G. Wells am rechten Arm.
„Okay, ich bin okay", sagte Rudolpho, als sie ihn wieder hingestellt hatten.
Er schwankte ein wenig, er holte tief Luft und dann platzte es laut aus ihm heraus:
„H.G. Wells, ich habe fast alle Bücher von dir gelesen!"
„Fast?"

„Nicht die Sachbücher, aber alle anderen."
„Das freut mich."
„Und von dir hängt ein Plakat an meiner Wand", fügte Rudolpho aufgeregt hinzu und schnappte sich Island, der gerade seine dritte Runde um das Blockhaus antreten wollte: „Island, Island, schau mal, das ist H. G. Wells!"
Island schlenderte zu uns rüber.
„Wow", sagte er, „du hast doch *Die Insel des Dr. Moreau* geschrieben. Das war ein wirklich gruseliger Film."
H. G. Wells war erstaunt.
„Sie haben einen Film aus meinem Buch gemacht?!"
„1977", sagte Island.
„Wir haben ihn viermal gesehen", fügte ich hinzu.
„Interessant", sagte H. G. Wells.
Rudolpho rannte zum Steg, um Zement zu holen. Alles war für uns in dem Moment besser, als über Tatjanas Tod nachzudenken. Und das Beste war, Rudolpho so begeistert zu sehen.
„Das hier ist H. G. Wells", sagte er stolz.
Zement gab H. G. Wells die Hand und grinste. Damals wusste keiner von uns, dass Zement schon längst mit dem Geist von H. G. Wells geplaudert hatte. Unser dicker Kumpel besaß ein gutes Pokergesicht und fragte den Schriftsteller, ob er denn jemals eine echte Zeitmaschine gesehen hätte.
„Im Keller befindet sich ja eine", antwortete H. G. Wells, „auch wenn ich sie nicht wirklich eine Zeitmaschine nennen würde, da sie keinen Mechanismus besitzt. Es ist eher ein Tunnel, der die verschiedenen Zeitebenen miteinander verbindet. Ich nehme an, es gibt mehr als einen Tunnel dieser Art. Unsere Erde existiert seit über 4 Milliarden Jahren.

Viele Asteroiden sind in dieser Zeit abgestürzt. Wer weiß, in wie vielen von ihnen sich ein Tunnel befindet."

„Schreib doch ein Buch darüber", schlug Rudolpho vor.

„Vielleicht mache ich das", sagte H.G. Wells und lachte, „wenn du versprichst, dass du es liest."

„Solange es ein Roman ist."

„Aber dann hättest du ihn schon gelesen!"

„Ja, stimmt, dann hätte ich ihn ja schon gelesen", wiederholte Rudolpho und kicherte ein wenig verrückt.

H.G. Wells legte den Kopf schräg, als müsste er uns vier aus einem anderen Blickwinkel betrachten.

„Es ist mir eine Freude, euch kennenzulernen", sagte er. „Aber wenn ich ganz ehrlich bin, haben wir überhaupt nicht mit euch gerechnet. "

„Ja, wie kommt es, dass ihr uns erneut besucht?", fragte Olek.

„Die Brüder haben uns darum gebeten", sagte ich. „Wir sollen den Brief abholen."

„Welchen Brief denn?", fragte Olek.

Wir dachten erst, er würde einen Scherz machen. Ohne den Brief konnte sich Tatjana nie auf den Weg nach Sibirien machen, denn ohne den Brief würde sie die Koordinaten nie kennen, ohne den Brief würde es kein Blockhaus auf dem See geben und es würde nie ein Tunnel in einen Asteroiden gegraben werden. Kurz und knapp gesagt: Ohne den Brief ging nichts. Und Olek fragte ernsthaft, welchen Brief wir meinten?!

„Na, den Brief aus der Zukunft", erinnerte ihn Island.

Olek erblasste und rieb sich übers Gesicht, als würde er es waschen.

„Du meine Güte, *den* Brief habe ich ja vollkommen aus meinem Gedächtnis gestrichen", sagte er entschuldigend. „Oh je, ich werde langsam alt. Es war so viel los. Ich kümmere mich sofort darum."

Er verschwand in das Haus, und Sergej bat uns flüsternd, Olek zu verzeihen, Tatjanas Tod hätte seinen Kopf völlig durcheinandergebracht.
H. G. Wells fragte uns, wie unsere Zeitreise gewesen war.
„Kurz“, sagte Zement.
Wir lachten, wie nur erfahrene Zeitreisende über einen Zeitreisewitz lachen können.
„Wer von euch lenkt denn?“, wollte H. G. Wells wissen.
„Ich“, sagte Rudolpho.
„Und wie machst du das?“
„Ich stell mir mein Ziel vor.“
„Einfach so?“
„Naja, manchmal geht es nicht. Dann passiert nichts. Und manchmal geht es ganz leicht.“
„Weißt du denn, warum die Zeit auf dich hört?“
„Nicht wirklich.“
„Soll ich dir verraten, was ich glaube?“
Wir warteten, H. G. Wells drückte sich eine Hand aufs Herz.
„Ich glaube, Sehnsucht ist der Schlüssel“, sagte er. „Es muss eine Sehnsucht sein, wie sie nur ein Mensch empfinden kann, dem Liebe fehlt und der einen Verlust empfindet, den nichts stillen kann. Ich glaube, dass Tatjana dadurch zu Olek in die Vergangenheit zurückkehren konnte. Natürlich habe ich keinen Beweis, es ist nur eine Theorie. Aber vielleicht ist deine Sehnsucht die Triebfeder, die dich Zeit und Raum durchschreiten lässt, Rudolpho.“
„Was soll denn das für eine Sehnsucht sein?“, fragte unser Kumpel und wurde feuerrot, weil er genau wusste, was für eine Sehnsucht das war. Nicht nur verliebte er sich so oft und so schnell in jedes Mädchen, das

seinen Weg kreuzte, er hatte auch eine Sehnsucht, die niemand stillen konnte. Und er sprach nicht gerne darüber.

„Er meint deine Mama“, sagte ich.

„Ich weiß doch“, sagte Rudolpho leise und hätte sich am liebsten abgewandt und wäre im Tunnel verschwunden.

„Deine Mama?“, hakte H. G. Wells nach.

„Sie ist gestorben, da war ich drei“, sagte Rudolpho. „Ich denke mal, ich vermisse sie.“

„Ich denke auch, dass du sie vermisst“, sagte H. G. Wells. „Und ich denke auch, dass sie darauf wartet, dir zu sagen, dass alles gut wird.“

Rudolpho lachte H. G. Wells aus.

„Sie ist tot“, sagte er, „sie kann mir nichts mehr sagen.“

H. G. Wells schaute überrascht.

„Aber, Rudolpho, mein guter Junge“, sagte er, „du hast doch meine Bücher gelesen. Du musst doch wissen, dass der Tod nicht das Ende ist. Wer klug ist, macht ihn zu einem Anfang. Und du bist klug.“

Wir schwiegen und beobachteten Rudolpho, der sehr klug ist und die Bücher von H. G Wells mehr als einmal gelesen hat, dem es aber gerade sehr peinlich war, weil wir ihn alle anstarrten. Also sahen wir an ihm vorbei in den Tag und wussten nicht, wie es jetzt weitergehen sollte. Die Sehnsucht drängelte sich zwischen uns und schlang ihre Arme um Rudolphos Hals, dass sein Kopf ganz schwer wurde und sein Kinn sich auf die Brust senkte.

Island war es, der den Moment rettete.

„Wie ist denn das Wasser?“, fragte er.

Wir schauten alle auf den See.

„Warm“, antwortete Sergej. „Durch den Asteroiden haben wir hier im Sommer Tropentemperatur, und wenn ihr mich fragt, so denke ich, dass es Tatjana unverschämt gefunden hätte, wenn ihr nicht wenigstens einmal in diesem See geschwommen wäret, sind wir da nicht einer Meinung?“

Eine Minute später waren wir nackt. Und ich meine richtig nackt. Wer schwimmt schon gerne in seinen Unterhosen? Das ist, als hätte man die ganze Zeit über einen Ballon am Hintern. Und wenn man aus dem Wasser steigt, rutscht einem das Ding runter und dann steht man blöd da. Nee, nicht die Kurzhosengang.

Wir sprangen ins Wasser, und es war besser, als in den Tropen zu sein. Wir rieben uns den Dreck vom Gesicht, tauchten unter und kamen wieder hoch, tauchten unter und kamen wieder hoch.

„Was soll's!“, hörten wir von der Veranda und im nächsten Moment klatschte es und H. G. Wells landete neben uns. Er hatte seine Unterhose anbehalten, was er schon nach zwei Minuten bereute.

„Ich habe einen Ballon am Hintern!“, rief er entsetzt.

„Selbst schuld!“, riefen wir zurück.

Wir tauchten eine Weile nach dem Asteroiden, der als schwarzer Berg unter uns schimmerte, aber wir erreichten ihn nicht. Dann lagen wir auf dem Rücken und starrten in den Himmel. Der Bauch von H. G. Wells ragte wie ein Wal aus dem Wasser. Zements Bauch war eine kleine Insel daneben. Wir hofften sehr, dass uns H. G. Wells nicht irgendwelche Fragen zur Zukunft stellte. Wir wussten zu viel. Wir waren im Jahr 1936 und bald würde der zweite Weltkrieg ausbrechen, dann wären da das Farbfernsehen und Raketen zum Mond, Leute würden Bücher und Songs schreiben. Und dann wäre da der Computer, so was von klein, und Städte, so was von groß. Und jeden Abend würde die Sonne untergehen, und jeden Morgen würde sie wieder aufgehen. Nein, darüber

wollten wir nicht reden. Wir wollten einfach nur hier liegen und traurig wegen Tatjana und glücklich wegen uns selbst sein.
H. G. Wells tat uns den Gefallen und schwieg.

Nach einer Weile tätschelte er seinen Bauch und sagte:
„Ab einem bestimmten Alter hört man auf, sein Gewicht ernst zu nehmen."
„Ich weiß, wovon du redest", sagte Zement.
„Und ich werd wohl nie dick werden", sagte Island, den man einen Tag lang mit Pancakes und Torte füttern konnte, ohne dass er ein Gramm zunahm.
„Ich könnte schon wieder was essen", sagte Rudolpho, „aber nichts Süßes mehr."
„Hattet ihr schon mal ein Omelett à la Wells?", fragte H. G. Wells.
„Wie sieht denn das aus?", fragten wir zurück.
„Lasst euch überraschen."
H. G. Wells schwamm zum Steg und griff nach der Leiter. Als er aus dem Wasser stieg, rutschte seine Unterhose natürlich sofort runter.
„Das, meine Herren, nennt man einen Hintern à la Wells", sagte er und verschwand ins Blockhaus.

Wir schauten wieder in den Himmel.
„H. G. Wells", sagte Rudolpho nach einer Weile und kicherte.
„Olek braucht aber ganz schön lange, um den Brief zu schreiben", stellte ich fest.
„Lass ihn mal machen", sagte Zement.
„Vielleicht findet er kein Papier", sagte Snickers.
„Gut, dass es hier keine Haie gibt", sagte Island.

Plötzlich ging Rudolpho unter, und als er wieder auftauchte, strahlte er übers ganze Gesicht.
„Versteht ihr jetzt, warum wir nicht sieben Jahre verflucht wurden, als wir in den See gepinkelt haben?", fragte er und wartete nicht ab, ob wir es wussten oder nicht, sondern beantwortete seine eigene Frage: „Weil wir schon mal in diesem See geschwommen sind! Und zwar heute. Das hat sich der See von 1936 bis 2000 gemerkt und deswegen gibt es kein Unglück!"
Wir grinsten, dann sagte Zement:
„Ach, so ist das!"
Und Island sagte:
„Ach, jetzt verstehe ich!"
Als ich auch was Witziges sagen wollte, bespritzte uns Rudolpho alle mit Wasser, er ließ die Arme richtig rumwedeln, so dass wir ihn untertunken mussten, bis er die Hände in die Luft streckte und aufgab und uns versprach, nie wieder abergläubisch zu sein.

Als wir aus dem Wasser stiegen, lagen für jeden von uns Handtücher bereit. Wir trockneten uns ab und zogen unsere rauchigen Klamotten wieder an. Sergej und H. G. Wells hatten Bänke hingestellt und den Tisch gedeckt. Olek saß wieder auf seinem Stuhl und starrte auf ein Blatt Papier. Da Tatjana und er die Einzigen waren, die den Brief aus der Zukunft gelesen hatten, und da der Brief sich beim Brand der Buchhandlung in Asche aufgelöst hatte, konnte Olek niemanden fragen, was genau in dem Brief gestanden hatte. Und das machte ihm Schwierigkeiten, denn sein Gedächtnis ließ langsam nach. Dann aber leuchteten seinen Augen auf, als hätte jemand in seinem Kopf zwei Streichhölzer angerissen.

„Ich erinnere mich an den Tag, an dem wir den Brief erhalten haben", sagte er. „Es war der 10. August 1901. Tatjana hat an dem Tag bemerkt, dass sie schwanger ist. Aber …"
Er sah auf das leere Blatt.
„ … ich habe keine Ahnung, was in dem Brief stand."
„Du kannst nichts falsch machen", beruhigte ihn H. G. Wells. „Die Zeit treibt keine Spielchen, sie regelt alles. Schreib, was dir in den Kopf kommt. Und grüß Tatjana von mir."
Olek hörte auf ihn und schrieb und schrieb. Danach las H. G. Wells den Brief und sagte, der Inhalt wäre zwar etwas rätselhaft, aber so sei es eben. Olek fügte noch schnell ein PS hinzu, dabei weinte er ein wenig mehr und wischte eine Träne vom Papier. Der Brief kam in einen Umschlag und wurde zugeklebt. Olek schrieb das Datum und die Adresse der Buchhandlung auf den Umschlag, damit wir nachher nicht den falschen Tag erwischten. Rudolpho verstaute den Brief in seiner Jacke und dann saßen wir gemütlich in der Sonne und tranken Limo und aßen knuspriges Omelett à la Wells, was ein recht eigenartiges Omelett war, in dem Nüsse, Paprika und Rosinen herumlungerten.
„Die Geheimzutat ist Bockshornklee", ließ uns H. G. Wells wissen.
Wir hatten keine Ahnung, was Bockshornklee war, aber wir stellten einstimmig fest, wir hätten noch nie so ein merkwürdiges Omelett gegessen. H. G. Wells nahm das als Kompliment und tat uns eine zweite Portion auf. Sergej verschränkte die Hände hinter dem Kopf und freute sich, dass wir alle da waren, während Olek lächelte und sich seine Frau zurückwünschte.
Es war ein schöner, trauriger Maitag auf einem Kratersee im Jahre 1936, an dem die Brüder schon längst in Kanada lebten und es keine Tatjana mehr gab.

Ein Tag, an dem die Zeit ein wenig zur Ruhe kam.

Dann war es wieder so weit und die Kurzhosengang nahm Abschied.

„Grüßt uns die Zukunft“, riefen uns Sergej und Olek hinterher.

„Grüßt mir die Brüder!“, rief H.G. Wells.

Und so stieg die Kurzhosengang in den Keller runter.

Und so betraten wir den Tunnel.

Und so kamen wir aus dem Tunnel raus und waren in der Gegenwart und waren einer weniger.

„Nee, nicht schon wieder!“, riefen wir und drehten uns schnell um, aber Rudolpho war verschwunden. Und als wir ihn im Tunnel suchen gingen, kamen wir immer nur wieder da raus, wo wir reingegangen waren. Unser guter Kumpel musste irgendwo dazwischen ausgestiegen sein, ohne uns Bescheid zu sagen.

Wir standen da und starrten auf den Tunnel.

Eine Minute verging.

„Glaubt ihr, er versucht Tatjana zu retten?“, fragte ich.

„Nee“, sagte Zement.

„Vielleicht hat er sich verirrt“, sagte Island.

„Nee“, sagte ich.

Noch eine Minute verging.

Und dann kam Rudolpho mit einem Hotdog in der Hand aus dem Tunnel geschossen.

Und er kam mit Karacho.

Und er kam nicht allein.

RUDOLPHO

Ich hatte mich nicht verirrt, und ich hatte auch nicht versucht, Tatjana zu retten. Ich wollte was ganz anderes, und ich wollte es mit ganzem Herzen. H. G. Wells hatte mich darauf gebracht.

Und so ließ ich meine Freunde in die Gegenwart zurückkehren.

Und so trat ich aus dem Tunnel und stand in einem Krankenhaus.

Keinem fiel auf, dass ich plötzlich da war.

Ein Pfleger wich mir aus, eine Frau in einem Rollstuhl fuhr über meinen Fuß und murmelte, ich sei im Weg. Es roch nach Bodenreiniger und ein bitterer Duft schwebte in der Luft. Ich schaute nach links. Da saß ein Mann auf einem Plastikstuhl und hatte einen Blumenstrauß auf seinem Schoß, den er wie eine Katze streichelte.

„Kann ich dir helfen?"

Die Krankenschwester schob einen Rollwagen, auf dem Becher und Teekannen standen. Ihr Namensschild hing etwas schief. Sie hieß Maja Lish.

Ich sagte ihr, wie sie mir helfen konnte.

Maja Lish lächelte und bat mich, ihr zu folgen.

Ich folgte ihr zur Rezeption, wo eine ältere Frau an einem Computer saß und Kaugummi kaute. Über dem zweiten Buchstaben ihres Namens war statt dem i-Punkt ein Herzchen gemalt. Sie hieß Viola Bertand und sie hatte einen Leberfleck am Kinn.

„Er sucht jemanden", sagte Maja Lish.

Ich sagte Viola Bertand, wen ich suchte.

Sie tippte auf der Tastatur herum.

„Das ist die Zimmernummer 54 im zweiten Stock", sagte sie.

Ich bedankte mich und ging in das zweite Stockwerk. Ich lief dreimal

an dem Zimmer vorbei, ehe ich es wagte, vor der verschlossenen Tür stehen zu bleiben.
Ich klopfte nicht. Ich schlich einfach rein.
Und da lag sie.
Und da schlief sie.
Und sie war allein.
Ich wusste nicht, was ich machen sollte, also setzte ich mich auf einen Stuhl und sah ihr beim Schlafen zu. Ein Jahr verging, dann noch eins. Ich weinte ein wenig, dann weinte ich ein wenig mehr und hörte auf zu weinen, weil ich einfach glücklich war. Noch ein Jahr zog vorbei und ich war wie ein Puzzle, das komplett ist.
Die Tür ging auf und eine Krankenschwester kam rein.
„Ah, Besuch", sagte sie.
Ich nickte, ich war Besuch.
„Wollen wir die Mama wecken?"
Die Krankenschwester fragte nicht mich, sie fragte das Baby in ihrer Armbeuge. Das Baby antwortete, indem es eine winzige Faust hob und der Krankenschwester gegen das Kinn boxte. Die Krankenschwester verdrehte die Augen und sagte, das Baby wäre ja ein richtiger Knockout.
„Oh, bin ich eingeschlafen?", fragte die Frau auf dem Bett.
„Nur für einen Moment", sagte die Krankenschwester und jetzt sah ich, welcher Name auf ihrem Schild stand. Julia Rasmussen. Sie sagte, sie habe das Baby gewickelt und jetzt sei es bereit, seine erste Mahlzeit abzuholen. Dann legte die Krankenschwester der Frau das Baby in den Arm und ging wieder aus dem Zimmer. Ich fühlte mich unsichtbar. Dann wurde ich sichtbar, denn der Frau im Bett fiel auf, dass ich auf dem Stuhl saß.
„Hallo, du", sagte sie.

„Hallo, du“, sagte ich zurück.

„Hast du dich im Zimmer geirrt?“

Ich schüttelte den Kopf. Die Frau runzelte die Stirn.

„Ich bringe den Tee“, log ich und zeigte auf den Tisch, auf dem zum Glück eine Kanne Tee und ein Becher standen. Dabei wurde ich natürlich rot und fragte schnell, ob sie einen Becher Tee wollte.

„Gerne.“

Ich goss ihr Tee ein und brachte den Becher ans Bett.

„Ich bin Susan“, sagte sie.

„Ich weiß“, sagte ich.

„Woher weißt du das?

„Es … es steht am Bettende.“

„Du bist ja ein richtiger Sherlock Holmes.“

„Nee, das ist mein Kumpel Snickers, ich bin mehr der, der sich in alle verliebt.“

„Das ist auch eine gute Eigenschaft.“

„Naja.“

Sie nippte von ihrem Tee, das Baby gurrte, irgendwo nieste ein Engel zweimal, aber außer mir hörte es keiner.

„Danke“, sagte Susan und gab mir den leeren Becher zurück.

„Könntest du mir einen Gefallen tun?“, fragte sie.

Ich nickte.

„In der untersten Schublade ist eine Tafel Schokolade versteckt.“

Ich holte die Schokolade aus der Schublade und brach einen Riegel ab. Sie naschte von der Schokolade und verdrehte die Augen, als hätte sie schon lange nichts so Leckeres gegessen. Ich hätte sie jeden Tag füttern können, so gut gefiel mir das.

„Willst du auch?“, fragte sie.

Ich brach mir einen Riegel ab, sie klopfte auf den Bettrand, ich setzte mich und da saß ich dann und da lag sie dann und das Baby gurrte und wir naschten Schokolade an einem Oktobertag im Jahr 1989, in dem sonst nicht viel mehr in Kanada passiert ist, als dass ein gurrendes Baby geboren wurde.

„Wie eine dicke Taube", sagte ich.

„Wie eine dicke Taube, die hungrig ist", sagte Susan. „Erschrickst du, wenn ich ihm die Brust gebe?"

Ich schüttelte den Kopf.

„Ich war mal bei einer Geburt dabei", sagte ich, „seitdem erschreckt mich nichts mehr."

„Wirklich?"

„Ganz wirklich."

Sie gab dem Baby die Brust und streichelte seinen Kopf, dann naschte sie von der Schokolade und lächelte mich an. Mein Herz war ganz leicht.

„Ich mach das zum ersten Mal", sagte sie.

„Du machst das gut", sagte ich und wusste, dass ich lieber nichts mehr sagen sollte, also sagte ich schnell, dass ich weiter Tee ausliefern musste.

„Danke, dass du reingeschaut hast", sagte Susan.

Ich stand auf, ich wollte nicht gehen, ich musste gehen, ich stand einfach nur da und war der einzige Teelieferant in ganz Kanada, der Tränen in den Augen hatte.

„Bis bald mal wieder", sagte Susan.

„Bis bald mal wieder", sagte ich.

Bis zur Tür waren es 200000 Kilometer, ich brauchte nur ein paar Schritte.

„He", sagte sie.

Ich drehte mich um.

„Du hast ja gar kein Namensschild."
Ich griff mir an die Brust und legte die Hand übers Herz.
„Das ist in der Wäsche."
Sie lachte.
„Weißt du, was ich denke, wenn ich dich ansehe?"
Ich wusste es nicht, sie sagte es mir.
„Ich denke, alles wird gut."
„Oh.
„Hast du nicht auch das Gefühl, dass alles gut wird?"
„Ein wenig."
Sie lächelte.
„Wie heißt du?"
„Rudolpho."
„Ach, was für ein schöner Name."
„Danke."
„Weißt du was?"
Sie streichelte dem Baby über die Nase, sie küsste seine Stirn und betrachtete es, als würde sie ihm eine wichtige Frage stellen. Das Baby rülpste und gurrte, Susan sah mich wieder an.
„Ich glaube, ich werde den Zwerg hier nach dir benennen, dann werde ich mich immer daran erinnern, wie es war, nach der Geburt aufzuwachen und so einen netten Besuch zu haben. Danke, Rudolpho."
Und da konnte ich die Tränen nicht mehr zurückhalten und rannte aus dem Zimmer und lief meinen Vater beinahe um.
„Hoho, wen haben wir denn da?"
„Mich", sagte ich und schnappte nach Luft, als wäre ich eben aus dem Meer aufgetaucht.
„Du bist ganz schön jung für einen Arzt", sagte mein Vater.

„Ich habe mich verirrt."
Jetzt erst sah er die Tränen auf meiner Wange.
„Soll ich dir helfen, deine Eltern zu finden?", fragte er besorgt.
„Ich … ich weiß, wo sie sind, ich … ich habe mich bloß … verirrt."
„Warte."
Er wischte mit einem Daumen die Träne von meiner Wange, wie er es immer getan hat, als ich noch klein war und vor ihm geweint hatte.
„Jetzt", sagte er und lächelte, „jetzt ist es besser. Du willst doch nicht, dass die Mädchen dich so sehen, oder?"
„Nicht wirklich", gab ich zu und erwiderte sein Lächeln.
„Hier, nimm das."
Er hielt eine Papiertüte in der Hand und fischte einen Hotdog heraus.
„Er ist noch warm. Nun nimm schon. Ich bin eben Vater geworden, und da ich dir keine Zigarre andrehen will, nimm den Hotdog als Ersatz. Das ist eh besser als so ein Glimmstengel."
„Danke", sagte ich.
Er wuschelte mir zum Abschied durchs Haar und trat in das Zimmer. Ich hörte meine Mutter seinen Namen rufen, ich hörte sein Lachen und das Gurren des Babys. Wir waren für einen langen, stillen Moment eine glückliche Familie.
Mir war nicht aus dem Kopf gegangen, was H.G. Wells gesagt hatte: „Der Tod ist nicht das Ende, wer klug ist, macht ihn zu einem Anfang." Ich wollte klug sein, deswegen befand ich mich hier in der Vergangenheit, ich fühlte mich auch klug, als ich vor dem Zimmer stand und meine Eltern darin sprechen hörte, ich fühlte mich so lange klug, bis ich mich wunderte, wie ich jetzt zurückkommen sollte. Es gab keine freie Wand, auf die ich so nebenbei den Tunnel zeichnen konnte, es gab auch kein Kohlestück und ein Filzer lag auch nicht herum. Also lief ich mit

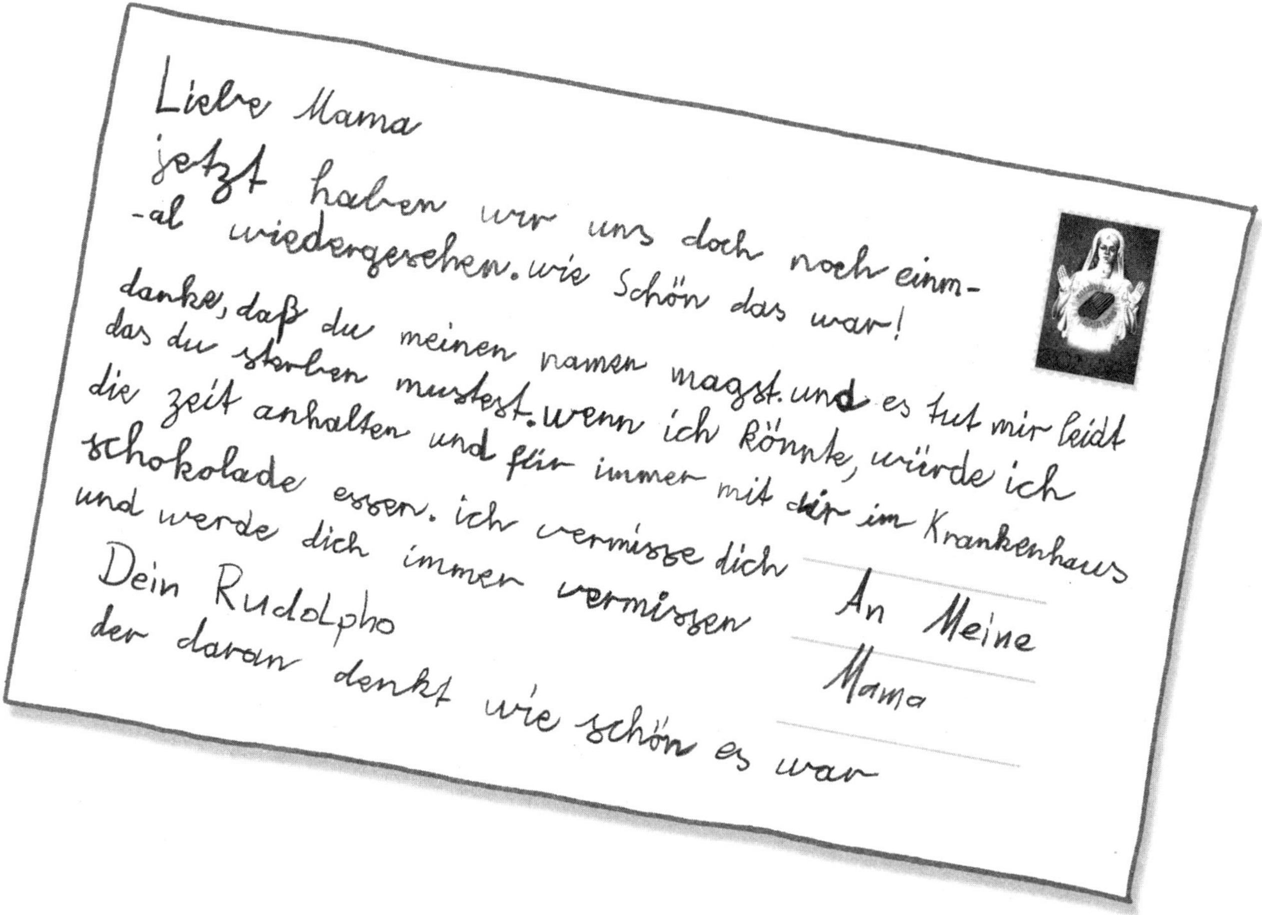
Liebe Mama
jetzt haben wir uns doch noch einm-
-al wiedergesehen. wie Schön das war!
danke, daß du meinen namen magst. und
das du sterben musstest. wenn ich könnte, würde ich
die zeit anhalten und für immer mit dir im Krankenhaus
schokolade essen. ich vermisse dich
und werde dich immer vermissen
Dein Rudolpho
der daran denkt wie schön es war
An Meine
Mama

dem Hotdog in der Hand durch den Flur des Krankenhauses und war dabei ein wenig ratlos und kein bisschen klug.

„Du schon wieder“, sagte Krankenschwester Maja Lish und runzelte die Stirn. „Wo hast du den Hotdog her?“

Ich sah auf den Hotdog, als hätte ich ihn eben erst entdeckt.

„Du solltest ihn draußen essen“, sagte sie und schenkte mir wieder ihr Lächeln, „bevor dich eine von den garstigen Krankenschwestern erwischt. Außerdem schmeckt ein Hotdog an der frischen Luft viel besser.“

„Wo ist denn der Ausgang?“, fragte ich.

„Immer den Pfeilen nach.“

Sie zeigte auf die kleinen grünen Pfeile, die an der Wand langführten. Ich bedankte mich und folgte den Pfeilen und kam zu einer Treppe. Ich lief die Treppe runter und kam zum Ausgang und stand plötzlich auf der Straße. Und da stand ich dann im Zentrum von Toronto und war gerade geboren worden und wünschte mir ein Stück Kohle oder einen Tunnel, der mal so eben in der Luft entstand. Statt einem Tunnel kam ein Hund und schnappte nach meiner Hand. Die Leine spannte sich und die Zähne klappten Millimeter von meinem Hotdog entfernt zusammen.

„Das war aber knapp“, sagte eine Stimme, die zu einem Mädchen gehörte, das zu den Engeln gehörte, die einfach mal niesen und keiner hört es. Sie hatte ihre Sonnenbrille in die Stirn hochgeschoben, was sie ein wenig wie eine irre Wissenschaftlerin aussehen ließ. Ihr Haar war zu einem Dutt zusammengedreht und um ihren Hals hing eine Taschenuhr, die golden glänzte. Dazu trug sie ein rotes Kleid mit silbernen Punkten und an den Füßen hatte sie Sandalen im selben Goldton wie die Uhr. Alles an ihr leuchtete. Und dann war da dieser Hund.

Warum treffe ich immer wieder wunderschöne Mädchen mit hässlichen Hunden?, fragte ich mich und dachte an Kira und wunderte mich, ob ich sie jemals wiedersehen würde.
Das linke Auge des Dobermanns starrte mich blind an und war von einer wulstigen Narbe durchschnitten, die gesamte Schnauze war zerkratzt und die Ohren so weit runtergekaut, als hätten den Hund in der Nacht zwei garstige Kaninchen überfallen.
„Keine Sorge", sagte das Mädchen, „er sieht nur so fies aus, eigentlich ist er ganz lieb."
Ich bewegte meine Hand mit dem Hotdog nach links, der Dobermann folgte jeder meiner Bewegungen mit seinem gesunden Auge, das wie eine Murmel war, die ein Jahr lang in der Tiefkühltruhe gelegen hatte.
„Und er liebt Hotdogs", sagte das Mädchen.
„Das sehe ich."
Und dann hupte ein Auto, das Mädchen drehte sich überrascht um und winkte jemandem, dabei machte sie zwei Schritte auf die Straße, der Dobermann wurde mitgezogen und ich dachte, na, das war es gewesen, da rutschte dem Mädchen die Leine aus der Hand. Der Dobermann schaute verblüfft auf seine Vorderpfoten, vor denen die Leine zu liegen gekommen war.
Dann sah er mich an.
Ich dachte: *Oh, nee!*
Der Dobermann dachte: *Oh, ja!*

Es war Sommer in Toronto und ich trug Stiefel und einen verdreckten Mantel und sah aus wie jemand, der auf der Straße lebt und unter einem Karton schläft. Der Dobermann sah aus wie jemand, der zweimal am Tag einen neuen Sprintrekord hinlegt.

Es war nicht wirklich fair.
Ich rannte los, denn ich dachte nicht daran, dem Dobermann meinen Hotdog zu geben. Ich hatte ihn von meinem Vater bekommen. Das war und blieb mein Hotdog.
Und so rannte ich.
Zwischen den Leuten hindurch, die zur Seite sprangen und Hey riefen, eine Straße rauf, dann eine andere Straße runter, und ununterbrochen hörte ich hinter mir das Scharren von Pfoten. Wenn die Töle mal gebellt hätte, aber nee, der rannte bloss und einmal überholte er mich sogar für ein paar Meter, und ich konnte sehen, wie er von der Seite auf meinen Hotdog schielte. Dann lief er gegen einen Briefkasten und ich bekam ein wenig Vorsprung.
Und bog falsch ab.
Ich habe das in Filmen noch nie verstanden, wieso die Leute plötzlich in eine Sackgasse rennen, jetzt machte es mehr Sinn. Das hat nichts mit Denken zu tun, das ist einfach nur Doofheit, und ich war in dem Moment so in Panik und so doof, dass ich in eine richtig miese Sackgasse reinrasselte, die an einer Backsteinwand endete.
Ich begriff das erst, als es schon zu spät war, um kehrtzumachen.
Vielleicht habe ich ihn ja abgehängt, dachte ich und drehte mich um.
Der Dobermann war nicht hinter mir.
Ich atmete erleichtert aus.
Und dann sah ich ihn an der Sackgasse vorbeizischen.
„Haha!“, lachte ich und streckte siegesgewiss meine Hand mit dem Hotdog in die Luft. „Haha!“
Der Dobermann schaute um die Ecke. Ich erstarrte und wusste, er konnte mein Haha nicht gehört haben. Was also auch immer passiert war, es hatte ihn kehrtmachen lassen und jetzt schaute er um die Ecke

und kam auf mich zugetrottet. Und ich? Wenn man die Wahl hat zwischen Kämpfen oder Wegrennen, bin ich jemand, der erst mal schaut, wie weit er kommt.

Nicht weit in einer Sackgasse.

Ich nahm Kurs auf die Backsteinmauer. Ich hatte keine Zeit, einen Tunnel zu zeichnen, ich hatte zu nichts Zeit. Der Dobermann war hinter mir, entweder klappte es oder ich würde die Mauer mit voller Wucht rammen, und dann war es auch egal, denn ich würde ohnmächtig in der Sackgasse liegen und der Dobermann konnte dann in aller Ruhe erst den Hotdog und dann mich fressen.

„Ahhhh!“, rief ich und schloss die Augen und rannte in die Wand und in den Tunnel und direkt auf meine Kumpels zu, die mich vollkommen erschrocken anstarrten. Aber dann begriff ich, dass sie nicht mich anstarrten, sie schauten an mir vorbei auf den Doberman, der mir in die Gegenwart gefolgt war.

ISLAND

Und da kam Rudolpho mit einem Hotdog in der Hand und einem Hot-Dobermann auf den Fersen aus dem Tunnel gerannt - es hätte witzig sein können, wenn der Dobermann nicht so hässlich und ausgehungert gewesen wäre.

Zum Glück war er auch ein wenig verwirrt.

Der Dobermann bremste ab und sah sich überrascht um.

Rudolpho taumelte in uns rein.

„Was hast du nur gemacht?", fragte ich.

„Wo warst du?", fragte Snickers.

„Lange Geschichte", sagte Rudolpho.

„Und der Dobermann?", fragte Zement.

„Der ist hinter meinem Hotdog her."

„Dann gib ihm doch das Ding!", riefen wir.

Rudolpho schüttelte den Kopf, der Dobermann machte es ihm nach, sodass seine Lefzen ein wenig klatschten und ihm ein halber Liter Sabber aus dem Maul lief, dann schaute er in den Tunnel zurück und mehr Ablenkung brauchten wir nicht.

„Lauft!", rief ich.

Die Wendeltreppe hoch und hoch und hoch und dann waren wir oben und rannten die Stufen zur Luke hoch und aus der Luke raus und in den Flur und aus dem Flur raus in das Wohnzimmer hinein und da standen wir vorgebeugt mit den Händen auf den Knien und atmeten schwer.

Rudolpho hielt den Hotdog wie einen Stab beim Staffellauf.

„Das war ja wohl ein neuer Weltrekord im Wegrennen", sagte Snickers.

„Ich habe das Gefühl, noch nie in meinem Leben so schnell gewesen zu sein“, sagte Zement.
„Wenn ich noch schneller gewesen wäre, hätte ich mich selbst überholt“, sagte Rudolpho.
„Wer war denn der Letzte?“, fragte ich.
„Na, wer wohl?“, fragte Zement zurück.
„Und?“
„Was und?“
„Hast du die Kellertür hinter dir geschlossen?“
Zement blieb keine Zeit, um zu antworten – das Klacken von Krallen war auf dem Dielenboden des Flurs zu hören, dann schlenderte der Dobermann um die Ecke und schaute in das Wohnzimmer. Sein fieses Knopfauge musste nicht lange suchen. Es fokussierte sich auf den Hotdog.
„Wirf ihm das Ding schon hin“, sagte Snickers.
„Niemals!“, rief Rudolpho.
Wir flohen weiter.

Auf die Veranda und dann von der Veranda in den strömenden Regen hinaus. Ich glaube, irgendwie brachten wir Katzen und Hunde durcheinander. Wir dachten ernsthaft, der Dobermann wäre wasserscheu und würde uns niemals in den Regen folgen. Aber so eine Art Dobermann ist das nicht gewesen. Es donnerte, es krachte, ein Blitz zuckte über den Himmel, doch auch das machte der Töle nichts aus. Nachdem er die Gegend kurz beschnuppert und gegen einen der Pfeiler gepinkelt hatte, stolzierte er in den Regen raus wie ein Model, das auf einem Laufsteg geboren wurde.
„Was ist das nur für ein Hund?“, fragte ich. „Seit wann hat der denn nichts zu fressen bekommen?“

„Ich weiß es nicht, ich kenn ihn noch nicht so lange", sagte Rudolpho.
„Und wo hast du ihn aufgegabelt?"
„Toronto."
„Du warst in Toronto!?", riefen wir fassungslos.
„Nur ganz kurz", gab Rudolpho zu.
„Jungs", unterbrach uns Zement, „entweder springen wir in den See oder wir kämpfen, aber was wir auch tun, der Dobermann meint es ernst."
Genau so war es. Der Dobermann bleckte die Zähne.
Wir standen im strömenden Regen und hatten den See im Rücken und den Dobermann vor der Nase und endlich endlich endlich tat Rudolpho, was er schon die ganze Zeit über hätte tun sollen.
„Du blödes Vieh!", rief er und warf dem Dobermann den Hotdog an den Kopf.
Der Hotdog flog und flog, und ehe er die Birne von dem Dobermann traf, hatte das Vieh zugeschnappt und der Hotdog war nicht mehr.
„Der kaut ja nicht mal", sagte Snickers.
„Niemals ist der jetzt satt", sagte ich.
„Ich wette, mich holt er sich als Ersten", sagte Zement.
Und dann tat der Hund, was kein Hund tat, wenn er aussah wie diese Töle. Er gab einen Rülpser von sich, trottete auf uns zu und stupste Rudolphos leere Hand mit seiner hässlichen Schnauze an. Dabei schaute er mit seinem einen Auge zu uns hoch, und wenn wir es nicht besser gewusst hätten, hätten wir gedacht, dass die Töle grinste.
„Fragt mich mal, was eben passiert ist", sagte Snickers.
„Was ist eben passiert?", fragte ich.
„Wir haben jetzt einen Hund an der Backe", sagte Snickers, „genau das ist passiert."

„Ich kann ihn ja zurückbringen."
„Nee, du gehst nirgendwohin", sagte Island. „Erst mal erzählst du uns, wohin du verschwunden bist."

Nachdem uns Rudolpho von seiner kleinen Stippvisite zum Tag seiner Geburt erzählte hatte, mussten wir zugeben, dass es das Beste war, was unser Kumpel hatte tun können – seine Mutter sehen und sich von ihr verabschieden.
„Vielleicht lässt deine Sehnsucht jetzt ein wenig nach", sagte ich.
„Ja, vielleicht", sagte Rudolpho, und es klang, als würde er es nicht so meinen.
„Jetzt wissen wir zumindest, wie du zu deinem Namen gekommen bist", sagte Snickers.
Rudolpho hörte ihn nicht, er war in seinen Gedanken schon ganz woanders. Er holte die letzte Postkarte hervor und begann zu schreiben. Danach sagte er zu uns: „Meine Ma sah glücklich aus."
„Natürlich war sie glücklich", sagte Zement, „sie hatte dich eben geboren."
Wir saßen wieder vor dem Kamin und hatten unsere Sachen zum Trocknen über die Stühle gehängt. Wir kannten Rudolphos Mutter nur von Fotos her, sie sah aus wie jemand, der Rudolpho jeden Abend einen Kuss auf die Stirn gedrückt hätte.
„Als ich ihr Zimmer verließ, lief ich in meinen Vater rein. Er schenkte mir den Hotdog, deswegen wollte ich ihn unbedingt behalten."
Wir wussten, dass Rudolpho es schwer mit seinem Vater hatte, der seit dem Tod der Mutter jeden Tag in mieser Laune badete. Wir wussten auch, dass er Rudolpho schlug; und Rudolpho wusste, dass wir es wussten. Kein Mensch besaß das Recht, unseren Kumpel zu schlagen.

Das hatten wir auch Rudolphos Vater verklickert, ohne dass es Rudolpho mitbekam. Sein Vater hat uns einfach nur ausgelacht.
„Auf jeden Fall bin ich froh, dass du den Hotdog geopfert hast", sagte ich.
„Nicht nur du", gab Rudolpho zu und sah zum Dobermann, der auf dem Boden lag und an einen mageren Bettvorleger erinnerte. Wann immer sich einer von uns bewegte, gab er ein leises Knurren von sich.
„Das Mädchen wird ihn vermissen", sagte Rudolpho.
Snickers schüttelte den Kopf.
„Niemand vermisst so einen Hund."
Der Dobermann knurrte, obwohl sich keiner bewegt hatte.
„Er braucht einen Namen."
„Einen guten Namen."
„Wir behalten ihn doch eh nicht."
„Dennoch braucht er einen Namen."
„Wie wäre es mit Töle?"
„Töle ist gut."
„Ja, Töle ist gut. Oder, Töle?"
Der Dobermann knurrte.
„Er mag den Namen", sagte ich.
Und von da an hieß der Dobermann einfach nur Töle.

Als unsere Klamotten trocken waren, zogen wir uns wieder an und öffneten die Schiebetür der Kommode. Und da wartete das Telefon auf uns. Es war einer von diesen alten Apparaten, die mit einem Kabel verbunden sind und einen Hörer haben, der ein halbes Kilo wiegt. Aus dem Hörer kam kein Geräusch, als wir ihn uns ans Ohr drückten. Wir ruckelten an dem Kasten und tippten auf die Gabel, nichts geschah. Snickers tastete hinter der Kommode herum und fand das Kabel, das aus einer Buchse kam. Es war durchgeknabbert, und als Snickers noch ein wenig mehr herumtastete, fischte er das Skelett einer Maus hervor, die genau wie das Telefon das Geknabber nicht überlebt hatte.

„Blöder geht es ja nicht", sagte ich.

Da hockten wir also und hatten keine Ahnung, wie wir jetzt hier wegkamen. Die Töle trottete zu uns rüber und schob ihre hässliche Schnauze an uns vorbei und betrachtete einen Moment lang das Telefon und dann das Mausskelett und beschloss: *Das eine ist ungenießbar, das andere ist ein Snack.* Mit einem Biss schnappte sich die Töle das Skelett, warf den Kopf nach hinten und zerkaute es wie eine Handvoll Chips.

„Elegant", sagte Zement.

Snickers stellte das Telefon zurück und schloss die Kommode. Rudolpho schaute aus dem Fenster auf den regengepeitschten See.

„Bestimmt kommt bald jemand", sagte er, „niemals vergisst uns Kira."

„Und niemals vergisst du Kira", sagte ich.

Rudolpho nickte, als wäre das ein physikalisches Gesetz.

„Falls wirklich keiner kommt, dann wird uns die Töle garantiert fressen", sagte ich.

„Oder wir sie", sagte Snickers.

Zement schüttelte entschieden den Kopf.

„Ich fress keine Tölen", sagte er.

Die Töle knurrte. Wir dachten alle dasselbe.

„Bleibt der Tunnel", sagte Snickers.

„Bleibt der Tunnel", sagten wir.

Rudolpho rieb sich die Hände in Vorfreude.

„Wieso nicht gleich so", sagte er. „Sobald wir wieder in Okkerville sind, werde ich den Schnee küssen. Und zwanzig Pancakes bei Lei Too essen."

Wir wollten uns eben auf den Weg in den Keller machen, da sagte eine ganz ruhige Stimme:
„Wollen wir wirklich schon nach Hause?"
Wir erstarrten in der Bewegung.
„Wo willst du sonst hin?", fragte ich.
Zement hob die Schultern.
„Ich meine, hier sind wir jetzt und könnten dabei überall sein. Und was tun wir? Wir gehen nach Hause? Wirklich jetzt?"
Wo Zement recht hatte, hatte er recht.
„Wo du recht hast, hast du recht", sagte Rudolpho weise.
„Und wo genau willst du hin?", fragte Snickers.
„Ich wüsste da was", sagte Zement.

Bevor wir das Blockhaus verließen, schrieben wir Akim und Kira einen Zettel. Wir bestellten beste Grüße und sagten, wir könnten nicht länger warten. Eigentlich waren wir recht froh, dass es kein Rumgeschnipse mehr gab, das uns an fremden Orten erwachen ließ.
Den Hausschlüssel legten wir auf den Zettel, die Postkarte daneben. Wer auch immer hier wohnen wollte, sollte das machen. Die Kurzhosengang gab das Erbe ab und Schluss damit. Genau das stand auch auf unserem Zettel.
Adieu, Erbe.
Es sollte das letzte Mal sein, dass wir in den Keller runterstiegen. Das Blockhaus und der See, der Asteroid und ganz Sibirien sollten uns nie wiedersehen.
Adieu, Russland.

Und dann betraten wir den Tunnel und nach zehn Schritten wurde der Steinboden zu einem roten Teppich und an den Wänden klebte eine gelbe Tapete mit einem Muster von grünen Schwertlilien. Zwölf Lampen in der Form von Fackeln brannten. Der Raum roch nach Popcorn und Limo, es war ein so vertrauter Geruch, dass wir aufseufzten.

Wir waren allein.

„Hört ihr das?“, flüsterte Snickers.

Aus der Ferne erklang das Rattern eines Filmprojektors, dann hörten wir eine Explosion und lautes Lachen.

„Wir sind wirklich hier“, sagte ich leise.

Wir und die Töle, die sich überhaupt nicht groß wunderte, plötzlich im Foyer eines Kinos zu stehen. Sie trottete zur Theke, stellte sich auf die Hinterbeine und schaute, was es unter dem Glas zu fressen gab. Der Stummelschwanz wedelte, die Schnauze quietschte über das Glas und besabberte es.

„Wenn wir jetzt reingehen, dürfen wir sie nicht erschrecken“, warnte uns Rudolpho. „Nicht, dass sie zu früh sterben.“

„Das wäre nicht witzig“, sagte Snickers.

„Das wäre makaber“, sagte ich.

„Makaber ist, wenn du trotzdem lachst“, sagte Zement.

Und dann lachten wir in unsere Pullover hinein, damit uns im Kino keiner hören konnte.

Es war vor zwei Wochen.

Es war der 14. Februar 2000 und kurz vor Mitternacht. Für die letzte Filmvorstellung hatten die Brüder Karamasow aus über vierundvierzig Filmen ihre liebsten Szenen rausgesucht und daraus einen vollkommen neuen Film geschnitten. Der Saal war bis zum Bersten gefüllt ge-

wesen, manche Plätze waren zwei- und dreifach besetzt, ganz Okkerville war erschienen.
Nur wir nicht, weil wir an diesem Abend einem Verrückten hinterhergerannt sind, der Zement entführt hatte. Aber das ist eine andere Geschichte. Wichtig ist, dass es uns erst kurz nach zehn Uhr gelungen ist, ins Kino zu kommen. Wir hatten den großen Film der Brüder verpasst. Der Saal war verlassen gewesen und die Leute waren nach Hause gegangen. Aber weil uns die Brüder so mochten, gaben sie uns in dieser Nacht eine Extravorführung.
Zu diesem Zeitpunkt hatte Rudolpho den Tunnel mit uns verlassen.
Die Exravorführung war kurz vor ihrem Ende. Die Brüder Karamasow saßen in der letzten Reihe nahe an der Tür, wo sie immer saßen, wenn sie einen Film mitschauten. Wir traten durch die Tür und waren zwei Meter von ihnen entfernt. Sie bemerkten uns nicht. Sie hatten nur Augen für die Leinwand und das Feuerwerk an Bildern. Und wie wir so überlegten, wie wir sie bitteschön ansprechen sollten, ohne dass sie einen Herzkollaps bekamen, übernahm die Töle den Job und trottete zu den Brüdern. Sie blieb neben Alexei stehen, versenkte die Schnauze in seiner Popcorntüte und begann zu fressen. Alexei war überrascht, aber nicht so überrascht, dass ihm das Herz stehen blieb. Er tätschelte der Töle den Kopf und stieß Iwan mit dem Ellenbogen an.
„He, Iwan, schon mal so einen hässlichen Dobermann gesehen?"
„Dagegen ist Johnny Rotten ja eine Schönheit", sagte Iwan.
Die Brüder kicherten, wie sie schon als Kinder gekichert hatten. Auf der Leinwand entgleiste ein Zug und flog ein paar Hundert Meter durch die Luft. Die Töle zog den Kopf aus der Tüte und schaute zu den Brüdern auf, dann schnaufte sie und schaute sich nach uns um. Die Brüder folgten ihrem Blick und entdeckten uns vor der Tür.

„He“, zischte uns Alexei zu, „wieso sitzt ihr nicht auf euren Plätzen?“
„Wir sitzen auf unseren Plätzen“, zischte ich zurück.
Die Brüder schauten nach vorne und wahr und wirklich konnten sie die Köpfe der Kurzhosengang in der siebten Reihe entdecken.
„Oh!“, machten die Brüder und begriffen, was hier passierte. „Oh!“, machten sie noch einmal und dann breitete sich ein Lächeln auf ihrem Gesicht aus, das jeden Filmsonnenaufgang in den Schatten gestellt hätte. Die Brüder Karamasow kamen etwas wackelig auf die Beine, sie schoben uns in das Foyer, schlossen die Tür hinter sich und dann begannen sie zu jubeln.

Sie tanzten auf der Stelle, als sie erfuhren, dass alles funktioniert hatte. Das Video, die Reise in das Jahr 1910 und wie wir vor dem Zelt aufgetaucht waren und die Brüder als Kinder kennengelernt hatten. Wir erzählten von dem Brand in der Buchhandlung, von Oleks Rettung und natürlich von Tatjana, aber auch von Sergej, und natürlich vergaßen wir H.G. Wells nicht, der die Brüder aus der Vergangenheit schön grüßen ließ.
„Und als wir das alles hinter uns hatten“, sagte Rudolpho, „meinte Zement, wir sollten nicht einfach nach Hause gehen, sondern einen kleinen Abstecher machen, um vernünftig Abschied von euch zu nehmen. Und dieser Abend ist die beste Zeit dafür, habe ich mir gedacht.“
Rudolpho hatte richtig gedacht. Die Brüder waren gerührt.
„Ihr wisst gar nicht, wie schwer die Jahre für uns gewesen sind“, sagten sie. „Es war einfach entsetzlich, euch nichts erzählen zu dürfen.“
„Aber ihr hättet uns doch zumindest einen kleinen Hinweis geben können“, sagte ich.
Die Brüder schüttelten den Kopf.

„Auf keinen Fall. Das ist euer Leben, wer weiß, wie alles gekommen wäre, wenn ihr gewusst hättet, was euch in Sibirien erwartet. Ihr hättet vielleicht Zweifel bekommen oder wärt überheblich geworden. Nein, das war der richtige und einzige Weg. Es sind eure Abenteuer, es sind eure Entscheidungen, eure Fehler und euer Glück. Wir haben nur ein wenig die Richtung gewiesen."

„Ihr wisst aber, was das jetzt heißt?", fragte Zement.

Die Brüder nickten, sie nickten einfach nur.

„Wie lange haben wir noch?", fragten sie.

„Bis zum Ende des Films", sagte Snickers. „Während des Abspanns werden eure Herzen stehen bleiben."

„Und was passiert danach?"

Wir zögerten, wir wollten ihnen nicht erzählen, dass kurz danach fünf bekloppte Paulis die halbe Stadt mitsamt dem Kino anzünden würden. Nein, das mussten die Brüder nicht erfahren.

„Danach wird es auf den Straßen von Okkerville ein Abschiedsfest für euch geben", sagte ich. „Es wird der beste Tag sein, den die Stadt je gesehen hat. Selbst aus Farris werden Leute anreisen."

Die Brüder nickten, es klang für sie wie ein gutes Finale.

„Bevor wir uns verabschieden", sagte Iwan, „hätten wir noch eine letzte Wahrheit, die wir teilen wollen, und diese Wahrheit ist für dich, Rudolpho. Ohne dass du es je erfahren hast, haben wir dir zu deinem sechsten Geburtstag die Romane von H.G. Wells geschenkt, weil wir wussten, dass du ihn eines Tages treffen würdest und was für eine Freude das dann für dich sein würde. Wir haben das Geschenk deinem Vater übergeben und er musste schwören, dass er dir nie verrät, woher er die Bücher hat."

„Er sagte, er hätte sie an einer Bushaltestelle gefunden."

„Sehr einfallsreich ist das nicht“, sagte Iwan, „aber du hast es geglaubt, oder?“
„Ich habe es absolut geglaubt“, gab Rudolpho zu. „Zwei Jahre lang bin ich einmal in der Woche zu der Bushaltestelle gelaufen und habe nachgeschaut, ob da noch mehr Bücher rumliegen.“
Und plötzlich konnte Rudolpho nicht mehr reden, er trat vor und umarmte die Brüder.
„Danke“, sagte er.
Wir wussten, wofür er sich bedankte – ohne die Brüder und ohne H. G. Wells hätte Rudolpho seine Mutter niemals im Krankenhaus aufgesucht. Alles machte Sinn, alles war gut. Auch die Brüder fanden das. Sie schauten auf die Uhr über dem Eingang des Kinosaals. Sie sagten: „Dann ist es jetzt an der Zeit, ein letztes Mal Abschied zu nehmen.“
Und genau das taten wir auch.

Danach folgten wir den Brüdern in den Saal und blieben gut versteckt im Schatten stehen und schauten noch ein paar Minuten Film, aber in Wahrheit haben wir die Kurzhosengang in der siebten Reihe beobachtet, wie sie kicherten, wie sie sich die Augen zuhielten und dann laut lachten. Es war nett, uns selbst zu sehen, wir gefielen uns.
Dann knurrte die Töle und kaute an Rudolphos Stiefel herum und wir nahmen es als Zeichen.
Wir sahen ein letztes Mal zu den Brüdern.
Ihre Köpfe lehnten aneinander und sie hatten die Augen geschlossen.
Wir schlichen nach draußen, als könnten wir sie wecken.

Unsere letzte Zwischenstation war etwas waghalsig, weil wir kein Datum und keinen Ort hatten. Wir hatten nur einen Wunsch und so folgten wir Rudolpho quer durch das Foyer des Kinos und dann durch die gelbe Tapete und stolperten in knietiefen Schnee hinein.

Es war eine sternenklare Nacht und der Schnee funkelte, als wäre er nur für uns poliert worden. Wir schauten uns um und dachten eine Weile lang an die Brüder, die vor einigen Sekunden lautlos in ihrem Kino gestorben waren. Es war, als hätten wir sie ein zweites Mal verloren. Dann hörten wir ein Schnaufen und die Töle tauchte links von uns aus einer Schneeverwehung auf und schaute sich um wie ein Dobermann, der einmal zu oft einen Schneeball an den Kopf bekommen hat. Sie schnappte nach Rudolphos Jackenärmel und verbiss sich. Rudolpho hob den Arm und zog die Töle dadurch langsam aus der Verwehung.
„Ihr seid ja richtige Freunde“, sagte ich.
„Wer die Töle nicht zum Freund hat, ist selber schuld“, erwiderte Rudolpho und gab der Töle einen Klaps auf die Schnauze, damit sie seinen Jackenärmel wieder losließ.
Snickers zeigte den Berg hoch.
Dreißig Meter über uns stand ein Haus gut versteckt zwischen einer Reihe von Tannen.
„Ich habe Schiss“, sagte Rudolpho.
„Wir haben alle Schiss“, sagte Snickers.
„Ich geh mal vor“, sagte Zement.
„Zement hat nie Schiss“, sagte ich.
„Wenn du wüsstest“, sagte Zement und wurde zu einer Planierraupe, die uns den Weg freimachte.

Die Veranda wurde von einer Lichterkette beleuchtet und war vom Schnee befreit. Die Schneeschippe hielt ein gewaltiger Bär in der Pfote,

der aufrecht neben dem Hauseingang stand wie ein Wächter, an dem man nicht vorbeischleichen konnte.
„Das ist ein Kodiak“, sagte Rudolpho. „Wie hat der sich herverirrt?“
„Wahrscheinlich verlaufen“, sagte ich.
„Kodiakbären verlaufen sich nicht“, sagte Snickers. „Sie leben in Alaska und sind furchtbar faul, was das Herumwandern angeht.“
„Vielleicht sind wir gar nicht in Kanada“, sagte Zement.
Snickers kostete den Schnee.
„Schmeckt wie unser Schnee“, sagte er, „also ist das unser Schnee, also sind wir in Kanada.“
Mehr gab es zu dieser brillanten Schlussfolgerung nicht zu sagen.

Als sich Zements Mutter ein halbes Jahr später verplapperte und wir Victor und Yves von unserer Entführung nach Russland erzählten, kamen wir an genau diese Stelle in unserer Geschichte, wo wir den Kodiakbären auf der Veranda entdeckten. Die Schriftsteller erstarrten wie zwei Hasen, die ins Scheinwerferlicht geraten sind. Sie bekamen einen trockenen Mund und mussten erst mal jeder ein Glas Wasser trinken. Dann baten sie uns, das Haus näher zu beschreiben. Wir taten ihnen den Gefallen. Danach ging es den zwei Schriftstellern nicht besser. Sie starrten in das Kaminfeuer, als wäre das Feuer ein Orakel, das ihnen verriet, wie die Zukunft aussah.
„Das ist unser Haus“, sagte Yves.
„Ihr seid bei uns gewesen“, sagte Vic.
„Oh“, sagten wir überrascht.
Die Schriftsteller tranken noch ein Glas Wasser.
„Warum erzählt ihr nicht weiter“, bat Vic uns.
„Ja, bitte, erzählt weiter“, sagte auch Yves.

Und so erzählten wir weiter.

Der Kodiak war zwei Meter groß und bis zur Nasenspitze ausgestopft. Seine Schultern hingen ein wenig und der Kopf war vorgestreckt, als würde er nach einem saftigen Menschen Ausschau halten. Seine Glasaugen funkelten uns an.

Wir dachten nicht daran, näher an ihn heranzugehen.

Ausgestopft oder nicht.

Stattdessen schlichen wir an eines der Fenster und schauten in das Haus rein.

Es war sehr unheimlich, denn da saßen sie auf dem Sofa nebeneinander und sahen einen Film. Auf dem Tisch vor ihnen standen Schalen mit Chips und Popcorn, da standen auch Gläser mit Bitter Lemon. Im Hintergrund flackerte ein Kaminfeuer und im Vordergrund lief auf einem großen Bildschirm ein Horrorfilm. Ein Held mit Bart und einer Baseballmütze versuchte vor zweihundert Zombies die Flucht zu ergreifen. Es war aussichtslos, aber der Held gab nicht auf.

Und wie wir da standen und durchs Fenster schauten, richtete sich natürlich die Töle auf die Hinterbeine, weil sie nichts verpassen wollte. Sie legte Snickers und mir eine Pfote auf die Schultern.

„Das Vieh ist aber schwer“, sagte ich.

„Und es hat Mundgeruch“, sagte Snickers.

Die Töle war nicht beleidigt, sie schaute mit uns durch das Fenster und wir fünf hätten wahrscheinlich die ganze Nacht so stehen und schauen können, wenn die Töle nicht plötzlich zusammengezuckt wäre. Sie hob den Kopf und schnupperte die Luft, dann verschwand sie von unserer Seite.

„Wo will denn …“

Ich verstummte. Ich hatte mich umgedreht, um zu sehen, was in die Töle gefahren war, da sah ich ihn gute zwanzig Meter von uns entfernt stehen und uns beobachten.
„Oh, nee“, sagte Rudolpho neben mir.
„Oh, nee“, sagte auch Snickers.
Zement sagte nichts, ihm fehlten die Worte.
Der Grizzly war auch ganz still. Gute fünfzehn Meter trennten uns von ihm. Seine Schnauze zuckte leicht, als wüsste er nicht, was er mit unserem Geruch anfangen sollte. Sein brauner Pelz fing das Sternenlicht auf, sodass es aussah, als wäre er in Honig gebadet. Wir rieben uns die Augen. Der Grizzly sah aus wie jemand, dem wir schon mal begegnet waren. Er ruckte einmal mit dem Kopf, er machte einen Schritt nach links und dann einen nach rechts. Wir sollten wissen, dass er uns nicht durchlassen wollte. Es war kein Wunder, dass die Töle verschwunden war. Gegen diesen Grizzly war unser Dobermann ein Zwergpinscher.
„Das kann er nicht sein“, sagte ich.
Wir dachten alle vier an den Grizzly, der uns vor über zwei Monaten in Snickers Haus überrascht hatte. Nach einem heftigen Kampf mit der Kurzhosengang war der Grizzly erschöpft auf dem Sofa gelandet, und dann hatte ein Hubschrauber ihn mitsamt dem Sofa in der Wildnis abgesetzt, weil das der einfachste Weg ist, sich eines Bären zu entledigen.
„Unser Grizzly ist schon lange tot“, sagte Snickers.
„Aber er sieht ihm so ähnlich“, flüsterte Rudolpho.
„Vielleicht ist das sein Geist“, sagte ich.
„Das da ist kein Geist“, sagte Zement. „Das ist ein lebendiger Grizzly und nichts anderes.“
Der Grizzly schien das gehört zu haben. Zement hatte ihn daran erinnert, wer er war. Und so kam er näher.

„Wollen wir rennen?“, fragte ich.
„Nee“, sagte Rudolpho, „auf keinen Fall rennen. Und auch nicht in die Augen schauen.“
„Ich kann nicht anders“, sagte Zement, „ich muss ihm in die Augen schauen.“
Rudolpho hielt Zement die Augen zu, und Zement sagte erleichtert: „Oh Mann, danke.“
„Langsam rückwärtsgehen“, sagte ich und versuchte ruhig zu klingen.
Wir wichen zurück, machten einen Schritt nach hinten und stießen mit dem Rücken gegen die Hauswand. Es war keine berauschende Flucht, aber zumindest hatten wir es versucht. Viermal machte es Plonk und wir standen sofort still, denn das Plonk war laut genug gewesen, dass der Fernseher im Wohnzimmer verstummte und Schritte sich der Haustür näherten.
Die Kurzhosengang tat, was die Kurzhosengang eigentlich nie tat – sie flitzten auf den Grizzly zu, flitzten an ihm vorbei und warfen sich hinter eine Schneeverwehung. Damit hatte das Vieh nicht gerechnet. Plötzlich stand der Grizzly ratlos und allein vor dem Haus.
Wir schielten über die Schneeverwehung und rechneten damit, dass er eine Kehrtwendung machte und uns folgen würde. Es kam nicht dazu, denn die Haustür wurde aufgezogen und ein uralter Mann trat nach draußen. Er stellte sich neben den Kodiakbären und blinzelte in die Dunkelheit. Als er den Grizzly ein paar Meter entfernt stehen sah, gab er ein kleines, feines Geräusch von sich.
„Upps.“
Wir blinzelten, wir glaubten nicht, was wir sahen. Durch das Fenster hatten wir nicht viel erkennen können. Im Schein der Lichterkette sahen wir alles.

„Ich bin ja noch viel dicker geworden“, flüsterte Zement erschrocken neben uns.

„Größer *und* dicker“, sagte Snickers.

Ein zweiter uralter Mann steckte den Kopf aus der Tür.

„Komm mal wieder rein, Zement“, sagte er, „sonst wird das Popcorn kalt und---“

„Der Grizzly ist wieder da“, unterbrach ihn der uralte Zement.

„Schon wieder?“

Der Mann trat nach draußen und schaute zum Grizzly. Und genau da prustete ich los. Ich konnte nicht anders und drückte mir Schnee auf den Mund, damit mein Prusten keine Lawine auslöste. Ich stand auf der Veranda und hatte keine Haare mehr auf dem Kopf. Ich war ein uralter Mann mit Glatze.

„Lach nicht“, flüsterte Rudolpho, „du bist hundertundein Jahr alt, da muss man keine Haar auf dem Kopf haben. Das ist dann ...“

Er verstummte, weil der dritte Mann rausgetreten war.

Und jetzt prusteten wir alle und stopften uns die Schnauzen voll mit Schnee.

Der uralte Rudolpho hatte einen Pferdeschwanz und trug eine Brille, die seine Augen vergrößerte. Wir wussten nicht, was witziger war – die Brille oder der Pferdeschwanz.

Und dann war die alte Kurzhosengang komplett, als sich ein vierter Mann dazustellte.

„Ich?“, rutschte es unserem Snickers raus.

Der uralte Snickers hatte einen Rauschebart und erinnerte an einen Holzfäller, der sechs Äxte gleichzeitig in der Luft jongliert und am Abend ein Wildschwein über dem Feuer brät.

„Wieso bin ich so groß?“, wollte Snickers wissen.

„Wieso bin ich so dick?“, wollte Zement wissen.
„Und wieso trage ich eine Brille?“, fragte Rudolpho.
„Weil du schlecht siehst“, sagte ich, und dieses Mal mussten wir uns richtig wegducken, denn da half kein Schnee im Mund, so sehr mussten wir gackern, dass wir abtauchten. Ich glaube, so was nennt man hysterisch sein.
Keiner von uns bereute es, dass wir diesen Zeitpunkt herausgepickt hatten. Es war Zements Idee gewesen. Er meinte, wir sollten doch mal schauen, wo wir in neunzig Jahren sein würden. Wir waren hier. In einem entlegenen Haus in den Bergen.
„Wir sind hunderteins“, flüsterte ich, „und wir leben alle vier noch!“
Die junge Kurzhosengang jubelte innerlich, und als sie wieder über die Verwehung sah, stand die uralte Kurzhosengang noch immer vor dem Haus und ließ den Grizzly nicht aus den Augen.
„Mh“, hörten wir den uralten Island sagen, „wir müssen wohl tot spielen.“
„*Ich* spiel nicht tot“, sagte der uralte Rudolpho.
„Ich auch nicht“, sagte der uralte Snickers.
„Wenn wir uns jetzt hinwerfen und tot spielen“, sagte der uralte Zement bedächtig, „kommen wir nie wieder auf die Beine und der Grizzly spaziert rein und frisst uns das Popcorn weg.“
„Zement hat recht“, sagte der uralte Island und rief dann: „He, Grizzly! Mach mal einen Abgang, das ist unser Popcorn!“
Der Grizzly hörte das und trat ein paar Schritte auf die uralten Männer zu, als wäre das die Einladung gewesen, auf die er gewartet hatte. Er wurde von einem Knurren gebremst.
Und da war die Töle endlich.
Anscheinend hatte sie sich gedacht, dass ein Feigling nur einer ist, der

nicht wiederkommt. Unser Dobermann schlenderte vor dem Grizzly einmal auf und einmal ab und bleckte dabei die Zähne. Der Grizzly fand das nicht witzig und stellte sich auf die Hinterbeine. Unsere Töle ängstigte das kein bisschen. Sie hob das Bein und pinkelte dem armen Bären auf die linke Hinterpfote.

„Wenn das mal gut geht", sagte der uralte Rudolpho.

„Wenn das mal gut geht", sagte unser Rudolpho zeitgleich.

Es ging gut. Der Grizzly war so schockiert von diesem einäugigen hässlichen Monster, dass er sich nach hinten warf und mit einem Röhren in der Dunkelheit verschwand. Er lief an uns vorbei und schüttelte dabei seine Hinterpfote trocken. Die Töle war zufrieden mit sich und betrachtete die uralte Kurzhosengang, als würde sie rätseln, wie wir so schnell Rentner werden konnten.

Der uralte Snickers runzelte die Stirn.

„Woher kenne ich den Hund?", fragte er.

„Du hast recht", sagte der uralte Island, „den haben wir doch schon mal gesehen."

„Der ist so hässlich, den vergisst man nicht", sagte der uralte Rudolpho.

„Mh", machte der uralte Zement, „wir werden wohl langsam alt."

Und da muss es bei der uralten Kurzhosengang leise in ihren uralten Gehirnen geklingelt haben. Sie blickten über die Schneelandschaft und erinnerten sich, dass sie das alles schon mal erlebt hatten, als sie einen Meter kleiner waren. Sie versuchten den Moment zu greifen, wie man etwas greift, dass sich nicht greifen lassen will. Aber zum Schluss waren sie dann doch zu uralt, um die Punkte zu einem Bild zu verbinden.

„Was soll's", sagte der uralte Island, „los, los, rein mit euch."

Der uralte Snickers und der uralte Island gingen vor. Der uralte Zement tätschelte dem Kodiak den Bauch und der uralte Rudolpho nahm seine

Brille ab, wischte mit seinem Pulloverzipfel über die Gläser, ehe er die Brille wieder aufsetzte.

„Hallo?“, rief er vorsichtig in die Dunkelheit.

Wir waren sehr versucht, uns zu zeigen. Aber wir fürchteten uns auch davor. Denn wenn wir uns zu erkennen gaben, würden wir über die Vergangenheit reden und fragen, wie die uralte Kurzhosengang dazu kommt, hier draußen zu leben. Wir würden auch fragen, was sie gearbeitet haben, ob sie keine Frauen hatten und wie ihre Leben so im Allgemeinen gewesen waren.

Ihre Leben, unsere Leben.

Und was wäre, wenn sie uns Dinge erzählten, die uns bald passieren würden? Die Brüder hatten recht gehabt. Das war unser Abenteuer, wir mussten es allein erleben, wir durften nicht hinter den Vorhang schauen. Aus diesem Grund zeigten wir uns nicht.

„Da ist niemand“, sagte der uralte Zement, „obwohl ich das Gefühl habe, dass da jemand sein müsste.“

„Geister?“, fragte der uralte Rudolpho.

Der uralte Zement wackelte mit dem Kopf.

„Nee, Geister verstecken sich doch nicht hinter Schneewehen“, sagte er und folgte dem uralten Rudolpho ins Haus. Die Tür fiel hinter ihnen ins Schloss, der Kodiak stand wieder allein auf der Veranda und wir lagen noch immer hinter der Schneewehe und fühlten uns wie vier Elfjährige, die nicht älter werden wollten.

„Mehr“, sagte Zement zufrieden und behäbig und richtete sich hinter der Schneewehe auf.

„Mehr was?“, fragte wir.

„Mehr wollte ich nicht wissen“, sprach Zement zu Ende. „Wir sind noch immer Freunde, wir sind uralt und sehen anders aus, aber wir leben zusammen und schauen noch immer Horrorfilme. Besser geht es doch nicht, oder?“

Und genau so war es.

Besser ging es nicht.

Wir standen auf und waren zufrieden mit der Zukunft. Wie wir auch dorthin kamen, was uns auch auf dem Weg begegnete, ob wir stolperten, ob wir flogen, ob wir heirateten oder Bilder malten, Berge bestiegen oder den ganzen Tag in einem Büro saßen, es war egal. Wir konnten jeder acht Kinder haben, zum Urlaub in die Karibik fahren oder einmal in der Woche eine Torte backen. Es war egal, denn am Ende würden wir mit über hundert Jahren in einem Haus inmitten der Berge sitzen, Filme gucken und miteinander sein. Alles war in Ordnung, denn so sah die Zukunft für uns aus.

RUDOLPHO

Es gab in der Landschaft natürlich keine Wand oder Mauer, es gab nur den Schnee.
„Die hier nehmen wir“, sagte ich und zeigte auf eine Schneewehe zwischen zwei Tannen.
Es war der schönste Tunnel, den man betreten konnte. Der Schnee gab sofort nach, die Dunkelheit umschloss uns und beinahe wäre ich auf der anderen Seite die Stufen runtergefallen.
Wir standen wieder auf der Rathaustreppe und unter uns lag eine schweigende Stadt: Die Autos standen kreuz und quer, einige der Motoren liefen, kein Hund bellte und die Ampel schaltete von Rot auf Grün. Alle lagen genau so da, wie sie hingefallen waren.
Und dann erwachten sie.
Langsam.
Der Notar rappelte sich als Erster auf und wischte den Schnee von seinem Anzug. Er schnappte sich sein Toupet und schrak zusammen, weil es so nass war, dann stopfte er es in seinen Mantel und stürmte weiter zum Bahnhof. Briefträger Olsen spuckte den Schnee aus, der sich in seinem offenen Mund gesammelt hatte, dann rieb er sich mehrmals über den Nacken, ehe auch er sich aufsetzte und uns fragte, was passiert wäre.
„Du bist nur ausgerutscht“, sagte Island.
Wir halfen unserem Briefträger, die Post von den Stufen aufzusammeln. Wir gaben uns dabei unschuldig, obwohl wir einfach nur laut jubeln wollten. Genau zehn Minuten waren vergangen, seitdem Akim unsere Stadt ausgeknockt hatte. Kiras Onkel hatte Wort gehalten, das Gas hatte seine Wirkung verloren, und niemand erinnerte sich daran, was passiert war.

Niemand außer der Kurzhosengang.

Auf der Straße waren noch die Spuren zu sehen, die Kira mit dem Schlitten hinterlassen hatte, als sie vor dem Rathaus wendete.

Und natürlich sahen wir auch unsere Stiefelabdrücke, die vor dem Bürgersteig endeten.

Und dann war die Kurzhosengang auf den Schlitten gestiegen und zum Twoinone gefahren, wo sie ein Butler auf dem Eis erwartete.

Und dann lernten sie Graf Akim kennen.

Und dann hörten sie ihn *Rien ne va plus* sagen und diese Geschichte nahm ihren Anfang.

Das Leben kehrte nach Okkerville zurück. Die Leute kamen auf die Beine und lachten über den Schnee, der sie wie Laken bedeckt hatte. Der Verkehr setzte sich wieder in Bewegung und der Fahrer vom Pick-up diskutierte mit dem Fahrer vom Lieferwagen, ob er ihn denn nicht gesehen hätte. Tom Beaumont half seiner Frau Ida auf die Beine, Pierre blieb mit seiner neuen Freundin einfach liegen und sie zauberten mit Armen und Beinen einen Schneeengel auf den Bürgersteig, während die Gershons ihre drei Kinder mühevoll entknoteten und ihnen alle Schokolade der Welt versprachen, wenn sie doch nur endlich vom Boden aufstanden.

Der Horrorfilm war kein Horrorfilm mehr.

Okkerville machte weiter, als wäre nichts gewesen.

„Das war wirklich ein prima Zeitpunkt, um zurückzukommen", sagte Snickers.

Ich wurde mal wieder rot, dieses Mal vor Stolz.

„Ich habe mir schon Sorgen um unsere Maschinen gemacht", sagte Island.

Unsere Räder lehnten unberührt am Rathaus, was nicht immer der Fall war. Viel zu oft wurden uns die Reifen aufgeschnitten oder die Sättel geklaut. Die PauliGang kannte da keine Gnade.
„Also wenn ihr mich fragt, dann ist das ganz schön unheimlich", fasste Zement den Moment zusammen. „Alles ist, als wäre nichts gewesen. Das glaubt uns doch niemand."
Er hatte recht, diese Geschichte würde uns keiner glauben. Also beschlossen wir einstimmig, den zwei Schriftstellern nichts davon zu erzählen.
„Die halten uns für verrückt", sagte Island.
„Die schreiben nie wieder was über uns", sagte Zement.
„Wo wären wir denn gelandet, wenn wir nicht hier hätten landen dürfen?", fragte mich Snickers.
Ich wusste es nicht. Ich war noch immer verwundert, dass uns die Zeit einfach so zurückkommen ließ. Als würde sie ein Loch flicken wollen, als hätten wir unser Zuhause nie verlassen.
„Wir sind hier, alles andere zählt nicht", sagte ich.
Und die Zeit nickte zufrieden.

Die Kurzhosengang wischte den Schnee von den Sätteln und fuhr vorsichtig die Rathausstufen runter. Wir nahmen direkten Kurs auf *Lei Toos Bakery*, ohne dass wir das absprechen mussten. Wir konnten tausend Jahre durch die Zeit reisen, sobald wir aber nach Okkerville zurückkehrten, gab es nur ein Ziel.
Auf dem Weg fuhren wir an Marten G. Morten vorbei, der verwundert auf einer Parkbank saß und sich den Hinterkopf rieb.
„Seid ihr zufrieden?", rief er uns hinterher. „Ich könnte wetten, ihr habt Millionen verschenkt, seid ihr damit zufrieden?"

Unser Fensterplatz war frei. Der Buddha saß auf dem Tisch und lächelte. Lei Too lehnte im Türrahmen und fragte, ob wir Spaß gehabt hätten.

„Du weißt, wo wir waren?", fragten wir zurück.

„Die ganze Stadt weiß, wo ihr gewesen seid."

Wir sahen ihn erschrocken an.

„Was schaut ihr so?", fragte er. „Ein Notar kommt aus Toronto und ihr denkt, das bemerkt keiner?"

Lei Too lachte.

„Alle wissen, dass heute die Testamentsverlesung gewesen ist. Ich hoffe, eure Taschen sind voller Gold, dann könnt ihr mir ein dickes Trinkgeld geben."

Wir schüttelten den Kopf, nein, es gab kein Gold für uns. Lei Too stellte fest, das wäre aber eine Schande, und dann winkte er uns zu sich rein in den Laden.

Die Kurzhosengang stellte ihre Räder ab und folgte ihm. Sie setzten sich an ihren Tisch und strichen dem Buddha über die Glatze. Sie streiften ihre Mäntel ab, krempelten die Ärmel hoch und riefen nach Pancakes. Lei Toos Frau meckerte aus dem Hintergrund, wie sie immer meckert. Es war schön, wieder zu Hause zu sein. Fünf Minuten später servierte uns Lei Too die besten Pancakes Kanadas. Wir atmeten erleichtert auf.

„Eure Klamotten sind dreckig und ihr stinkt nach Rauch und Feuer", sagte Lei Too.

„Wirklich?", sagten wir und rochen an unseren Jacken und wunderten uns, wie das möglich war.

Lei Too zeigte mit dem Kinn zum Schaufenster.

„Gehört der zu euch?"

Die Töle hatte es sich natürlich nicht nehmen lassen, mit in die Gegenwart zu kommen. Und wir hatten gedacht, wir hätten sie auf halber Strecke verloren. Sie preßte ihre hässliche Schnauze von außen gegen die Scheibe und versuchte am Glas zu knabbern.
Wir nickten, ja, die Töle gehörte jetzt zu uns.
Lei Too holte ein Tuch und ein Spray. Er öffnete die Tür und gab einen Pfiff von sich, der so leise war, dass wir ihn kaum hören konnten. Aber die Töle hörte ihn. Sie duckte sich und schlüpfte an Lei Too vorbei zu uns rein. Lei Too wischte die Scheibe sauber, und als er wieder reinkam, war die Töle der bravste Hund der Welt, der wahrscheinlich sogar Pfötchen gegeben hätte.
Lei Too sah die Töle kritisch an.
„Lange wird er in unserer Gegend nicht überleben", sagte er. „Er ist viel zu mager."
Während Lei Too nach hinten zu seiner Frau verschwand und ihr erklärte, dass vorne im Laden eine hässliche Töle saß, die Fett ansetzen musste, schaufelte die Kurzhosengang sich die Pancakes rein und weinte vor Glück ein paar Tränen. Lei Too kehrte mit einer Schale Porridge zurück. Wir hätten beinahe gelacht, niemals würde die Töle so was fressen, eher würde sie an ihren Hinterpfoten nagen.
Sie fraß es.
Drei Schalen später hatte die Töle einen Kullerbauch und rollte sich vor dem Schaufenster zusammen, als wäre sie eine Anaconda, die einen Dobermann gefressen hatte.
„Vorhin sind alle umgekippt", sagte Lei Too hinter mir, „das war sehr außergewöhnlich."
Ich hatte nicht einmal mitbekommen, dass er hinter mir stand.
„Und wieso bist du nicht umgekippt?", fragte Snickers.

„Wenn Gas in der Luft ist, gehe ich doch nicht vor die Tür“, erklärte uns Lei Too und legte mir die Hand auf die Schulter. „Noch ein paar Pancakes?“

Es war nett, seine Hand auf meiner Schulter zu spüren, es tröstete mich richtig. Ich nickte und wollte eben die nächste Runde Pancakes bestellen, als der erste Schneeball gegen das Schaufenster donnerte. Insgesamt wurden es fünf. Und dann kamen die Idioten angerannt, die die Schneebälle geworfen hatten. Sie traten ganz nahe ans Glas heran und rollten mit den Augen und streckten die Zungen raus. Es machte die Paulis nicht gerade schöner. Was sie aber auch taten, sie wagten es nicht, Lei Toos Bakery zu betreten. Auch wenn PauliVier Karate kann, kann Lei Too alles andere und das ist definitiv mehr, als PauliVier kann.

Wir standen auf und traten nach draußen.

„Wieso seid ihr hier?“, wollte PauliEins wissen.

„Haben sie euch geklont?“, fragte PauliFünf.

„Oder was?“, fragte PauliDrei und nieste.

„PauliZwei sagt“, sagte PauliZwei, „dass das nicht die Furzhosengang ist, sondern vier Roboter, die Lei Too gebaut hat.“

Lei Too lachte hinter uns, er lehnte im Türrahmen und lachte einfach nur.

„Lügt uns nicht an!“, warnte PauliFünf. „Wir haben gesehen, wie euch die Russen auf dem Feld vom Ollen Bjoernsen in den Hubschrauber geladen haben. Das ist keine Viertelstunde her. Ihr seid wie Zombies gewesen. Dann ist der Hubschrauber abgehoben und hinter den Bergen verschwunden. Ihr könnt also nicht hier sein.“

„Also seid ihr jetzt Klone“, sagte PauliEins, „oder nicht?“

„Oder nicht“, antwortete Snickers.

„Wir sind wieder da", sagte Island.
„Wir bleiben da", sagte ich.
„Mehr ist nicht", sagte Zement.
Mit diesen Worten drehten wir uns wieder um und setzten uns zurück an den Tisch. Lei Too hatte uns vier Becher hingestellt. Wir nippten an dem Tee und betrachteten die Paulis wie Roboter, die schon alles gesehen hatten. Die Paulis konnten es nicht fassen, dass wir so lässig waren. Als sie sich erholt hatten, wanderte ein grausames Lächeln über das Gesicht von PauliZwei und er trat gegen Snickers' Fahrrad.
Die Paulis lachten im Chor.
Da hob PauliZwei den Fuß und wollte erneut zutreten.
Die Töle richtete sich behäbig hinter der Schaufensterscheibe auf. Sie musste nicht knurren oder bellen. Es reichte, dass sie nahe ans Glas trat und die PauliGang mit ihrem einen Auge fragend anschaute. Das war es.
Die PauliGang drehte sich um und verschwand.
„Seid ihr zufrieden?", fragte Lei Too, als er uns die nächste Runde Pancakes brachte.
Er konnte den Tee meinen oder die Pancakes oder die Töle oder die Kurzhosengang, die mal eben durch die Zeit gereist und nach Hause zurückgekommen war, ohne dass es eine große Veränderung in ihrem Leben gegeben hatte. Was auch immer Lei Too meinte, wir hatten alle vier dieselbe Antwort.
„Sehr zufrieden."

Während wir die zweite Runde Pancakes langsamer aßen, machten wir Pläne. Wir kritzelten mit meinem goldenen Kugelschreiber auf eine Serviette, wohin wir alles reisen wollten. Ein wenig hatte uns das Fieber gepackt, nachdem wir einen Blick in die Zukunft geworfen hatten. Vielleicht konnten wir die Welt doch ein wenig verändern und hier und da mal einen Delfin aus einem Netz befreien oder hier und da mal einen Krieg verhindern oder einfach nur was Gutes tun, ohne dass jemand mitbekam, dass wir was Gutes getan hatten.

„Was wäre wenn?", sagte Snickers. „Was dann?"

Nachdem wir sieben Servietten vollgekritzelt hatten, sagte Island, jetzt würde es reichen. Er sammelte die Servietten ein, mischte sie und zog eine heraus. Es war ein gutes Ziel. Wir wollten zu dem Tag zurück, an dem Islands Vater verschwand. Wir wollten ihm folgen und sehen, wo er abgeblieben war. So mancher glaubte, dass ihn Außerirdische entführt hätten, andere dachten, dass er ein Geheimagent gewesen war, der in sein Geheimagentenleben zurückkehren musste.

Letzteres gefiel uns am besten, aber wir wollten es mit eigenen Augen sehen.

„Wir fahren dann wieder!", riefen wir Lei Too zu.

Auf der Straße schauten wir, ob PauliZwei irgendwas an Snickers Maschine kaputt gemacht hatte, dann stiegen wir auf die Räder. Eigentlich wollten wir erst mal nach Hause fahren und uns saubere Klamotten anziehen, aber wir schafften es nur bis zur anderen Straßenseite. Dort blieben wir vor der Ruine des Kinos stehen.

„Was die wohl hier hinbauen?", sagte Island.

„Hoffentlich keinen Supermarkt", sagte Snickers.

„Vielleicht ein Museum", sagte Zement. „Für alte Filme und so."

„Warum nicht", sagte die Kurzhosengang und mochte den Gedanken.

Island wackelte auf seiner Maschine ein wenig von einer Seite zur anderen.

„Wisst ihr was?", sagte er. „Ich bin zu aufgeregt, ich will es gleich versuchen."

„Hier?“, fragte ich.
„Hier“, sagte Island und sah sich um. „Die Leute schauen eh woanders hin.“
Wir lehnten unsere Räder gegen die Ruine des Kinos.
„Wo soll ich uns hinbringen?“, fragte ich wie ein Taxifahrer, der endlich losfahren will.
„Vier Jahre zurück“, sagte Island. „Genau zum 30. November 1996. Es hat geschneit, mein Vater ging am Abend aus dem Haus und das war es dann, er kam nicht zurück.“
„Der 30. November 1996 ist es dann“, sagte ich und marschierte los.
Und Island folgte mir.
Und Zement folgte Island.
Und Snickers folgte Zement.
Ich schritt auf die Eingangstür zu, die mit Brettern verschlossen war. Meine Augen gingen dabei automatisch zu, was ganz klug war, sonst hätte ich wahrscheinlich vor Schreck einen Salto rückwärts gemacht, denn ich knallte mit dem ganzen Körper gegen die Bretter und landete in Islands Armen. Wir alle kollidierten miteinander. Es war wie ein Eisenbahnunglück, das es noch nie gegeben hatte – vier Züge fuhren ineinander. Der Schnee war unser Freund und fing uns auf.

LEI TOO

Nachdem ich vor knapp fünfundzwanzig Jahren meine Bakery in Okkerville eröffnet hatte, suchten mich die Brüder auf und begrüßten mich herzlich in der Stadt. Mit der Zeit wurden wir Freunde und ich erfuhr von ihnen die Geschichte der Obramows, von dem Brief aus der Zukunft und der Rolle, die die Kurzhosengang eines Tages spielen würde. Es war eine verrückte Geschichte, aber wenn ich ehrlich bin, habe ich verrücktere Sachen erlebt. Ich schloss mich den Brüdern an und versprach ihnen, die Kurzhosengang vom Tag ihrer Geburt an zu beschützen. Deswegen wusste ich von der Reise, die ihnen bevorstand. Ich wusste auch, dass Graf Akim nach Okkerville kommen und die Kurzhosengang am 28. Februar 2000 nach Russland holen würde. Die Planung stand seit zwei Jahren fest. Aus diesem Grund trat ich nach der Beerdigung nicht vor die Tür. Wer hat schon große Lust, ohnmächtig im Schnee zu landen?

Ich wusste also eine Menge.

Ich wusste aber nicht, dass die Brüder so plötzlich sterben würden. Sie hatten mir eine Menge verraten, nur ihren eigenen Tod hatten sie nicht preisgegeben.

Und jetzt war die Kurzhosengang zurück und saß in meiner Bakery, ohne dass es offensichtlich war, dass sie durch die Zeit gereist sind. Aber ich sah es ihnen an. Sie *waren* unterwegs gewesen, ihre Augen verrieten sie. Die Jungs, die ich vorhin auf der Beerdigung gesehen hatte, waren nicht dieselben Jungs, die eben meine Bakery verlassen hatten.

Nein.

Rudolpho war der Schlüssel. Er war der Junge, der mehr Sehnsucht besaß als alle Einwohner von Okkerville zusammengenommen. Damit trug er eine schwere Last mit sich herum. Sie lag auf seinen Schultern wie ein Berg der Trauer. Ich sah es als meine Aufgabe, ihn von dieser Sehnsucht zu erleichtern. Und genau das tat ich, als ich den Jungs ihre erste Runde Pancakes brachte. Ich blieb hinter Rudolpho stehen und sagte:

„Vorhin sind alle umgekippt, das war sehr außergewöhnlich."

„Und wieso bist du nicht umgekippt?", fragte Snickers.

„Wenn Gas in der Luft ist, gehe ich doch nicht vor die Tür", erklärte ich und legte wie nebenbei die Hand auf Rudolphos Schulter. Ich konnte ihm seine Sehnsucht nicht nehmen, aber ich konnte sie ein wenig lindern.

„Noch ein paar Pancakes?", fragte ich und nahm meine Hand wieder von Rudolphos Schulter.

Es war getan.

Dann kamen die Paulis, dann gingen die Paulis.

Es gibt Momente, da weiß man, dass etwas beginnt oder endet.

Diese Geschichte der Kurzhosengang endete in meiner Bakery mit einer zweiten Runde Tee nach einer zweiten Runde Pancakes, ehe sich die Kurzhosengang bedankte und nach draußen trat. Die Töle dachte nicht daran, sich ihnen anzuschließen.

„Lasst sie hier", sagte ich.

Nachdem ich das Geschirr abgeräumt hatte, wollte ich die Stühle wieder ranrücken, da fiel mir der Briefumschlag auf. Er musste einem der Jungen aus der Jacke gefallen sein. Der Briefumschlag war zugeklebt. Ich sah die Adresse und das Datum und lächelte.

„Ich bin gleich zurück", rief ich meiner Frau zu und machte mich auf den Weg in den Keller.

Die Lampen erwachten und eine der Glühbirnen flackerte nervös. Ich schnippte gegen die Fassung und die Lampe beruhigte sich. Nachdem ich die Kellertür hinter mir geschlossen hatte, stieg ich die Stufen runter. Ich bog um die Ecke und strich dabei mit den Fingern über den schwarzen Stein, der eiskalt war, obwohl ich mich nur zwei Meter unter der Bakery befand.

Ich warf einen kurzen Blick auf den Umschlag, las erneut die Adresse und das Datum und betrat den Tunnel. Ich kam auf einem verlassenen Platz im frostigen Sankt Petersburg heraus. Die Buchhandlung befand sich schräg gegenüber, in keinem der Fenster brannte Licht. Es war früh am Morgen. Noch waren die Straßenlaternen nicht gelöscht. Es war die richtige Zeit. Ich hatte keine große Lust gehabt, hier am helllichten Tag aufzutauchen und mich von den Leuten angaffen zu lassen. Erst klopfte ich an das Schaufenster, dann schlug ich mit der Faust gegen die Tür. Ich war sehr unpassend gekleidet. Es war bitter kalt und ich hatte mir keinen Mantel übergezogen.

Olek brauchte eine Weile, dann öffnete er die Tür und richtete den Lauf einer Pistole auf mich.

Mir lagen ein paar Worte auf der Zunge, die ich dann doch nicht sagte. *Ich kenne deine zwei Söhne,* war das eine, *du hast eine großartige Zukunft vor dir,* war das andere.

Stattdessen zog ich den Brief aus meiner Hosentasche.

„Nimm schon", sagte ich.

„Du bist Engländer?", fragte Olek überrascht.

„Sehe ich aus wie ein Engländer?", fragte ich zurück, denn einen Kanadier für einen Engländer zu halten, ist ein wenig so, als würde man einen Chinesen mit einem Japaner verwechseln.

Olek schüttelte den Kopf.

„Nimm schon“, wiederholte ich. „Es ist kalt und ich will nach Hause.“

Olek klemmte sich die Pistole unter den Arm und nahm den Brief entgegen.

Ich wandte mich ab und verschwand die Straße runter.

1901 blieb hinter mir zurück, 2000 nahm mich wieder auf.

„Ich bin wieder da“, sagte ich zu meiner Frau und war mal wieder erstaunt, wie leicht es mir fiel, durch die Zeit zu spazieren. Ich fühlte mich um Jahre jünger, küsste meine Frau und trat vor mein Geschäft. Ich dachte dabei an den Tunnel unter mir. Die Brüder hatten ihn mir gezeigt, nachdem ich hier eingezogen war. Der Tunnel verbindet die Bakery mit dem Kino. Nach Einschätzung der Brüder ist dieser Asteroid hundertmal größer als der in Sibirien, und das Fundament von ganz Okkerville wurde auf ihm errichtet. Ich glaube, es ist kein Zufall, dass die Brüder aus Russland auswanderten, um erneut über einem Asteroiden zu leben. Solche Zufälle sind albern. Vielleicht wurden die Brüder hierhergelenkt, vielleicht wurden wir alle hierhergelenkt und die Zeit macht mit uns, was sie will.

Ich wäre nicht überrascht.

Die Kurzhosengang stand auf der Straße gegenüber vor der Ruine des Kinos. Sie hatten ihre Räder gegen die Fassade gelehnt und bildeten eine Schlange, als würden sie sich für den nächsten Film anstellen. Ehe ich eine Warnung rufen konnte, marschierte Rudolpho auf das Kino zu und prallte von dem vernagelten Eingang ab und fiel Island in die Arme, der fiel Zement in die Arme und sie alle landeten bei Snickers und dann im Schnee.

Ich ging wieder in die Bakery und stellte schon mal einen Stuhl bereit. Dann holte ich ein nasses Handtuch und ein paar Taschentücher. Es war keine Gemeinheit gewesen, dass ich Rudolpho einen Teil seiner Sehnsucht genommen hatte, es war eine Notwendigkeit, um die mich die Brüder vor langer Zeit gebeten hatten. Niemand sollte mit elf Jahren solch eine Sehnsucht in sich verspüren. Und niemand sollte mit elf Jahren durch die Zeit reisen können. Auch wenn die Welt auf Veränderung wartet, ist es nicht jedem gegeben, sich dieser Herausforderung zu stellen. Es bringt zu viel Verantwortung mit sich. Es verlangt Entscheidungen, die ein Elfjähriger nicht treffen kann. Auch wenn er die besten Freunde an seiner Seite hat.
Die Kurzhosengang kam über die Straße gelaufen. Wir setzten Rudolpho auf den Stuhl und ich wischte das Blut vorsichtig von seinem Gesicht und gab ihm ein Taschentuch, das er sich auf die blutende Nase drücken sollte.
„Seit wann kannst du durch Wände gehen?“, fragte ich ihn.
„Seit eben nicht mehr“, antwortete Rudolpho.
„So eine Schiete aber auch“, sagte Island.
„Vielleicht ist genug irgendwann genug“, rutschte es mir raus.
Die Jungs sahen mich an.
„Was weißt du eigentlich?“, fragte Snickers.
„Ich bin nur ein Bäcker“, sagte ich. „Nicht mehr, nicht weniger.“
„Dann weißt du also mehr und nicht weniger?“, fragte Island.
„Oder andersherum“, sagte ich.
Sie wollten weiter nachfragen, da schüttelte ich den Kopf.
„Genug ist genug. Wir sehen uns morgen.“
Die Jungs bedankten sich für meine Hilfe und stiegen wieder auf ihre Räder.

„Bis morgen!“, riefen sie und winkten und verschwanden in den Tag hinein.
Wie die Kurzhosengang nach einem neuen Abenteuer.
Wie ein Gedanke, der zu Ende gedacht ist.

Ich wusste, sie würden sich wundern, wo der Brief abgeblieben war, auch würde es ihnen ein Rätsel bleiben, warum Tatjana acht Tage gebraucht hatte, um Olek aus dem Buchladen zu retten. Fragen über Fragen. Mit den Jahren würden es weniger Fragen werden. Wir wissen so viel und dann doch so wenig und das ist gut so, denn wenn man zu viel weiß, verliert das Leben seinen Zauber. Etwas Chaos und Ratlosigkeit müssen sein, denn sie führen zu Entscheidungen, die wir sonst nie treffen würden. Diese Entscheidungen sind die Strömungen, die unterschwellig unser Dasein verändern. Ohne sie würden wir in einen Stillstand geraten und die Zeit einfach nur verstreichen sehen. Die Kurzhosengang muss stolpern und fallen, sie muss heulen und so viel lachen, dass es schmerzt; und die Kurzhosengang muss sich immer wieder verlieren, weil es so schön ist, wenn sie sich wiederfinden und dann nach Hause zurückkehren.

ENDE

UNSER DANK GEHT AN

Gregor, der alle Türen und Fenster offen hält,
damit die Ideen sicher nach Hause zurückkehren

Christina, die Wälder wachsen lässt,
damit die Welt mehr Sinn bekommt

Peter, der die Lunte anzündet,
damit das Feuerwerk weltweit zu sehen ist

Zements Ma, die mit einem Satz
dieses Buch möglich machte

Martin, der sieht, was es zu sehen gibt,
und dann Kino daraus zaubert

Theo & Ben, weil ihr für eine Weile
Rudolpho gewesen seid

Onkel Manfred, ohne den die Postkarten
nie in diesem Buch angekommen wären

Vic & Yves, wenn es euch nicht geben würde,
würde es die Kurzhosengang nicht geben,
würde es diese Geschichte nicht geben

Corinna, die die Zeit aus den Fugen hebt
und aus der Gegenwart eine Ewigkeit macht

DIE AUTOREN

ZORAN DRVENKAR wurde 1967 in Kroatien geboren und arbeitet seit über zwanzig Jahren als Schriftsteller. Als Dreijähriger zog er mit seinen Eltern nach Berlin und kam eines Tages auf die merkwürdige Idee, über vier Jungen aus der kanadischen Kleinstadt Okkerville zu schreiben. Da er ungern auf Reisen geht und Kanada noch nie aus der Nähe gesehen hat, erfand er zwei kanadische Schriftsteller und nannte sie Victor Caspak und Yves Lanois. Er schrieb ihnen ausführliche Biografien, gab ihnen ein Zuhause in der Wildnis Kanadas und einen Hund dazu.
Zoran schreibt Romane, Gedichte, Theaterstücke und Kurzgeschichten über Kinder, Jugendliche und Erwachsene. Er wurde für seine Bücher mit zahlreichen Preisen ausgezeichnet und lebt heute in der Nähe von Berlin in einer ehemaligen Kornmühle.

VICTOR CASPAK, 1966 in Toronto geboren, verlor seine Eltern mit drei Jahren und wuchs bei seinen Tanten auf. Mit sechzehn schrieb er seinen ersten Krimi, mit neunzehn sein erstes Drehbuch. Danach schlug er sich zehn Jahre mit verschiedenen Jobs durch und war u.a. Kellner, Feuerwehrmann, Tischler und Musiker. Für eine Weile baute er Eishütten und trainierte Schlittenhunde, ehe er dann 1994 in einem Buchladen Yves Lanois kennenlernte. Von diesem Tag an veränderte sich sein Leben schlagartig.

YVES LANOIS, 1972 in Natti, einem Vorort von Toronto geboren, gründete mit zehn Jahren den ersten kanadischen Horrorclub und war berühmt für seine originellen Auftritte in Geisterbahnen und auf Geburtstagen. Mit Anfang zwanzig lebte Yves für zwei Jahre in einer Inuitsiedlung, wo er die Traditionen und Sagen studierte. Nach einer gescheiterten Ehe und vielen anderen Katastrophen traf Yves auf Victor und eine Freundschaft fürs Leben begann.

Nach dem großen Fernsehauftritt der Kurzhosengang machten sich Vic und Yves auf die Reise nach Okkerville, um dem Mythos der vier Jungs nachzuspüren. Vic und Yves haben fünf Bücher über die Kurzhosengang geschrieben und leben zurückgezogen in einem Haus zweihundert Meilen von Toronto entfernt.

Zoran Drvenkar / Victor Caspak / Yves Lanois

Die Rückkehr der Kurzhosengang

400 Seiten, ISBN 978-3-570-31261-2

Kaum ist die Kurzhosengang nach ihrem spektakulären Fernsehauftritt zurück in ihrer Heimatstadt, geraten die Jungs in ihr nächstes großes Abenteuer: Denn Zement verschwindet spurlos. Wurde er entführt? Verdächtige gibt es genug, finden Rudolpho, Island und Snickers. Schon beginnt eine wahrhaft atemberaubende Suche – unter anderem unter der Eisfläche eines zugefrorenen Sees. Die Freunde kriegen es mit Schutzengeln, Werwölfen, der Polizei, der Feuerwehr – und mit der fiesen PauliGang zu tun. Und mit Holli, dem schönsten Mädchen der Welt …

30356

www.cbj-verlag.de

Zoran Drvenkar / Victor Caspak / Yves Lanois

Die Kurzhosengang und das Totem von Okkerville

512 Seiten, ISBN 978-3-570-22317-8

Die Legende ist zurück!
Ganz Kanada spricht nur flüsternd von ihren Abenteuern. Die Mädchen fallen in Ohnmacht und die Jungs schrumpfen um sechs Zentimeter, sobald sie ihre Namen hören: Island, Snickers, Rudolpho und Zement. Die Kurzhosengang ist wieder unterwegs und steht vor ihrer bisher größten Herausforderung: Islands toter Vater ruft nach ihnen und eine Mumie stellt sich den Jungs in den Weg. Und dann gibt es da auch noch einen Werwolf, der keinen Spaß versteht, und einen Sportlehrer, der seine Klappe nicht halten kann. Von der PauliGang wollen wir gar nicht reden.

РОССИЯ 20к ROSSIJA 1992
РЕЙС МИРА И ДРУЖБЫ В ДАНИЮ, ШВЕЦИЮ И НОРВЕГИЮ
4 КОП. 1964г.
БАШКИРИЯ
ПОЧТА СССР
ПОЧТОВАЯ МАРКА.
10 КОП: ЗА ЛОТЪ
1858 СТО ЛЕТ РУССКОЙ ПОЧТОВОЙ МАРКИ 1958
250 ЛЕТ ИСТОРИЧЕСКОЙ ПОЛТАВСКОЙ ПОБЕДЫ 1709
ПОЧТА 40 КОП. 1959 СССР
ПОЧТА 10 КОП СССР
СПЕШИТЕ ДЕЛАТЬ ДОБРО!
20к +10 ПОЧТА СССР
20 ПОЧТА КОП 20
4к
ПОЧТА СССР